Mein Name ist Huth
Robin Huth

Teil 2

Die abenteuerliche Odyssee einer Bulldogge

AF200756

Mein Name ist Huth

Robin Huth

Teil 2

Die abenteuerliche Odyssee einer Bulldogge

Gerdi M. Büttner

Bibliografische Information der Deutschen Nationalbibliothek:
Die Deutsche Nationalbibliothek verzeichnet diese Publikation in der
Deutschen Nationalbibliografie; detaillierte bibliografische Daten
sind im Internet über dnb.dnb.de abrufbar.

Illustration: Knödelluatration (Jessica Marquardt)
Covergestaltung: Roland Büttner

Herstellung und Verlag:
BoD – Books on Demand, Norderstedt

ISBN: 978-3-7448-8884-4

Liebe Leserin, lieber Leser

mit dem Erwerb dieses Romans haben sie einen kleinen
Beitrag für Hunde geleistet, die kein so glückliches
Hundeleben führen können.

Hunde, die gequält, ausgesetzt werden oder in
Tötungsstationen ein trostloses Dasein führen.

Ich habe mich deshalb entschlossen den gesamten Erlös
dieses Romans an Organisationen zu spenden, die es sich zur
Aufgabe gemacht haben, Hunden in Not zu helfen.

Vielen Dank, auch im Namen der Hunde
und viel Spaß beim Lesen des Romans

„Der einzig absolute Freund, den ein Mensch
in dieser selbstsüchtigen Welt haben kann,
der ihn nie verlässt, der sich nie undankbar
oder betrügerisch verhält, ist sein Hund"

(Woody Allen)

Einleitung

Hallo Leute, vielleicht kennt ihr mich ja schon. Ich bin Robin, Robin Huth, eine englische Bulldogge und lebe, gemeinsam mit meiner großen Liebe Lara, einer weißen Boxerhündin, in der Familie Huth.

Während Lara meist bei Frauchen, die eine Tierheilpraxis betreibt zuhause ist, gehe ich mit Herrchen Felix zur Arbeit. Wir sind bei der Tierschutzorganisation „Menschen für Tiere in Not", kurz MfTN beschäftigt und retten in oft aufregenden Einsätzen vernachlässigte und misshandelte Tiere.

Obwohl ich ein eher bescheidener Hund bin muss ich sagen, dass der Laden ohne mich nur halb so erfolgreich laufen würde. Ich habe sehr viele Freunde unter den Tieren und Menschen aber leider auch ein paar Feinde, von denen mir einige sogar schon nach dem Leben trachteten. Doch wie ihr euch selbst überzeugen könnt, ich lebe noch.

Um uns vom manchmal stressigen Alltag zu erholen, fuhr unsere ganze Familie in Urlaub. Doch von wegen Erholung, mein unglaubliches Abenteuer fing gerade erst an. Aber lest selbst…

Kapitel 1: Urlaub im Wohnmobil

Hallo, Leute, ich bin's wieder, euer Robin, Robin Huth. Ist eine Weile her, seit ich euch meine Geschichte erzählt habe. Seither ist viel geschehen. Wenn ihr mögt erzähl ich euch gerne, was Lara und mir Unglaubliches passiert ist:

Eigentlich fing alles ganz harmlos an, so wie fast alle unglaublichen Geschichten.
Wir waren zusammen im Urlaub, Tanja, Felix, klein Lotta, Lara und ich. Da wir nun eine richtige Familie mit Kleinkind sind, überlegten sich Tanja und Felix eine neue Art zu reisen. Sie mieteten ein Wohnmobil.
Lara und ich staunten nicht schlecht, als Felix mit dem unförmigen Wagen in die Hofeinfahrt einbog und vor dem Haus anhielt.
„Sieht aus wie ein LKW" sagte ich zu Lara, die neben mir auf der Treppe stand und wie ich, neugierig das Auto betrachtete. „Ob das bequem ist?"
Ich hatte da meine Zweifel, ich kenne LKWs in dieser Größe von unseren Einsätzen bei MfTN. Sie werden gebraucht um die Boxen aufzunehmen, in denen die geretteten Tiere in ihre bessere Zukunft gebracht werden. Komfortabel sind sie nicht. Schon gar nicht für eine Familie mit Kind.
„Ach, Robin", seufzte Lara theatralisch neben mir und schaute mich mit einem Blick an, der mir sagte, dass ich gleich eine längere Erklärung zu hören bekäme.
Ich hockte mich schon mal auf meine Hinterkeulen, während sie zu reden begann: „Ein Wohnmobil ist so etwas wie ein Ferienhaus auf Rädern. Darin ist alles untergebracht, was man im Urlaub benötigt."
Sie schwieg und lief an mir vorbei die Treppe runter. Ich schaute ihr verdattert nach. Was, sie war schon fertig mit ihrer Erklärung? Dazu hätte ich mich nicht hinsetzen brauchen.

Inzwischen war Felix ausgestiegen und hatte die Seitentür des Wohnmobils aufgemacht. Tanja, mit Lotta auf dem Arm, schaute neugierig ins Innere. Und Lara war bereits hineingehüpft. Typisch…

Ich beeilte mich ebenfalls zum Wohnmobil zu kommen, schließlich wollte ich die Besichtigung nicht verpassen. Felix ließ gerade eine kleine Treppe herunter, die unter der Tür befestigt war und Tanja stieg ins Auto.

Bevor Felix ihr folgen konnte war ich dort und wuchtete meinen Körper die drei Stufen hinauf. Dabei stieß ich Felix fast herunter, der ebenfalls gerade einsteigen wollte.

„Nana, Robin, nicht so stürmisch, wir fahren doch erst morgen früh los. Du brauchst nicht so zu rennen."

Felix klang leicht verärgert und ich brummte eine Entschuldigung für den Rempler.

Das Innere des Wohnmobils sah tatsächlich aus wie eine kleine Wohnung, allerdings eine sehr kleine Wohnung. Jetzt, wo wir alle vier drin standen war kaum noch Platz. Ein Glück, dass Tanja Lotta auf dem Arm hielt, die Kleine hätte nicht auch noch zwischen uns stehen können.

Felix schien die Enge gar nicht zu bemerken, freudig fragte er: „Na, wie findet ihr es?"

Seltsamerweise fand auch Tanja alles prima. Sie setzte sich auf die kleine gepolsterte Bank an den winzigen Tisch und stellte Lotta neben sich. Lara kroch unter den Tisch um den Boden zu beschnüffeln. Jetzt, wo nur noch Felix und ich standen, war Platz. Wie wir in dieser Enge allerdings unseren Urlaub genießen sollten war mir ein Rätsel.

Am nächsten Morgen standen wir in aller Frühe auf um unsere Urlaubsfahrt anzutreten. Felix hatte noch am Abend alles ins Auto eingeräumt, was wir mitnehmen wollten. Es war jede Menge Kram, den er aus dem Haus schleppte und ich befürchtete das Schlimmste. Wenn er auch noch das viele Zeug mitnahm, würden wir noch weniger Platz haben. Es war mir ein Rätsel wo wir uns alle während der Fahrt aufhalten sollten.

Doch welch ein Wunder, als Lara und ich ins Auto durften war nichts von dem zu sehen, was Felix hereingeschleppt hatte. Nur unsere Hundekissen lagen da und Felix schickte uns darauf.

„Ihr bleibt gefälligst während der Fahrt auf euren Plätzen", sagte er ungewohnt streng zu uns. „Herumlaufen könnt ihr, wenn wir anhalten und aussteigen."

Nachdem Lara und ich brav auf unseren Plätzen lagen gab er jedem einen großen Kauknochen. „Damit ihr unterwegs eine Beschäftigung habt", brummelte er versöhnlich und tätschelte uns. Dann verließ er den kleinen Raum und schloss die Tür hinter sich.

Kurz darauf öffneten sich die beiden vorderen Türen und er und Tanja stiegen ein. Zwischen ihren Sitzen befand sich ein kleinerer für Lotta. Tanja setzte die Kleine hinein und schnallte sie mit einem Gurt fest. Nachdem auch sie und Felix sich angeschnallt hatten, ging die Fahrt los.

Ich muss sagen es war nicht so schlimm, wie ich befürchtet hatte. Eigentlich war der Urlaub im Wohnmobil sogar richtig toll.

An der Ostsee angekommen fuhren wir auf einen Campingplatz direkt am Meer. Irgendwie zauberte Felix ein Zelt an unser Wohnmobil in dem wir uns zusätzlich aufhalten konnten, wenn wir nicht am Strand waren. Von Enge war jetzt keine Spur mehr. Abends baute Felix dann die Einrichtung im Wohnmobil so um, dass da plötzlich für ihn, Tanja und Lotta ein Bett war. Lara und ich durften im Vorzelt schlafen.

Nach ein paar Tagen faulenzen am Strand fuhren wir weiter und hielten schließlich wieder auf einem anderen Campingplatz. Er lag an einem See, doch wir gingen diesmal nicht baden, sondern wandern. Natürlich nicht so weit, denn Lotta konnte noch nicht weit laufen und musste in einer Art Rucksack von Felix auf dem Rücken getragen werden. Mir war es auch lieber, nur kurze

Strecken zu wandern, denn die Beine und die Figur einer Bulldogge sind nicht für langes Laufen gemacht.

Lara, die sehr gerne läuft, machte öfter abends noch eine Joggingrunde mit Tanja um den See, damit sie sich auspowern konnten. Felix und ich passten derweil auf Lotta auf und brachten schon mal den Grill zum Glühen, auf dem dann unser Abendessen gebraten wurde.

Es war ein richtig schöner, gemütlicher Urlaub. Auf dem Campingplatz gab es alles, was Menschen und Hunde im Urlaub benötigen. Das Wetter war wunderbar und wir waren jeden Tag im Freien. Manchmal besuchten wir eine nahe Hundewiese, damit Lara und ich mit anderen Hunden spielen konnten. Am Abend grillten wir Würstchen oder Fische und wir Hunde bekamen natürlich auch unsere Portion davon ab.

Die zwei Wochen Urlaub gingen wie im Flug vorüber. Dann packte Felix das Vorzelt wieder ab und verstaute es im Auto. Doch diesmal fuhren wir nicht auf einen neuen Campingplatz. Am nächsten Morgen ging es nach dem Frühstück wieder in Richtung Heimat.

Kapitel 2: Entführt

Wie, um unseren Urlaub abzuschließen, schlug in der Nacht das Wetter um. Am Morgen war es trüb und regnerisch. Aus dem leichten Nieselregen wurde im Lauf des Vormittags schnell ein wahrer Wolkenbruch. Felix schimpfte leise vor sich hin, weil die Scheibenwischer kaum noch die Wassermassen bewältigten, die auf die Windschutzscheibe prasselten. Schließlich bog er entnervt in einen Rastplatz ein.

Vor uns waren schon mehr Autofahrer auf die Idee gekommen, das Ende des Wolkenbruchs auf dem Rastplatz abzuwarten. Wir mussten ziemlich weit nach hinten durchfahren, bis wir einen freien Parkplatz fanden.

„Wenn wir schon gezwungen sind, hier anzuhalten, so können wir auch gleich im Rasthof etwas essen" schlug Tanja vor. „Es ist gleich Mittag und Lotta hat Hunger und braucht vermutlich eine frische Windel."

Tatsächlich nörgelte Lotta schon eine Weile und zappelte unruhig in ihrem Kindersitz herum.

Felix blickte aus dem Fenster um die Wetterlage zu prüfen. „Der Regen scheint etwas nachzulassen", brummte er zustimmend.

„Unter unseren Regenschirmen müssten wir einigermaßen trocken im Rasthof ankommen."

Er drehte sich im Autositz zu uns herum. „Was ist mit euch Beiden? Wollt ihr mitkommen oder lieber im Wagen bleiben?"

„Also ich setze bei dem Wetter keinen Fuß vor die Tür", murmelte Lara schläfrig und gähnte herzhaft. „Und im Rasthof zwischen vielen Menschen zu sitzen, mag ich gar nicht. Ich bleibe lieber hier."

Ich hatte ebenfalls keine besondere Lust durch den Regen zu latschen, um dann unter einem Tisch in der Raststätte zu hocken. Deshalb rührte ich mich ebenfalls nicht und schloss demonstrativ die Augen.

„Na gut, dann bleibt eben hier. Bis wir zurück sind hat es hoffentlich aufgehört zu regnen, dann könnt ihr ja kurz zum Pinkeln raus."

In Regenjacken gehüllt und mit Schirmen bewaffnet verließen unsere Menschen das Auto und wagten sich in das Regenwetter. Es klackte laut als Felix mit der Fernbedienung das Wohnmobil verschloss.

Lara räkelte sich auf ihrem Kissen, dann meinte sie. „Ich bin froh wenn wir wieder zu Hause sind. Urlaub ist ja ganz schön, aber mein Haus und mein Garten sind mir noch lieber."

Ich brummte zustimmend, das war auch ganz meine Meinung. In Gedanken malte ich mir schon aus, wie ich den Garten genau inspizierte. In den zwei Wochen konnte dort allerhand geschehen sein. Außerdem freute ich mich darauf, meine Kumpels vom Verein wiederzusehen und von ihnen erzählt zu bekommen, was während meiner Abwesenheit geschehen ist. Denn leider machen Tierquäler keinen Urlaub und ich muss ja schließlich auf dem Laufenden bleiben.

Lara und ich dösten gemütlich vor uns hin, was eine der Lieblingsbeschäftigungen von Bulldoggen und Boxern ist. Wir ließen uns vom Regen, der wieder stärker aufs Dach des Wohnmobils platterde, in den Schlaf lullen. So überhörten wir beide das Schnappen des Schlosses und wurden erst wach als der Motor ansprang. Verwundert hoben wir die Köpfe, sollten wir nicht erst noch raus, bevor wir weiter fuhren?

Ein fremder Geruch stieg in unsere Nasen. Das waren nicht Felix, Tanja und Lotta, die da ins Auto gestiegen waren. Es waren zwei Männer, die uns völlig unbekannt waren.

Ehe Lara und ich noch begriffen was los war, fuhr das Wohnmobil schon los und das in einem Tempo, das Felix nie fahren würde.

„Hey, die klauen unser Wohnmobil!"

Meine schlaue Lara hatte die Lage schneller gecheckt als ich, doch dann fragte sie mich ratlos: „Was machen wir den jetzt?"

Ich schaute sie ebenso ratlos an. „Keine Ahnung…"
Inzwischen war das Wohnmobil auf die Autobahn gefahren und
der Kerl am Steuer gab Gas. Wahrscheinlich wollte er möglichst schnell möglichst viel Abstand zum Rastplatz schaffen.
„Sollen wir die beiden Kerle angreifen?" fragte ich Lara unsicher. Aber sie schüttelte nach kurzem Überlegen den Kopf.
„Zu gefährlich. Du weißt doch, dass Felix uns immer ermahnt
hat ihn während der Fahrt nicht zu stören, damit er keinen
Unfall baut. Wenn wir den Fahrer angreifen wird er
erschrecken. Wer weiß was dabei passieren kann. Nein, das
Beste ist wir warten ab, bis er anhält. Die zwei wissen nicht,
dass wir da sind. Wir müssen uns so ruhig wie möglich ver-
halten, damit sie uns nicht bemerken."

Ganz langsam und auf Lautlosigkeit bedacht, krochen wir unter
die kleine Essecke. Dort wurden wir hoffentlich nicht entdeckt,
falls einer der Männer nach hinten schauen sollte.
Doch die Beiden kamen gar nicht auf die Idee, dass sie nicht
alleine im Auto waren. Sie unterhielten sich und lachten öfter
auf, so als würden sie sich über den geglückten Diebstahl
freuen. Verstehen konnten Lara und ich allerdings kein Wort,
denn sie redeten in einer fremden Sprache.
Die Fahrt dauerte nicht sehr lange, dann bog das Wohnmobil in
einen kleinen Rastplatz ein. Es fuhr plötzlich sehr langsam,
dann ruckelte es und kurz darauf wurde es ziemlich dunkel. Das
Auto blieb stehen und die Männer stiegen aus. Sie redeten mit
einer dritten Person und lachten erneut. Dann hörte es sich an,
als würden sie sich entfernen.
„Was geschieht denn jetzt?", wisperte mir Lara ins Ohr. Sie
klang nervös, was sofort auf mich abfärbte. Ich musste hecheln.
„Sei still!" wisperte Lara. „Wenn man dich hört…"
Doch ihre Sorge war unbegründet. Denn jetzt ging ein lautes
Rattern los und wenige Sekunden später gab es einen lauten
Knall und um uns war es plötzlich stockdunkel.

„Was ist denn jetzt los?", fragte ich verstört, doch Lara gab keine Antwort.

Wir mussten nicht lange warten, dann ging erneut ein Motor los und wir wurden durchgerüttelt, als sich unser Wohnmobil bewegte. Doch es fuhr nicht, wie sollte es auch ohne Fahrer. Trotzdem bewegte es sich leicht.

Wir rätselten, was geschehen sein konnte, doch es fiel uns einfach nichts ein. Wir waren im Wohnmobil in völliger Dunkelheit gefangen. Das leichte Rütteln hörte nicht auf, es lullte uns schließlich in einen unruhigen Schlaf.

Wie lange es so ging, konnten wir später nicht nachvollziehen, es schien uns endlos. Irgendwann wurde das Rütteln intensiver und dann war es plötzlich vorbei.

„Na endlich, ich dachte schon, das hört nie mehr auf", murmelte Lara matt. Ich dachte ebenso, mir war schrecklich flau im Magen. Kurz überlegte ich, dass es längst Zeit für Abendessen gewesen wäre, doch ich sprach es nicht aus.

Es blieb auch keine Zeit für Gedanken an Abendbrot, denn nun ratterte es erneut und langsam drang wieder etwas Licht in unser Gefängnis. Dann hörten wir schlurfende Schritte und das Klacken der Autotür. Einer der Kerle stieg ins Auto und ließ den Motor an, kurz danach rollte das Wohnmobil rückwärts, es gab einen Hopser und danach stand es wieder still.

Vorsichtig streckte ich den Kopf vor, ich musste einfach wissen, was da los war. Deshalb wagte ich mich so weit unter der Essecke vor, bis ich zwischen den Vordersitzen hindurch aus dem Frontfenster schauen konnte.

Direkt vor dem Wohnmobil stand ein riesiger LKW, dessen Laderaum offen war. Zwei eiserne Planken führten vom Boden bis zur Ladefläche.

„Wir sind samt Wohnmobil auf einen LKW verladen worden", berichtete ich Lara aufgeregt. „Das erklärt natürlich einiges."

Ich war richtig stolz darauf, dass ich Lara mal etwas erklären konnte, meist war es umgekehrt. Doch ich kannte mich mit

LKWs bestens aus, bei meinen Einsätzen mit den Leuten von unserem Verein wurden sie öfter benötigt, um die geretteten Tiere abzutransportieren.

„Aha", sagte Lara. „Ist ja interessant. Aber sag mir lieber, wie wir hier wieder rauskommen. Ich muss ganz dringend mal Pipi."

Etwas beleidigt schaute ich zu ihr hin, doch sie hatte ja Recht. Wir mussten irgendwie hier rauskommen und zwar schnell. Bloß wie?

Die Lösung unseres Problems nahte kurz darauf in Gestalt von den drei Männern, die an unserer Entführung beteiligt waren. Sie steuerten zielstrebig auf die Tür zu, die in den Wohnbereich führte.

„Sobald sie die Tür aufgemacht haben, stürmen wir los und an ihnen vorbei", hechelte ich Lara aufgeregt zu. „Wir müssen das Überraschungsmoment ausnützen, damit sie uns nicht aufhalten können. Achtung jetzt…"

Schon klackte das Schloss und die Tür schwang nach außen auf. Meine mutige Lara rannte aus dem Stand los und hechtete sich durch die Öffnung. Dabei rempelte sie den Mann an, der gerade einsteigen wollte. Er stieß einen lauten Schrei aus und fiel nach hinten um.

Lara war nicht mehr zu sehen und ich spurtete, so schnell mich meine kurzen Beine trugen hinter ihr her. Vor der Tür gab es ein wildes Durcheinander. Einer der Kerle lag auf dem Rücken am Boden und schaute ganz irre. Er wusste ganz offensichtlich nicht, wie ihm geschehen war. Ein anderer Mann beugte sich zu ihm herunter. Vermutlich um ihm aufzuhelfen.

Doch ich machte ihm einen Strich durch die Rechnung, indem ich mich von der Stufe abstieß und mich mit meinem vollen Gewicht auf ihn plumpsen ließ. Ich landete einigermaßen weich, doch der Kerl wurde durch mein Gewicht auf seinen Kumpan gedrückt. Beide landeten unsanft im Staub, während ich mich beeilte hinter Lara herzurennen, die gerade hinter einem baufälligen Gebäude verschwand. Im Vorbeirennen warf ich einen schnellen Blick auf den dritten Mann. Aber von ihm drohte keine Gefahr, er stand wie versteinert und schaute mit weit offenem Mund auf seine Freunde, die sich mühsam aus dem Staub aufrappelten.

Kapitel 3: Einsam und verlassen

Ich beeilte mich hinter Lara herzurennen, die nicht mehr zu sehen war. Das würde gerade noch fehlen, dass ich sie aus den Augen verlor. Vor Aufregung begann ich zu bellen. Doch als ich die Ecke der Hütte erreicht hatte, sah ich sie. Sie stand an einem Holzzaun und blickte mir ungeduldig entgegen.

Ein eisiger Schreck durchfuhr mich, als ich den Zaun sah. Wie sollten wir hier rauskommen? Erschrocken blickte ich zu Lara hin doch die hatte sich bereits umgedreht und lief zielstrebig auf eine Stelle zu, an der ein paar Latten fehlten.

„Anubis sei Dank", murmelte ich, setzte meinen Körper wieder in Bewegung und sprang ebenfalls mit einem Satz über die untere Zaunlatte.

„Na, viel höher hätte die nicht sein dürfen", hörte ich die spöttische Stimme meiner Gefährtin. Lara schien schon wieder guter Dinge, doch mir war mulmig zumute. Wo befanden wir uns? Und wie sollten wir jemals wieder nach Hause finden?

Ich schnüffelte in die Luft aber alles roch fremd. Langsam trottete ich hinter Lara her, die sich einen Weg durch das dichte Unkraut bahnte das hier wuchs. Ich hörte sie etwas murmeln, verstand aber nicht was sie sagte.

„Hä?" machte ich und fügte hinzu: „Was hast du gesagt?"

„Z e c k e n", dehnte sie. „Ich sagte, hier gibt es vermutlich jede Menge Zecken. Du weißt, wie sehr ich diese ekligen blutsaugenden Biester hasse."

„Also um ehrlich zu sein, sind Zecken momentan unser geringstes Problem", wagte ich einzuwerfen. Ich kannte Laras Zeckenphobie und wusste aus Erfahrung, dass sie sich da richtig reinsteigern konnte. Deshalb versuchte ich sie zu beruhigen.

„Tanja hat uns doch heute Morgen erst Ledum gegeben. Und uns zusätzlich noch mit diesem grünen, stinkenden Zeug eingerieben. Das sollte ein paar Tage jede Zecke von uns abhalten. Aber sag mal…"

Wo ich gerade von Tanja sprach. Lara hatte doch diesen besonderen telepathischen Draht zu unserem Frauchen. Die Beiden unterhielten sich oft miteinander über diese Tierkommunikation. Mit mir versucht Tanja auch ab und zu über unsere Gedanken zu sprechen, doch so gut wie mit Lara klappt es bei mir nicht.

„Konntest du denn Tanja schon erreichen?" wollte ich wissen denn ich wusste, dass Lara heute schon mehrmals versucht hatte mit unserem Frauchen zu kommunizieren. Aber aus irgendeinem Grund hatte es nicht geklappt.

Lara gab mir keine Antwort, denn sie war damit beschäftigt, ein dichtes Gebüsch zu durchdringen, das uns den Weg versperrte. Dazu benutzte sie ihr Gebiss um die Zweige auseinanderzureißen oder besonders störrische zu zerbeißen. Ich half ihr dabei und nach einer Weile hatten wir es geschafft. Vor uns lag eine Straße.

Wir schüttelten uns beide erst einmal gründlich, so dass aus unserem Fell all die darin hängenden Blätter, kleinen Zweige, Tannennadel und natürlich besonders die Zecken herausgeschleudert wurden. Dann setzten wir uns in das halbhohe Gras, das die Straße säumte.

Lara hatte meine Frage nicht vergessen und gab mir jetzt Antwort: „Nein, ich konnte Tanja noch nicht erreichen aber ich werde es später nochmals versuchen. Du weißt ja, es klappt am besten, wenn man Ruhe hat und das war ja die ganze Zeit nicht der Fall. Vermutlich sind Tanja und Felix ebenso aufgeregt wie wir. Ich werde es nochmal versuchen sobald wir einen Platz gefunden haben, wo wir schlafen können. Es wird schon langsam dunkel und ich möchte auf keinen Fall hier mitten im Niemandsland unter freiem Himmel nächtigen. Wer weiß, was es hier für Tiere gibt."

„Naja, Bären und Wölfe wird es nicht geben", versuchte ich sie zu beruhigen. Wobei ich mir selbst insgeheim Sorgen machte. Denn die Straße, die vor uns lag, schien aus dem Nichts zu kommen und auch ins Nichts zu führen. Besonders oft befahren wurde sie anscheinend auch nicht, denn so lange wir hier hockten, war noch kein Auto an uns vorbei gekommen.

„Ich will jedenfalls nicht im Freien übernachten." Lara klang kategorisch. Sie stand auf und ging nahe an den Straßenrand von wo aus sie lange erst in die eine, dann in die andere Richtung witterte.

„Wir laufen hier entlang", bestimmte sie und lief auch gleich los. Ich trottete ihr hinterher. Da wir nicht wussten wo die nächsten menschlichen Behausungen waren war es schließlich egal, in welche Richtung wir uns hielten.

Immerhin hatte Lara den Weg eingeschlagen der leicht abwärts führte, anscheinend hatte sie auch keine Lust den Hügel hinauf zu latschen. Mein Magen knurrte und ich hatte Durst. Es regnete schon eine Weile nicht mehr, was uns gar nicht aufgefallen war. Endlich fanden wir eine Kuhle in der sich Regenwasser angesammelt hatte, es war klar und frisch. Wir tranken beide so viel wie nur ging, denn wir wussten ja nicht wann wir wieder Wasser finden würden.

Mir war zum Heulen zu Mute und vermutlich ging es Lara ebenso. Doch keiner traute sich es dem anderen zu gestehen. Deshalb trabten wir schweigend weiter bergab. Noch immer war uns kein Auto begegnet, die Gegend schien wirklich verlassen zu sein. Wo waren wir nur gelandet?

„Schau mal, da drüben ist ein Bauernhof oder etwas ähnliches", unterbrach Lara meine trüben Überlegungen. Wir blieben stehen und starrten auf ein paar Dächer, die etwas entfernt über den Wiesen aufragten.

„Was meinst du, sind das Wohnhäuser oder alte Ställe und Scheunen?" Lara klang ratlos. Sie witterte in die Richtung um vielleicht den Geruch von Menschen einzufangen.

„Ich meine ich rieche Rauch. Kannst du es nicht riechen?"

„Nö", sagte ich. „Aber da ist doch Licht. Dann muss da auch jemand wohnen. Vielleicht sollten wir einfach mal hingehen?"

„Auf jeden Fall, vielleicht gibt man uns ja etwas zu fressen. Aber wir werden nirgends reingehen, hörst du! Einmal eingesperrt werden reicht mir."

Ich brummte zustimmend, das war auch ganz meine Meinung.

Wir liefen los um die Straße zu überqueren, doch kaum hatte ich einen Fuß auf den Asphalt gesetzt, da donnerte etwas heran und ich sprang erschrocken zurück. Ein LKW brauste so dicht an mir vorüber, dass ich fast vom Luftzug mitgerissen wurde. Dann war das Ungetüm an mir vorbei.

„Das war vielleicht knapp, was?" fragte ich Lara, doch ich erhielt keine Antwort. Ich schaute mich um aber sie war nicht da. War sie etwa…?

„Lara", heulte ich auf so laut ich konnte. Hektisch schaute ich die Straße rauf und runter. In Sekundenbruchteilen lief eine Szene in meinem Kopf ab, in der Lara von dem LKW mitgerissen wurde. Noch einmal heulte ich los. „L a r a !"

Ich schaute über die Straße und sah wie sich etwas Weißes aus dem Gras am Randstreifen aufrappelte. Dann schaute sie zu mir herüber, mit vor Schreck weit aufgerissenen Augen.

„Ich bin hier, hier hüben." Ihre Stimme klang seltsam dünn. Doch immerhin konnte sie sprechen. Ich machte mich sofort auf den Weg über die Straße, jedoch nicht ohne vorher in beide Richtungen geschaut zu haben. Aber es war weit und breit kein Fahrzeug zu sehen. Ich spurtete los und stand dann neben meiner Gefährtin. Sie stand auf allen vier Beinen und schien nicht verletzt zu sein. Dennoch schnüffelte ich sie besorgt von vorn bis hinten ab. Blut konnte ich keines riechen, Anubis sei Dank.

„Ich bin in Ordnung, hab mich bloß furchtbar erschrocken, als dieses Ungetüm so nah an mir vorbeirauschte. Zum Glück hatte ich es schon halb über die Straße geschafft. Dann hat mich ein Windstoß erfasst und ich landete hier im Graben. Aber was ist mit dir, bist du auch ok?"

Ich erklärte ihr wie es mir ergangen war, dann meinte ich kopfschüttelnd: „Da kommt die ganze Zeit kein einziges Auto, und sobald wir loslaufen, werden wir beide fast überfahren. Ich denke, wir sollten uns schleunigst ein sicheres Lager für die Nacht suchen. Mein Bedarf an Abenteuern ist für heute gedeckt."

„Na, wir wollten doch zu dem Bauernhof laufen. Vielleicht finden wir in einem der Ställe Unterschlupf, oder sogar was zum Fressen. Ich hab so einen Hunger."

Sie klang schon wieder recht resolut so dass ich nicht widersprach, obwohl es mir nicht gerade gefiel was sie vorhatte. Wir liefen jetzt querfeldein, das war der kürzeste Weg zu dem Bauernhof. Auf dieser Straßenseite gab es Wiesen, die in Felder übergingen und dahinter lag der Hof. Als wir näherkamen konnten wir Ställe und Koppeln erkennen und dazwischen ein schäbiges Wohnhaus, aus dessen Schornstein Rauch quoll. Lara hatte also recht gehabt, als sie meinte Rauch zu riechen.

Plötzlich drang das Bellen eines Hundes in unsere Ohren und wir blieben erst einmal stehen um zu schauen, wo er war. Ich wusste von meinen Einsätzen mit unserer MfTN-Organisation, dass Wachhunde nicht immer freundlich zu ihren Artgenossen waren. Dem tiefen Bellen nach war es ein großer Hund, der den Bauernhof bewachte. Ich hatte keine Lust heute auch noch in eine Rauferei zu geraten.

„Ach was, der tut uns schon nichts", wiegelte Lara ab, als ich ihr meine Befürchtung kundtat. „Das ist ein Rüde, das hör ich an der Stimme. Den wickle ich um die Pfote."

Ich verdrehte die Augen. Ja, so war sie meine Lara. Sie war sich sicher mit ihrem Charme könne sie jeden Hund, zumindest die männlichen, becircen. Nun ja, musste ich mir eingestehen, bisher war ihr das auch immer gelungen. Also folgte ich ihr mit einem leisen Seufzer.

Kapitel 4: Der Hofhund

Lara deutete mit dem Kopf in die Richtung, wo die Ställe aufhörten und ich folgte ihrem Blick.

„Da ist der Hund, dort neben dem zerfallenen Schuppen. Sieht so aus als sei er angebunden. Eigentlich dachte ich, das sei verboten. Hast du mir nicht mal sowas erzählt?"

Das hatte ich allerdings, denn als Hund der in einer Tierschutzorganisation arbeitet muss man sowas wissen. Ich wusste aber auch dass es immer noch Leute gab, die sich nicht daran hielten und ihre Hunde an Ketten oder in Zwingern hielten.

„Vielleicht sollten wir doch nicht hingehen", versuchte ich Lara umzustimmen. Menschen die ihren Hund an der Kette hielten waren bestimmt nicht so freundlich, zwei dahergelaufenen Hunden eine Mahlzeit und ein trockenes Plätzchen für die Nacht anzubieten. Am Ende waren sie uns sogar feindlich gesinnt und jagten uns davon. Oder noch Schlimmeres…

„Ach papperlapapp, du bist heute ein richtiger Hasenfuß", war Laras lakonische Antwort auf meine Befürchtungen. „Ich hab dir doch gesagt, wir gehen nirgends wo rein und kommen den Menschen auch nicht zu nahe. Was soll uns da schon passieren?"

Mir wäre eine ganze Menge eingefallen, doch ich hielt verstimmt die Schnauze. Meine Gefährtin war sowieso bereits weitergegangen, mir blieb nur ihr zu folgen.

Als wir näher kamen bemerkte uns der Kettenhund und fing zu bellen an. Er klang richtig böse und tobte an seiner Kette.

„Der macht ja alles rebellisch", unkte ich. „Gleich werden seine Leute erscheinen und uns zum Teufel jagen. Ich sag dir, das wird nix mit einer Mahlzeit und einem Schlafplatz. Den Weg hätten wir uns sparen können."

Wie zur Bestätigung flog die Tür des Bauernhauses auf und ein älterer Mann kam heraus. Er war einen misstrauischen Blick in die Runde, doch da wir uns schnell flach auf den Boden legten sah er uns nicht. Wütend hob er die Faust drohend in die Richtung seines Hundes und schrie ihn an. Woraufhin sich der Kettenhund duckte und den Kopf abwandte. Kein Zweifel, er hatte Angst vor seinem Besitzer. Was mir insgeheim meine Ahnung bestätigte, dass wir hier auf keinen Fall willkommen wären.

Selbst Lara neben mir schien nachdenklich zu werden. Doch anders als ich dachte kam ihr etwas anderes komisch vor.

„Hast du das mitbekommen?" fragte sie mich, wartete aber keine Antwort ab. „Die Sprache klingt ganz anders als die bei uns zuhause. Ich habe kein Wort verstanden."

„Nun, äh, ich auch nicht. Aber ich habe auch nicht so genau zugehört, was der Mann sagte. Sein Tonfall war jedenfalls unmissverständlich. Wir sollten von hier verschwinden, wenn der Hund dort erneut zu bellen anfängt, bekommt er vielleicht noch Prügel."

Das wollte Lara natürlich auch nicht, dennoch gab sie nicht so schnell auf. „Ich lauf erst mal allein zu dem Hund", schlug sie vor. „Er ist ein Rüde und wird mir schon nicht übel gesonnen sein. Sobald ich mit ihm gesprochen habe kommst du dann nach. Okay?"

Bevor ich antworten konnte rannte sie schon los, direkt auf den Hund zu. Er schaute ihr entgegen, bellte aber nicht. Dann war sie bei ihm und plänkelte ein paar Sekunden mit ihm herum, so dass er sich von ihrer Harmlosigkeit überzeugen konnte.

In mir keimte leise Eifersucht auf, obwohl ich wusste dass Lara nur mich liebt und kein Interesse an anderen Rüden hat. Immerhin ging ihre Taktik voll auf, der Kettenhund blieb ruhig, auch als ich zu den Beiden stieß.

Ich begrüßte den Artgenossen respektvoll, wie es sich gehört, wenn man das Revier eines fremden Hundes betritt. Auch wenn dieses Revier nur so groß war, wie die Kette reichte.

Der Hofhund war schon recht alt und entgegen seinem wütenden Gebell von vorher überglücklich, dass wir ihm

Gesellschaft leisteten. Nach der Begrüßung zeigte er uns seinen Unterschlupf, der sich einem halb zerfallenen Bretterverschlag befand. Darin hatte er ein einfaches Strohbett und eine uralte, zerlumpte Decke.

„Nun ja, besser als im Freien zu schlafen", bemerkte Lara leise zu mir als sie sich umsah. Sie rümpfte ein bisschen die Nase und fragte. „Aber reicht der Platz für uns drei?"

„Ach, wenn wir uns ein bisschen zusammenkuscheln wird es reichen", meinte der Hund. Was Besseres hab ich nicht aber ich bin ganz zufrieden damit. Ich bin froh, dass mich mein Herr noch hier duldet. In meinem Alter ist das nicht selbstverständlich. Als ich als junger Hund hier herkam, gab es schon einen älteren Hofhund, der mich anlernte. Nachdem ich groß genug war, hat ihn der alte Bauer von der Kette genommen und vom Hof gejagt. Er strich noch einige Zeit hier herum, traute sich aber nicht mehr nahe heran. Er wurde immer magerer und eines Tages lag er morgens tot in der Einfahrt."

Das ist ja schrecklich", entfuhr es mir. Ich schaute ihn unsicher an. „Meinst du, man wird dich eines Tages auch fortjagen?"

„Ich weiß es nicht", meinte er seltsam ungerührt.

„Wenn sie eines Tages einen jungen Hund herbringen, werden meine Tage wohl gezählt sein. Aber noch ist es nicht soweit…"

„Sag mal, zu essen gibt es hier wohl nichts für uns", unterbrach Lara das Gespräch, bevor es zu empathisch wurde.

Der Hofhund lachte rau auf.

„Nein, tut mir Leid, damit kann ich euch nicht dienen. Es reicht immer gerade so, dass mir nicht ständig der Magen knurrt. Meine Leute sind der Meinung, ein satter Hund würde nicht richtig aufpassen. Zudem seid ihr bestimmt etwas Besseres gewohnt als eingeweichtes Brot und Essensreste."

„Naja, Brot wär gar nicht so schlecht", warf ich ein. „Das macht wenigstens satt. Ich habe so einen Hunger."

Lara rümpfte erneut die Nase. Für sie war Brot nur dann akzeptabel, wenn es dick mit Leberwurst bestrichen war.

„Na, wenn ihr Brot fressen wollt, so kann ich euch einen Tipp geben. Davon liegt immer reichlich am Fenster des Schweinestalls, damit es trocknet. Die Frau arbeitet in einer Bäckerei und bringt am Wochenende immer das alte Brot mit, das nicht verkauft wurde. Es wird dann an die Schweine und Hühner verfüttert. Leider kann ich selbst nicht hin, da meine Kette nicht so weit reicht. Aber für euch dürfte das kein Problem sein."

Der alte Hund leckte sich die Schnauze, bei dem Gedanken an eine zusätzliche Mahlzeit.

„Meinst du, wir können das holen, ohne gesehen zu werden?" wollte ich wissen. Er nickte.

„Klar, ist ja gerade nebenan. Und das Fenster ist nicht besonders hoch, da kommt ihr hin ohne euch strecken zu müssen."

Bevor Lara und ich uns zur Mission Brotklau aufmachten, checkten wir erst vorsichtig die Lage. Es war inzwischen dunkel geworden und nieselte auch wieder leicht. Ein Blick zu den Fenstern des Bauernhauses sagte uns jedoch, dass von dort keine Gefahr der Entdeckung drohte. Die Vorhänge waren alle zugezogen. Also schlichen Lara und ich los zum Schweinestall und fanden auch auf Anhieb das Brot auf besagtem Fenstersims. Dort lagen einige runde Laibe. Wir packten uns jeder einen und trugen ihn zu dem Unterschlupf. Dann schlich ich nochmals los um noch einen Laib zu stibitzen. Und während draußen der Himmel seine Schleusen öffnete, saßen wir trocken auf der alten Decke und taten uns an dem alten Brot gütlich.

Wenn man richtig hungrig war schmeckte es gar nicht mal so schlecht, das musste schließlich sogar Lara zugeben. Nach dem Mahl kuschelten wir alle drei näher zusammen. Der alte Kettenhund, der übrigens keinen Namen hatte, verbrachte die Nacht satt und zufrieden wie nie zuvor.

Es war noch nicht richtig hell als uns lautes Krähen weckte. Ich hob erschrocken den Kopf und Lara ebenso. Krähende Hähne gibt es bei uns nicht mehr, höchstens noch in Kleintierzuchtvereinen. Dieser Hahn war uns allerdings ganz nahe.

Das brachte uns schnell ins Bewusstsein zurüc, dass wir sehr, sehr weit von zu Hause weg waren.

Der alte Hofhund streckte sich ächzend und schaute uns an.

„Ihr müsst euch beeilen, wenn ihr dem Bauern nicht über den Weg laufen wollt. Er steht auf, sobald der Hahn kräht."

Er blickte uns traurig an. „Ich habe mir lange überlegt ob ich mit euch gehen soll, doch ich fürchte ich bin zu alt um mich noch mal auf solch ein Abenteuer einzulassen. Wenn ich Glück habe darf ich auf dem Hof bleiben solange ich lebe, der junge Bauer ist nicht ganz so hartherzig wie es der alte war."

Wir hatten ihm angeboten, dass er mit uns kommen könne, auf unserem Weg nach Hause. Es wäre ein leichtes gewesen sein Halsband, das aus einem alten Strick bestand, durchzubeißen. Dann wäre er frei gewesen. Allerdings konnten wir ihm nicht sagen wie weit wir laufen mussten, um wieder nach Hause zu kommen. Das wussten wir ja selbst nicht. Deshalb konnte ich seine Entscheidung verstehen.

„Nun denn, mach's gut, Kumpel. Und vielen Dank, dass wir bei dir übernachten durften." Ich nahm das Stück Brot, dass ich von gestern Abend übrig hatte, ins Maul und trottete durch den Eingang des Verschlags nach draußen. Lara folgte mir, nachdem sie sich ebenfalls von dem alten Hund verabschiedet hatte. Auch sie trug noch einen Rest Brot im Maul, unser Frühstück.

Kaum waren wir über die Hofgrenze hörten wir, wie die Tür des Hauses geöffnet wurde. Der Bauer sah uns davonlaufen und rief uns etwas nach, was wir nicht verstanden. Es klang nicht besonders freundlich, deshalb beeilten wir uns hinter den halbhohen Büschen in Deckung zu gehen, die den Hof begrenzten. In ihrem Schutz machten wir uns eilig aus dem Staub und hielten erst an, als wir sicher waren, weit genug entfernt zu sein.

Kapitel 5: Auf der Suche nach der Stadt

Lara legte sich aufatmend in das weiche Gras, das unter einem Bäumchen wuchs, und ich tat es ihr nach. Hier waren wir vorerst sicher und konnten ganz in Ruhe unser Brot verzehren.

Nachdem wir auch noch die letzten Krümel von den Grashalmen geleckt hatten, schließlich wussten wir nicht wann wir wieder etwas bekommen würden, schauten wir uns unschlüssig an. Wie sollte es nun weitergehen?

„Ich habe inzwischen mit Tanja Kontakt aufnehmen können", begann Lara ohne Umschweife zu erzählen.

„Sie fragte mich ob es uns gut gehe und ob wir das Wohnmobil inzwischen verlassen hätten und sie schien sehr erleichtert, als ich ihr das bestätigte. Sie fragte weiter ob wir bei Menschen seien, was ich verneinte. Ich sagte ihr dass wir nicht wissen wo wir sind und wie wir nach Hause finden könnten. Da erklärte sie mir dass in unserem Wohnmobil ein Teil eingebaut sei, durch das man feststellen könne wo es sich befindet. Ganz verstanden hab ich das nicht aber auf jeden Fall wisse sie nun, dass wir in einem Land seien, dass Polen heißt. Sie meinte auch, wir befänden uns vermutlich nicht allzu weit weg von einer größeren Stadt namens Bunzlau.

Wir sollen versuchen, diese Stadt zu finden. Felix sei schon unterwegs dorthin. Dann sagte sie noch sie würde sich wieder mit uns in Verbindung setzen, auch mit dir. Wir sollen vorsichtig sein und nicht einfach drauflos laufen, sondern versuchen diese Stadt zu finden. Wir sollen uns jedoch von Menschen möglichst fernhalten aber versuchen, ein Tierheim oder die Polizei zu finden. Die würden unsere Chips auslesen und Felix benachrichtigen. Der würde uns dann dort abholen."

Lara hechelte unsicher als sie mit dem erzählen fertig war und sah mich ungewohnt ernst an.

„Das klingt alles furchtbar kompliziert, ich weiß ehrlich nicht ob wir das schaffen.

Wie sollen wir bloß diese Stadt finden? Und dort das Tierheim oder die Polizei?"

Sie klang so kläglich, dass ich überzeugter antwortete, als ich fühlte: „Klar finden wir diese Stadt, da bin ich mir ganz sicher. Aber leicht wird es nicht werden, da wir ja leider nicht einmal die Sprache die man hier spricht verstehen, geschweige denn die Namen auf den Ortsschildern lesen können. Eine Weile wird es wohl dauern bis wir die Stadt finden. Und wir werden bis dahin auf uns selbst gestellt sein und uns allein durchschlagen müssen. Deshalb sollten wir nichts unversucht lassen, diese Stadt so schnell als möglich zu finden. Vermutlich ist sie ja nicht allzu weit weg."

„Vermutlich, vermutlich", murrte Lara unzufrieden. „Das kann alles oder nichts bedeuten. Aber ich denke, es bleibt uns nichts anderes übrig als diese Stadt zu finden. Bloß, in welche Richtung sollen wir uns halten? Und was sollen wir fressen? Hier ist nichts außer Wiesen und Wald. Am besten, wir gewöhnen uns gleich daran Gras zu fressen, davon gibt es jedenfalls genug."

Zur Bekräftigung ihrer Worte rupfte sie ein paar Grashalme aus und kaute darauf herum.

Ich schüttelte mich.

„Iih, Gras, das fresse ich höchstens, wenn ich mir den Magen verdorben habe. Ein kräftiger Hund wie ich braucht seine ordentlichen Mahlzeiten."

„Na, ich muss auch etwas Gescheites fressen, damit ich bei Kräften bleibe", maulte Lara. „Wer weiß wie lang es noch dauert, bis Felix uns gefunden hat. Also, dann lass uns lieber gleich losgehen. Bloß, in welche Richtung sollen wir laufen?"

„Schnüffeln wir einfach mal in die Luft", schlug ich in Ermangelung eines besseren Planes vor. „Vielleicht kann man die Stadt ja riechen."

Wir reckten beide die Nasen in den Wind und schnüffelten intensiv. Und tatsächlich, aus einer Richtung kam ein vertrauter

Geruch, der mich an Autos, Menschen und alle möglichen Ausdünstungen erinnerte, die in Städten so auftraten.

„Also, ich rieche tatsächlich etwas", rief Lara aufgeregt aus. Sie witterte intensiv in die gleiche Richtung, aus der mir der Geruch entgegen kam. Und da sie ein Stück höher war als ich, musste sie es noch besser riechen können."

„Na, dann wissen wir ja, wohin wir uns wenden müssen", brummte ich erleichtert. „Gehen wir gleich los."

Eine Weile liefen wir durch halbhohe Wiesen und als wir an einem Bach vorüber kamen, tranken wir uns satt. Das restliche Brot vom Morgen war längst verdaut, mein Magen verlangte lautstark nach seiner gewohnten Mahlzeit. Lara, die dicht neben mir lief, schüttelte den Kopf.

„Ooh Robin, dein knurrender Magen macht mich ganz nervös. Wie schaffst du es nur solche Geräusche von dir zu geben? Das ist doch nicht normal."

„Wir Bulldoggen sind ja auch keine gewöhnlichen Hunde", konterte ich mürrisch. Mein leerer Bauch rebellierte immer heftiger, was wahrhaft kein schönes Gefühl war.

Dann war die Wiese plötzlich zu Ende und vor uns lag eine Straße. Naja, Straße war vielleicht nicht der richtige Ausdruck, da im Asphalt große Löcher klafften, die mit Regenwasser gefüllt waren. Vermutlich fuhr hier kaum einmal ein Auto entlang. Trotzdem blieben wir in gebührendem Abstand zur Fahrbahn stehen um uns erst einmal zu orientieren.

Der Geruch einer menschlichen Ansiedlung war stärker geworden und als wir in die Richtung schauten, aus der er kam, sahen wir in der Ferne einen Kirchturm aufragen.

„Ha, wo eine Kirche ist, da ist auch eine Stadt", meinte ich zufrieden. „Und wo eine Stadt ist, gibt es bestimmt etwas zu fressen."

Neben mir seufzte Lara leise auf. „Kannst du auch an was anderes als ans Fressen denken? Ich habe auch Hunger, aber wichtiger finde ich, dass wir schnell einen Polizisten oder ein

Tierheim finden. Wenn wir in Sicherheit sind, dann bekommen wir auch etwas zu fressen."

Beleidigt schaute ich zu meiner Gefährtin hin, sie wusste doch, dass ich nicht gut an etwas anderes denken konnte, wenn ich hungrig war. Doch sie ignorierte meinen Blick und meinte nachdenklich: „Was tun wir, wenn das gar nicht Bunzlau ist? Für eine Stadt sieht mir das da ziemlich klein aus."

Wir waren auf einer Anhöhe angelangt, von der aus wir einen guten Blick über die Landschaft hatten. Das was da im Tal vor uns lag war tatsächlich keine Stadt sondern ein Dorf. Enttäuscht blickten wir uns an. Was nun?

„Wenn wir schon hier sind, dann können wir auch runter laufen und uns umschauen. Vielleicht finden wir ja einen Hund oder ein anderes Tier das weiß, wie wir nach Bunzlau kommen." Viel Hoffnung hatte ich nicht und Lara anscheinend auch nicht, denn ihre Antwort klang skeptisch.

„Wenn du meinst, dann schauen wir uns das Dorf halt etwas genauer an. Aber wir müssen vorsichtig sein, keine Ahnung, wie die Menschen hier mit Hunden umgehen, die frei herumlaufen."

Vor allem wenn sie versuchen an etwas Fressbares zu kommen, dachte ich bei mir, hütete mich aber Lara meine Gedanken zu offenbaren. Also grunzte ich nur zustimmend, dann machten wir uns auf, den Weg ins Dorf zu nehmen.

Er war weiter als es von oben ausgesehen hatte, denn das enge Sträßchen lief in Zickzacklinien nach unten. Durchs freie Gelände zu laufen empfahl sich allerdings auch nicht, da es hier sehr steinig war und überall Disteln und kleine stachelige Büsche wuchsen. Als wir endlich unten waren, taten meine Füße weh. Bulldoggen Füße sind nicht unbedingt dafür da lange und schlecht asphaltierte Wege zu laufen. Deshalb kam mir der kleine Bach gerade recht, der unseren Weg kreuzte. Ich watete hinein und grub meine wunden Füße in den weichen kühlenden Sand. Ach, war das herrlich.

Lara tat es mir nach, wahrscheinlich taten ihr ebenfalls die Füße weh, da sie es eher gewohnt war auf gepflegten Parkwegen oder weichen Waldböden zu laufen. Wir ließen uns Zeit das kühle Bächlein zu genießen und folgten ein Stück seinem Lauf. Dabei tranken wir immer mal wieder ein paar Schlucke Wasser.

„Schau mal, dort zwischen den Bäumen versteckt, ist eine Hütte." Lara war schon aus dem Wasser und auf dem Weg zu besagter Hütte. Ich reckte erst einmal den Kopf um zu schauen ob es sich überhaupt lohnte aus dem Bach zu steigen. Die Hütte lag wirklich sehr versteckt hinter Büschen und Bäumen, ich entdeckte sie erst auf den zweiten Blick. Laras Augen waren zweifellos schärfer als meine.

Langsam tappte ich aus dem kühlen Bach um mir die Hütte aus der Nähe anzusehen. Was Lara daran so interessant fand war mir schleierhaft, aber sie würde mich schon aufklären.

Unter den Bäumen war es düster und ungemütlich und die Hütte sah aus der Nähe betrachtet ziemlich zerfallen aus. Die Tür hing schräg in den Angeln und ließ sich vermutlich gar nicht öffnen. Ich blickte mich suchend um, wo war Lara? Ich wollte gerade zu bellen anfangen, da tauchte sie an der Seite auf. Ihre Augen blitzten aufgeregt und sie drehte sich sofort wieder um und verschwand. Grummelnd lief ich ihr hinterher, vorbei an hohen Brennnesseln, die mein Fell streiften.

Lara war schon wieder nicht mehr zu sehen, konnte aber nicht weit sein. Da stand sie auch schon plötzlich vor mir.

„Komm, hier geht's rein." Schon war sie wieder verschwunden. Jetzt sah ich auch die Lücke in den Brettern der Hüttenwand, eines war morsch und abgefault. Die Lücke war so groß, dass Lara problemlos durchpasste. Leider war sie etwas eng, so dass ich nur mit Anstrengung durch kam.

„Ich dachte mir das wäre eine ideale Unterkunft für die Nacht", erklärte Lara und ignorierte mein Schnaufen. „Nur, falls wir bis zum Abend kein Tierheim gefunden haben. Sieht doch ganz gemütlich aus, oder?"

Meine Augen hatten sich an das spärliche Licht gewöhnt, das durch ein kleines Fenster in der Tür drang und ich blickte mich in der Hütte um. Gemütlich? Na ja, wenn man keine besonderen Ansprüche stellte. Immerhin war es trocken und auf dem Boden lag Heu und Stroh herum. Aber in unserer momentanen Lage mussten wir uns eben behelfen.

Deshalb stimmte ich zu: „Ja, sieht ganz passabel aus. Bloß schade, dass es keinen Vorratsraum gibt, gefüllt mit Würsten und Speck..."

Oh, Robin", seufzte sie auf, dann fügte sie jedoch resigniert hinzu. „Ich habe ehrlich gesagt auch mächtigen Hunger. Aber wo sollen wir etwas zu fressen herbekommen? Meinst du in dem Dorf gibt es ein paar nette Menschen, die uns etwas geben?"

Das wusste ich auch nicht. „Wir werden es herausfinden müssen", gab ich zur Antwort. „Deshalb sollten wir uns auf den Weg machen."

Bevor ich mich wieder durch die Lücke zwängte versuchte ich das Loch mit den Zähnen zu erweitern, damit ich besser durchkam. Das morsche Holz gab schnell nach, ich konnte ein recht großes Stück herausbrechen und spuckte es weg „Pfui Teufel, da sind bestimmt jede Menge Holzwürmer drin."

Immerhin kam ich jetzt problemlos durch den Spalt und kurz darauf machten wir uns endgültig auf den Weg ins Dorf. Kurz vor den ersten Häusern hockten wir uns an den Straßenrand um nochmals zu beratschlagen, wie wir vorgehen wollten.

„Wenn die Möglichkeit besteht so laufen wir nah am Straßenrand", schlug ich vor und Lara nickte zustimmend. „Damit wir schnell abhauen können, sollte uns jemand einfangen wollen oder den Weg abschneiden. Am besten ist wohl, uns ständig umzusehen und die Ohren offenzuhalten. Wir verstehen zwar die Sprache nicht, aber am Tonfall können wir hören ob uns Gefahr droht. Und ganz wichtig; falls wir wegrennen müssen dürfen wir uns nicht aus den Augen verlieren. Wir müssen zusammen bleiben, komme was wolle." Damit war mir bitterernst, es wäre nicht auszudenken wenn wir getrennt würden. Das war auch Lara klar, sie nickte ernst zu meinen Worten.

Kapitel 6: Wie beschafft man eine Mahlzeit?

Die ersten Häuser, an denen wir vorüber kamen, waren alt und schäbig. Bei den meisten blätterte der Putz an vielen Stellen ab und alle sahen sie grau und trostlos aus. Es roch intensiv nach Schweinen und Kühen. Große Hoftore schirmten die Anwesen nach außen ab, hinter fast jedem bellte ein Hofhund.

Da es Mittagszeit war schien alles wie ausgestorben, nur ein paar magere Katzen strichen durch die engen Gassen zwischen den Höfen. Keiner beachtete Lara und mich, was uns nur Recht war.

Wir trabten zügig in Richtung der Kirche, deren Turm uns den Weg wies. Denn meist spielte sich das Leben im Inneren der Dörfer ab, so war es zumindest bei uns zu Hause. Wir hofften es wäre hier eben so, denn wenn wir etwas zu fressen bekommen wollten, so mussten wir Menschen aufsuchen.

Tatsächlich belebten sich die Gassen allmählich, je näher wir der Kirche kamen. Und dann stieg uns ein himmlischer Duft nach allerlei Fleischwaren in die Nasen.

„Da ist ein Markt", platzte ich erfreut heraus, „juhu, da gibt es jede Menge zu fressen." Mir lief in Vorfreude der Sabber aus den Lefzen. Auch Lara schnüffelte und leckte sich die Schnauze. Wir liefen zügiger und hielten uns, wenn möglich, im Schatten von Bäumen oder Autos, die am Straßenrand standen. Bisher hatte sich allerdings noch niemand für uns interessiert. So kamen wir unangefochten auf dem Marktplatz an und setzten uns erst einmal unter eine abgestellte Holzkarre um uns umzuschauen.

Der Markt bestand aus einigen Tischen unter Sonnenschirmen auf denen hauptsächlich Obst, Gemüse und Kartoffeln angeboten wurden. Dann gab es einen Stand mit irgendwelchen Pflanzen und einen, an dem Töpfe, Pfannen und dergleichen angeboten wurden. Alles uninteressant für zwei hungrige Hunde.

„Der Duft kommt von dort hinten", meinte Lara und deutete mit der Nase geradeaus. „Vielleicht sollten wir uns eher seitlich der Stände halten. Dort wo die leeren Kisten rumstehen, da sieht man uns nicht sofort."

Das war auch meine Meinung und so trabten wir los, hielten uns möglichst im Schatten, damit wir nicht auffielen. Bei den Kisten und Karren angekommen, die hinter den Ständen abgestellt waren, machten wir uns klein und schlichen daran entlang, bis wir am Objekt unserer Begierde angekommen waren: Dem Fleisch- und Wurststand. Der Duft von geräucherten Würsten brachte mich fast um den Verstand und mein Magen knurrte so laut, dass ich befürchtete jeder könne es hören. Auch Lara troff vor Hunger der Speichel aus den Lefzen. Doch wir bezähmten beide unsere Gier um zuerst erneut die Lage zu sondieren.

Ein grobschlächtiger Mann in Gummistiefeln und mit einer weißen Schürze um den Bauch bediente gerade eine Frau. Während er ihr Fleisch und Würste einpackte, schwatzte er lachend auf sie ein. Außer den Beiden war niemand am Stand. Die Gelegenheit konnte für uns nicht günstiger sein.

Schon längst hatten wir die Plastikwanne ausgemacht, die hinter der Theke stand und in der sich jede Menge geräucherte Blutwürste befanden. Der Metzger drehte uns den Rücken zu und plauderte noch immer mit der Frau. Ansonsten stand nur noch ein Tourist herum, der die Kirche fotografierte.

Lara und ich waren uns auch ohne Plan einig und pirschten uns an die Wanne heran. Dann schnappten wir gleichzeitig zu und hielten jeder eine Wurst im Maul. Nun war Eile angesagt, wir drehten uns um und rannten mit unserer Beute davon.

Leider hatten wir nicht bemerkt, dass die Würste alle miteinander verbunden waren. Hinter uns fiel die Wanne mit Gepolter von dem niederen Schemel, auf dem sie gestanden hatte. Trotz unserem Schreck ließen wir unsere Beute nicht los und rannten, so schnell es unsere Last zuließ davon. Dabei zogen wir eine Kette von Blutwürsten hinter uns her.

Der Metzger rannte uns schreiend hinterher, ebenso der Mann mit der Kamera, wie ich aus dem Augenwinkel erspähte. Er hielt den Apparat hoch und schien uns mit unserer Beute zu fotografieren.

Am Ende des Marktes gab der Metzger die Verfolgung auf. Nachdem er uns noch einen Stein hinterher geworfen hatte, der uns zum Glück nicht traf, blieb er stehen. Das hörten wir an seinen schnell leiser werdenden Flüchen, die er uns nachrief.

„Wasch maschen vier jetscht?" hörte ich Lara neben mir. Mit den Würsten im Maul konnte sie nicht deutlicher sprechen. Statt ihr zu antworten bog ich in Richtung eines steinernen Denkmals ab, das von Büschen umsäumt war. Dahinter, so schien mir, war ein günstiges Versteck für uns. Ein schneller Blick zurück sagte mir außerdem, dass wir nicht verfolgt wurden.

Schwer atmend blieben wir hinter dem Denkmal stehen und mussten erst einmal wieder zu Atem kommen. Der Platz war nicht schlecht, hier konnten wir in Ruhe unsere Beute vertilgen. Die Wurstkette war noch fast vollständig, nur einige Würste hatten den Ritt über holpriges Pflaster nicht unbeschadet überstanden. Doch das war mir und Lara völlig egal, wir hatten so viele Würste, dass wir auf jeden Fall satt wurden.

Heißhungrig stopften wir uns mit Blutwurst voll, bis wir nicht mehr konnten. „Das war lecker", meinte Lara und schleckte sich die Lefzen ab. „So satt war ich schon lange nicht mehr."

Anstatt einer Antwort rülpste ich kräftig und schaute bedauernd auf die restlichen Würste. Nein, es würde keine einzige mehr in meinen Magen passen.

„Was tun wir jetzt?", wollte Lara wissen. „Meinst du, dieser Platz ist sicher genug um ein Schläfchen zu halten? Ich bin hundemüde nach diesem Abenteuer."

Ich konnte ihr nur zustimmen. „Ich denke schon, dass wir sicher sind. Hier war schon ewig kein Mensch mehr, warum sollte gerade jetzt einer kommen. Und falls doch, so können wir durch die Büsche fliehen, da kommt uns so leicht keiner hinterher."

Ich träumte, dass jemand heranschlich und sich über die restlichen Würste hermachte. Sofort war ich hellwach und starrte auf die Stelle, an der wir den Rest unserer Beute versteckt hatten.

Es war kein Traum gewesen, dort, wo ich die übriggebliebenen Würste unter Sand und Laub verbuddelt hatte, stand ein Hund und fraß eilig.

„Hey, was machst du da, das sind unsere Würste", grollte ich und stand mit einem Satz bei ihm. Auch Lara war erwacht und stand ebenfalls knurrend neben mir. Der fremde Hund fuhr mit einem jaulenden Schrei herum und ließ sich dann zu Boden fallen. Halb auf dem Rücken liegend starrte er uns ängstlich an. Nein sie, denn es war eine junge Hündin.

„Sie ist trächtig", erkannte Lara mit Kennerblick. „Dauert nicht mehr allzu lange, bis sie Welpen bekommt."

Ich senkte meinen Kopf um die Hündin eingehend zu beschnüffeln, was sie zitternd über sich ergehen ließ. Sie tat mir Leid, deshalb brummte ich beruhigend. „Du brauchst vor uns keine Angst zu haben, wir tun dir nichts."

„Was tust du hier?", wollte Lara wissen. „Außer unsere Würste zu stehlen."

„Ich habe sie gerochen und konnte nicht widerstehen, ich habe solchen Hunger", wisperte die Hündin tonlos und setzte sich langsam auf. „Ich habe seit Tagen nichts gefressen und dabei muss ich doch die Welpen in meinem Bauch versorgen."

Laras Blick wurde mütterlich, wie immer wenn es um Welpen ging. Wir hatten gemeinsam nur einen Wurf gehabt, danach war sie schwer krank geworden und musste kastriert werden. Sie würde der jungen Hündin beistehen, das sah ich ihren Augen an.

Innerlich seufzte ich auf, weil ich unseren Wurstvorrat schwinden sah. Ich hatte Recht mit meiner Vermutung, Lara bot der Hündin großzügig an sich satt zu fressen. Was diese sich nicht zweimal sagen ließ. Danach war sie bereit uns von sich zu erzählen.

Sie war ein reinrassiger Golden Retriever und aus einer Zuchtanlage ausgebüxt. „Dort war es furchtbar, ich konnte da einfach nicht bleiben. Jede Menge Hündinnen in engen Käfigen, viele mit Welpen. Zwar bekamen wir regelmäßig Trockenfutter und Wasser und unsere Käfige wurden einmal die Woche sauber gemacht. Aber ansonsten bekamen wir keine Menschen zu Gesicht. In der Anlage war es meist dunkel, damit wir Ruhe gaben. Ich langweilte mich fürchterlich und fragte mich, ob das mein ganzes Leben sei. Als ich zu einem Rüden gebracht wurde dachte ich es würde besser werden, doch dann wurde ich wieder in den Käfig gesteckt. Es war ganz furchtbar. Dann sah ich vor zwei Wochen eine Möglichkeit zu fliehen und habe die Gelegenheit beim Schopf gepackt. Wenn unsere Käfige gereinigt werden dürfen wir sie für kurze Zeit verlassen und ein wenig im Gang hin und her laufen. Natürlich immer nur ein Hund, nicht alle zusammen. Die Eingangstür ist immer verschlossen, damit kein Hund weglaufen kann. Ich lief also den Gang entlang, da ging die Eingangstür plötzlich auf und ein Kind kam herein. Ich überlegte nicht lange, rannte das Kind um, und floh nach draußen. Zum Glück war das Gelände nicht um-zäunt, so rannte ich einfach über die Felder in den Wald. Seither bin ich frei, doch ist das freie Leben anstrengend für einen Hund, der nie etwas anders sah als seinen Käfig. Ich bin ständig hungrig, manchmal erwische ich eine Maus oder ein Kaninchen und auch mal ein Huhn. Aber seit die Welpen in meinem Bauch größer werden bin ich nicht mehr so schnell. Und als ich hier vorüberkam und eure Würste roch, konnte ich nicht wider-stehen…"

Als ausgebildeter Tierschutzhund wusste ich sofort, dass sie aus der Anlage eines Vermehrers kam. Die im großen Stil erzeugten Welpen wurden dann, meist viel zu jung, in die Nachbarländer gebracht und verkauft. Unser Verein wurde öfter mit solchen Welpen konfrontiert, die oft sehr krank waren.

Ich blickte die junge Hündin ratlos an. Normalerweise hätte ich sie zu unserer Organisation gebracht, wo für sie gesorgt würde. Aber wie sollte ich ihr hier helfen?

Lara und ich mussten selbst sehen wie wir uns durchschlugen, eine hochträchtige Hündin würde uns nur behindern.

„Sie bleibt bei uns", hörte ich Lara in resolutem Ton sagen, der keinen Widerspruch duldete.

Erstaunt blickte ich sie an. „Wie stellst du dir das vor? Wir wissen doch nicht einmal, wo wir uns befinden und müssen unbedingt diese Stadt finden. Soll sie den ganzen Weg mit uns laufen? Was tun wir, wenn unterwegs die Welpen kommen?"

„Wir müssen unseren Plan eben ändern und bleiben erst einmal hier. Welches Glück, dass ich die alte Hütte entdeckt habe, sie wird ein idealer Aufenthaltsort für uns alle sein." „Aber was wird aus unserem Treffen mit Felix?" fragte ich entrüstet.

„Vielleicht ist er schon in Bunzlau und wartet auf uns. Hast du das vergessen?"

„Nein, hab ich natürlich nicht", meinte Lara besänftigend. „Ich möchte genauso dringend nach Hause, wie du. Aber wir können sie", mit der Nase deutete sie in die Richtung der Hündin, die unglücklich von einem zum anderen schaute, „doch nicht allein hier zurücklassen. Sie ist eigentlich noch viel zu jung für Welpen und wird nicht mit der Geburt und den Kleinen zurechtkommen. Sie braucht meine Hilfe."

„Ja aber…", weiter kam ich nicht, weil Lara wieder das Wort ergriff. „Robin, hör mir zu. Wir verschieben unser Vorhaben um ein paar Tage. Ich werde mit Tanja sprechen und ihr alles erklären, vielleicht ist es ja sogar besser, wir bleiben hier. Keiner kann uns sagen wo dieses Bunzlau liegt, vielleicht finden wir es überhaupt nicht, was dann?"

„Bunzlau? Ihr wollt nach Bunzlau?", mischte sich die junge Hündin ein. „Ich weiß, wo das ist…"

„Du? Woher? Wo ist das und wie kommen wir da hin?" Ich war ganz aufgeregt und starrte die Hündin neugierig an. Sie wurde verlegen, blickte mir dann aber fest in die Augen und erklärte: „Ich wurde dort hingebracht als ich…, der Rüde lebt dort, der Vater meiner Welpen."

„Aha", ich überlegte kurz, dann fragte ich: „Ist es weit weg? Sicher bist du mit dem Auto hingefahren worden. Wie lange hat das gedauert?"

„Nicht sehr lange, etwa so lange wie die Turmuhr braucht, bis sie wieder schlägt."

„Hä? Versteh' ich nicht", musste ich zugeben und schaue ratlos zu Lara. Aber die schüttelte nur kurz den Kopf.

„Also das ist so", begann die Hündin zu erklären, „Da es in unseren Käfigen so langweilig ist, haben wir immer auf das Schlagen der Turmuhr gelauscht, wir haben manchmal ein Spiel daraus gemacht, zu sagen, wann sie das nächste Mal schlägt. Jede Hündin sagte einmal: jetzt, diejenige, die es zuletzt sagte, bevor die Glocke wieder schlug hatte gewonnen."

Wie zur Bestätigung schlug die Kirchturmuhr zweimal. Allerdings hatten Lara und ich nicht darauf geachtet, wann sie davor geschlagen hatte. Ob uns diese Ansage wirklich weiterbrachte? Ich bezweifelte es.

„Kannst du uns sagen, in welche Richtung es ging? Warst du während der Fahrt in einer Box eingesperrt oder konntest du sehen, wohin es ging?" Es war Lara, die diese Fragen stellte.

„Ich war in einer Box. Aber es gibt nur eine Straße die vom Dorf in die Stadt führt. Ich bin nach meiner Flucht im ganzen Ort herumgeirrt um einen Unterschlupf zu finden. Als ich keinen fand, beschloss ich, zurück zu dem Rüden zu gehen und lief deshalb immer diese Straße entlang.

Da gab es nur endlose Felder und Weiden und irgendwo eine riesige Schweinemastanlage. Es stank fürchterlich und man hörte die Schweine schreien. Weit und breit war kein anderer Ort zu sehen. Von einer Anhöhe aus konnte ich dann die Stadt im Tal sehen und bekam Angst. Sie war so groß, wie sollte ich da den Rüden finden. Vermutlich würde mich sein Herr auch gar nicht aufnehmen oder mich im schlimmsten Fall zurückbringen. Da bin ich wieder umgedreht und nach hier zurückgelaufen."

Ich dachte eine Weile über ihre Wegerklärung nach, dann sagte ich an Lara gewandt. „Scheint so, als wäre es wirklich nicht allzu weit bis nach Bunzlau. Aber heute können wir auf keinen Fall mehr hinlaufen, es ist schon zu spät. Also bleibt uns wohl nichts anderes übrig als die alte Hütte im Wald aufzusuchen um dort die Nacht zu verbringen. Dort dürften wir sicher vor einer zufälligen Entdeckung sein. Und Wasser gibt es dort ebenfalls. Ich habe einen ziemlichen Durst auf die Würste, waren ganz schön scharf gewürzt."

Ich warf der jungen Hündin einen fragenden Blick zu: „Willst du mit uns kommen? Ich bin übrigens Robin und das ist Lara. Wie heißt du eigentlich?"

„Ich komme sehr gerne mit euch", freute sich die Hündin, dann senkte sie traurig den Kopf. „Einen Namen habe ich allerdings nicht…"

„Na, dann nennen wir dich einfach Goldie, wegen deines schönen goldfarbenen Fells", bestimmte Lara. „Bist du damit einverstanden?"

„Oh ja. Goldie, was für ein schöner Name. Ich danke euch Beiden sehr, für alles."

Bevor wir den Platz hinter dem Denkmal verließen, sondierte ich erst die Umgebung. Aber es war kein Mensch zu sehen der uns aufhalten wollte. So sammelten wir die übriggebliebenen Würste auf und machten uns auf den Weg zurück zum Wald. Lara lief vorneweg, ihr guter Orientierungssinn ließ sie die versteckte Hütte auf Anhieb wiederfinden. Jetzt standen die beiden Hündinnen am nahen Bach um sich satt zu trinken. Bevor ich als Letzter in den Schatten der Büsche eintauchte, warf ich nochmals einen langen Blick zurück. Nein, kein Verfolger hinter uns.

Lara und Goldie verschwanden gerade in dem Spalt zwischen den Brettern. Dank meiner Vergrößerung der Lücke passte Goldies Welpenbauch gerade so durch. Ich zwängte mich durch, nachdem ich ebenfalls am Bach meinen Durst gestillt hatte.

Im Inneren war es fast vollständig dunkel, was uns jedoch nicht störte. Wir schoben das Heu- und Strohgemisch, das den Boden bedeckte, zu einem großen gemütlichen Bett zusammen und legten uns dicht aneinander gekuschelt darauf. Zwar war es nicht kalt, doch hatten wir alle das Bedürfnis nach Körperkontakt. Besonders die trächtige Goldie war nervös, so dass Lara ihr beruhigend das Gesicht leckte. Das tat ihr selbst auch gut, es lenkte sie von ihren eigenen Sorgen ab.

Die beiden Mädels schliefen schon tief, doch ich konnte nicht schlafen. Ich fragte mich besorgt wie es weitergehen sollte. Noch heute früh hatte ich die Aufgabe Lara und mich möglichst schnell nach Bunzlau, und somit in Sicherheit zu bringen. Das war mir schon schwierig, ja fast unmöglich vorgekommen. Was sich auch bestätigte, denn wir waren der Stadt noch immer fern. Immerhin konnten wir uns in dieser Hütte relativ sicher fühlen, was mir jedoch nur ein geringer Trost war. Denn jetzt hatte ich plötzlich die Verantwortung für zwei Hündinnen und dazu für eine noch unbestimmte Anzahl von ungeborenen Welpen.

„Naja", brummelte ich in mich hinein, „Schlimmer kann es bestimmt nicht mehr werden."

Aber schon der nächste Tag bewies mir das Gegenteil. Es konnte noch viel schlimmer werden...

Kapitel 7: Noch mehr Hunde

Mitten in der Nacht bemerkte ich dass Lara wach war und leicht hechelte. Ich vermutete dass sie sich gerade im telepathischen Gespräch mit Tanja befand und stupste sie mit der Nase an.

„Kann ich ebenfalls mit Tanja sprechen?", wollte ich wissen und nachdem Lara rückgefragt hatte, bejahte sie.

Für mich ist die Tierkommunikation nicht so einfach wie für Lara, die sie praktisch schon von Welpen Beinen an praktiziert hatte. Im Großen und Ganzen überließ ich es deshalb meist meiner Gefährtin, mit Tanja zu kommunizieren. Heute war es mir jedoch wichtig selbst zu sprechen, schließlich ging es um unsere sichere Heimkehr.

Gemeinsam versuchten wir Tanja zu erklären wo wir uns befanden. Doch das war praktisch unmöglich, da von mehreren Dörfern Straßen nach Bunzlau führten und wir nicht wussten, wie das Dorf hieß in dem wir waren. Ein Hinweis konnte die Schweinezuchtanlage sein, die Goldie erwähnt hatte, doch das musste Tanja erst mit Felix telefonisch abklären. Ebenso, wie die Tatsache, dass wir nun eine hochträchtige Hündin bei uns hatten, die wir nicht im Stich lassen konnten. Schließlich entschieden wir, dass wir erst einmal in unserem Versteck bleiben sollten.

„Was tun wir jetzt?" fragte ich Lara, nach Beendigung der Kommunikation.

„Na, wir bleiben erst einmal hier, so wie wir es Tanja versprochen haben." Sie schaute besorgt zu der schlafenden Goldie, die nervös mit den Beinen zuckte und leise winselte.

„Hoffentlich warten die Welpen noch ein paar Tage, damit sie in Sicherheit geboren werden. Für alle Fälle sollte Goldie unbedingt hier in der Hütte bleiben. Aber wir beide müssen uns möglichst bald wieder ins Dorf aufmachen. Die paar Würste, die noch übrig sind, reichen uns gerade noch fürs Frühstück. Wir brauchen unbedingt was Ordentliches zu fressen."

Das war mir ebenfalls klar, nicht aber, wie wir an etwas Fressbares kommen sollten. Es war eher wahrscheinlich, dass heute schon wieder Markt war und wir dem Metzger nochmals Würste klauen konnten. Tanja hatte gemeint es könne durchaus noch ein paar Tage dauern bis Felix uns finden würde. Er hatte in Bunzlau noch keinen Dolmetscher gefunden und sprach selbst natürlich kein polnisch.

Lara und ich konnten unter Umständen ein paar Tage ohne Futter auskommen, obwohl mir schon bei dem Gedanken flau im Magen wurde. Aber Goldie musste fressen, damit die Welpen in ihrem Bauch keinen Mangel litten. Und sobald ihre Kleinen da waren, brauchte sie noch mehr Nahrung, damit sie genug Milch bilden konnte.

„Bleib du hier bei Goldie", entschloss ich mich heroisch, obwohl mir gar nicht so zumute war. „Ich werde allein ins Dorf laufen und schauen, ob es irgendwo etwas Essbares gibt, das ich herbringen kann."

Lara protestierte natürlich, doch diesmal ließ ich mir nichts von ihr vorschreiben. Es ging schließlich darum uns alle möglichst unbeschadet über die nächsten Tage zu bringen und diese verantwortungsvolle Aufgabe konnte nur ein Rüde übernehmen.

Schließlich gab Lara nach, vermutlich auch aus Sorge um Goldie und ich zwängte mich zwischen den Hüttenbrettern durch, ehe sie es sich nochmal anders überlegen konnte. Es war noch dunkel doch zu meinem Glück stand ein fast kreisrunder Mond am Himmel, der meinen Weg ausreichend beleuchtete. Allerdings warf durch den Mond jeder Baum und Busch riesige Schatten, die mich öfter erschreckten. Ich war froh als ich das Dorf endlich erreicht hatte. Wie ich gehofft hatte lag es noch in tiefer Ruhe. Hinter kaum einem Fenster schien schon Licht und eine Straßenbeleuchtung gab es nicht. Trotzdem hielt ich mich wenn möglich im Schatten der Häuser.

Wohin ich mich halten sollte wusste ich nicht, so lief ich einfach drauf los und schnüffelte an jedem Tor. Auch die Seitengassen ließ ich nicht aus, doch nirgends roch es nach etwas Fressbarem. Einzig ein angebissenes Butterbrot fand ich am Straßenrand, das wohl einem Kind heruntergefallen war. Es war schon leicht vertrocknet, doch ich ließ es mir schmecken.

Schließlich hatte ich das kleine Dorf in alle Richtungen durchkreuzt, doch nichts gefunden was ich mitnehmen konnte. Enttäuscht blieb ich stehen und witterte in die warme Nachtluft. Was sollte ich machen? Ich konnte doch nicht mit leeren Pfoten zu unserer Hütte zurückkehren.

Da trug mir der leichte Wind den Geruch von Artgenossen zu, mehreren Artgenossen. Ich schöpfte neue Hoffnung, vielleicht konnten sie mir ja irgendwie weiterhelfen. Es würde zumindest nicht schaden, wenn ich auf einen kurzen Besuch vorbeischaute. Der Geruch führte mich ein ganzes Stück aus dem Dorf heraus zu einem einsamen Gehöft. Es lag im Schatten hoher Bäume und dichter Büsche und war mit den Augen nur schlecht auszumachen. Doch mein Geruchssinn führte mich und kurz darauf stand ich vor niedrigen Gebäuden, die mich an aneinandergereihte Stallungen erinnerte.

In mir als ausgebildetem Tierschutzhund keimte sofort ein böser Verdacht auf. Hundegeruch und Ställe, das konnte nur die Zuchtstätte sein, aus der Goldie geflohen war. Ich vergaß warum ich hier war und schlich mich vorsichtig näher. Das musste ich mir genau angucken.

Meine Vorsicht erwies sich als unbegründet, denn kein Mensch war hier. Die Hundezuchtanlage lag völlig einsam und verlassen inmitten eines verwilderten Geländes. Weit genug vom Dorf entfernt, so dass man das Bellen der eingesperrten Hunde nicht hören konnte. Im Geiste hörte ich Felix sagen: „Eindeutig ein illegaler Vermehrer."

Anscheinend durfte man in Polen auch nicht einfach Hunde in großer Zahl züchten und verkaufen. Das beruhigte mich etwas, denn bislang dachte ich, dass Tierschutz hier eher keine Rolle spielen würde.

Ein Jaulen aus dem Inneren des Gebäudes lenkte meine Aufmerksamkeit wieder auf die Hunde und ich schlich zu der einzigen Tür. Eine schäbige einfache Holztür, wie ich im Mondlicht erkannte, mit einem Riegel aber keinem Schloss daran.

Das schrie doch geradezu nach einer Befreiungsaktion.
Ich wuchtete meinen Oberkörper an der Tür hoch und nahm den Riegel ins Maul. Er ging geradezu lächerlich leicht zu schieben und schon sprang die Tür auf, ich fiel förmlich ins Innere.
Ein stechender warmer Geruch nach Hunden, Urin und Kot umfing mich und ich musste niesen. Ein paar Hunde begannen aufgeregt zu winseln. Sehen konnte ich nichts, es war stockfinster. Doch aus meinen vielen Einsätzen in solchen Ställen wusste ich, dass meist in der Nähe der Tür ein Lichtschalter ist. Also stellte ich mich erneut auf die Hinterbeine, was bei meiner Körperform - breitem schwerem Brustkorb und schmalen Hüften - gar nicht so einfach war. Mit der Schnauze tastete ich die Wand ab und nach einer Weile hatte ich das Licht gefunden. Als endlich eine Lampe aufflackerte lies ich mich erschöpft auf alle Viere zurückfallen und musste erst einmal verschnaufen.
Kurz darauf war ich dann wieder in der Lage mich umzusehen. Das Bild das sich mir bot war ähnlich denen, die ich schon zu oft gesehen hatte. Kleine verdreckte Käfige mit Hunden verschiedener Rassen darin. Hündinnen, die meisten davon trächtig oder säugend und verdreckte Welpen.
Um mir ein Bild von der ganzen Anlage zu machen lief ich die Reihe der Käfige ab. Es waren sehr viele Rassen vertreten, vom winzigen Rattler bis zum Rottweiler. Zählen konnte ich die Hunde nicht, das ist selbst einer intelligenten Bulldogge wie mir nicht möglich, aber es waren viele.
Puh, was sollte ich nun tun? Natürlich hätte ich am liebsten alle freigelassen, doch das war keine gute Idee. Denn diese Hunde kannten nichts außer ihren Käfigen, auf sich allein gestellt würden sie jämmerlich verhungern.

In meinem normalen Leben würde ich zu Felix laufen und ihm klarmachen, dass wir Hunde retten müssen. Da wir ein eingespieltes Team sind hat das bisher immer geklappt. Aber Felix war nicht hier und ich sollte eigentlich Futter für Lara, Goldie und mich beschaffen. Jetzt starrten mich zig Hundeaugen voller Hoffnung an so als wüssten sie, dass nur ich sie befreien konnte. Nach kurzer Überlegung siegte der Tierschutzhund in mir. Ich würde diese Hunde befreien und erst danach darüber nachdenken, wie ich uns alle ernähren konnte bis Felix eintraf um alles in seine richtigen Bahnen zu lenken.

Jetzt gab es für mich kein Halten mehr, ich informierte die Hündinnen über meinen Plan und bat sie, mir so gut es ging bei ihrer Befreiung zu helfen. Sie waren alle sofort Feuer und Flamme.

Zuerst musste ich die Käfigtüren aufbekommen, was kein Problem war, weil sie mit einfachen Riegeln verschlossen waren. Die konnte ich leicht öffnen.

Mir kam kurz in den Sinn, dass das alles zu einfach und problemlos lief. Das konnte doch nur bedeuten, dass ich und Lara nach Polen verschlagen wurden, um diesen Hunden zu helfen. Es ist nun mal meine Lebensaufgabe, Retter misshandelter Tiere zu sein.

Während ich eine Käfigtüre nach der anderen öffnete, verließen die Hündinnen ihr Gefängnis. Ihre Welpen tapsten ihnen hinterher. Ich hatte alle ermahnt möglichst leise zu sein und um Himmelswillen keinen Streit anzufangen. Aus Erfahrung wusste ich, dass läufige, trächtige, oder Hündinnen mit Welpen besonders zickig und streitsüchtig waren. Doch solche negativen Emotionen waren hier eindeutig fehl am Platz und konnte die Rettung zum Scheitern bringen.

Zum Glück tanzte keine der Damen aus der Reihe, die unverhoffte Aussicht auf Freiheit vereinte alle. Bis auf zwei Hündinnen, die noch ganz junge Welpen hatten, waren alle im Gang versammelt und hechelten aufgeregt.

„Wir müssen gut überlegen wie wir es anstellen, gemeinsam von hier zu verschwinden", begann ich zu reden und alle blickten mich gespannt an. Ich erläuterte weiter. „Dann gibt es noch ein großes Problem, nämlich, wie wir genügend Nahrung für uns alle beschaffen. Hat jemand eine Idee?"

„Eine schmale Schäferhündin meldete sich schüchtern.

„Können wir nicht einfach das Futter mitnehmen, dass der Mann heute gebracht hat?"

„Äh, welches Futter", ich war etwas irritiert. Die Schäferhündin deutete mit der Schnauze in eine Ecke und ich folgte ihrem Blick. „Das da."

In der Ecke stand tatsächlich ein Handkarren auf dem drei große Säcke mit Trockenfutter standen.

Heiliger Anubis, so viel Glück kann es doch gar nicht geben, dachte ich bei mir. Heute mussten ja alle Hundeschutzengel Überstunden gemacht haben um uns zu helfen. Jetzt gab es nur noch ein Problem zu bewältigen: Wie kamen wir allesamt und mit dem Futter zu der Hütte im Wald.

„Bitte, lass es eine Möglichkeit geben, dass wir das Futter mitnehmen können", murmelte ich, währen ich in die Ecke lief in der der Karren stand. Es war ein Leiterwagen aus Holz und nicht allzu groß. Und, noch ein Glücksfall, an der Deichsel war ein Gurt mit zwei Schlingen befestigt. Die dienten eigentlich dazu dass sie sich ein Mensch um die Schultern schnallte, um so den Wagen leichter ziehen zu können. Aber heute würden Hunde den Wagen ziehen.

Eine Rottweiler- und eine Berner Sennehündin wollten es versuchen, und schlüpften in je einen der Gurtschlaufen. Die junge Schäferhündin half dabei, die Saugwelpen samt ihren Müttern auf den Wagen zu verfrachten, dann waren wir bereit zum Abmarsch. Ich lief voran, dann folgte der Wagen und dahinter liefen die Hündinnen mit den älteren Welpen.

Mir war bewusst, welch eine seltsame Prozession wir abgaben. Damit uns möglichst kein Mensch entdeckte und am Ende die befreiten Hunde wieder eingefangen würden, wählte ich einen Schleichweg. Er führte etwas außerhalb des Dorfes entlang. Jetzt zahlte es sich aus, dass ich vorher alle Wege abgelaufen war, denn wir blieben unentdeckt.

Leider verlief unsere Flucht nicht so unproblematisch wie die Befreiung. Die beiden Hündinnen, die den Wagen zogen, mühten sich zwar redlich, doch immer wieder rutschen die Gurte herab, die ja eigentlich für einen Menschen gedacht waren. Zudem erwies es sich für die Welpen schnell als viel zu anstrengend so weit zu laufen, weshalb wir immer öfter eine Pause einlegen mussten. Auch die Hündinnen waren es nicht gewohnt zu laufen und wurden schnell müde.

Langsam keimte Verzweiflung in mir auf, wenn das so weiter ging würden wir die Hütte im Wald nie erreichen. Es ging schon auf den Morgen zu, zumindest begannen die ersten Vögel zu zwitschern. Der Feldweg, der mir am sichersten erschienen war weil er weit ums Dorf herum führte, kam mir plötzlich nicht mehr so sicher vor. Bauern standen meist mit dem ersten Hahnenschrei auf und fuhren auf ihre Felder. Wenn wir nicht schneller vorankamen, würden wir vielleicht doch noch entdeckt.

Das Wunder, das uns rettete, war eine unscheinbare schmutzige Plane, die am Ackerrand lag. Ich hatte sie zwar gesehen, aber nicht beachtet. Doch die Schäferhündin machte mich auf den Verwendungszweck des Fundes aufmerksam. Gemeinsam zupften wir die Plane auseinander. Sie war verschmutzt und hatte ein paar Risse, doch für das, wozu wir sie brauchten, würde sie es tun. Alle Welpen und auch die kleineren Hündinnen, die zu erschöpft zum Laufen waren, durften sich auf die Plane setzen. Dann nahm die Schäferhündin einen Eckzipfel der Plane ins Maul und ich den anderen. Gemeinsam zogen wir so die Hunde hinter uns her. Die Plane war robust und groß genug und unsere Last nicht allzu schwer, so dass wir endlich schneller vorankamen.

Als wir nach einer gefühlten Ewigkeit den Wald erreicht hatten, war ich ziemlich kaputt. Auch die Schäferhündin und die beiden Zughunde waren erschöpft. Doch nun war es nicht mehr weit, den restlichen Weg würden wir auch noch schaffen.

Die letzte Strecke über unebenen Waldboden mit Wurzeln und Steinen verlangte uns jedoch noch einmal alles ab. Besonders den beiden Hündinnen, die den Wagen zogen. Aber irgendwie schafften wir es und waren endlich am Ziel.

Lara, die vorsichtig den Kopf aus dem schmalen Eingang streckte, machte große Augen als sie sah, wen und was ich mitgebracht hatte. Schließlich kam sie heraus um sich alles genau anzusehen. Insgeheim hatte ich befürchtet, sie würde mich ausschimpfen, wegen der vielen Hunde. Doch sie schaute mich nur an und meinte: „Robin Huth, der Retter von missbrauchten Hündinnen und unschuldigen Welpen. Du bist tatsächlich ein wahrer Held."

Kapitel 8: Wir brauchen einen neuen Plan

Die nächste Zeit waren wir damit beschäftigt alle Hunde in der Hütte unterzubringen. Geräumig genug war sie zum Glück und auch das Heu und Stroh, das den Boden bedeckte reichte aus, um für alle Hündinnen und Welpen gemütliche Plätze zu schaffen. Damit auch die großen Hunde in die Hütte kamen, mussten wir jedoch das Einschlupfloch mit vereinten Kräften nochmals erweitern.

Den Wagen mit den Futtersäcken bekamen wir allerdings nicht in die Hütte. Auch war keiner von uns in der Lage einen der schweren Säcke über die Streben zu ziehen. Deshalb ließen wir sie auf dem Karren stehen und rissen in den vordersten ein großes Loch. Das Trockenfutter rieselte heraus und bedeckte den Waldboden. Besonders gut schmeckte es nicht und Lara neben mir murmelte missbilligend etwas von Billigfutter. Immerhin machte es uns alle satt und würde noch für mehrere Mahlzeiten ausreichen. Nach dem Fressen löschten wir am nahen Bach unseren Durst und wenig später lagen alle Hunde in der Waldhütte auf ihren Plätzen. Einige Hündinnen säugten noch ihre Welpen, während andere schon schliefen. Die Flucht aus der Zuchtanstalt hatte allen das Letzte abverlangt. Auch mir. Ich lag neben Lara, die mir über den Kopf schleckte, was ich gerne mag. Ich genoss ihre Zuneigung und war glücklich, dass ich auch in ihrem Sinn das Richtige getan hatte.

„Was macht übrigens Goldie?", fragte ich schließlich. Mir war aufgefallen, dass ich sie überhaupt noch nicht gesehen hatte.

„Da hinten in der Ecke liegt sie." Lara deutete mit dem Kopf in eine Ecke der Hütte. Ich folgte ihrem Blick und sah goldblondes Haar in einem Nest aus Heu. Goldie schien sehr beschäftigt und Lara bestätigte meine Ahnung: „Sie hat heute Morgen fünf Welpen geboren. Alle sind wohlauf."

Ich hechelte erfreut. „Das ist toll, meinst du ich kann mir die Kleinen mal ansehen?"

Lara schüttelte den Kopf. „Nein, da musst du noch ein paar Tage warten. Aber erzähl mir endlich wie du diese Zuchtanlage gefunden und die Hunde daraus befreit hast. Ich brenne vor Neugier." Das ließ ich mir nicht zweimal sagen. Trotz meiner Müdigkeit berichtete ich meiner Gefährtin ausführlich von der Rettung der Hunde und unserer Flucht. Als ich geendet hatte schaute sie mich bewundernd an, was wirklich nicht oft vorkommt. Umso mehr genoss ich es.

Doch dann fragte ich sie nachdenklich: „Was wird denn jetzt aus unserem Plan nach Bunzlau zu laufen? Wir können diese unerfahrenen Hündinnen mit ihren Welpen unmöglich allein hier zurücklassen. Das Futter sieht zwar viel aus, aber bei den vielen hungrigen Mäulern wird es nicht allzu lange reichen. Du musst unbedingt bald mit Tanja reden. Sie soll Felix Bescheid geben, dass er uns von hier abholen muss. Am besten soll er den LKW unserer Organisation mitbringen, damit alle reinpassen."

Lara nickte nachdenklich und schaute über die vielen schlafenden Hunde hinweg, die die Hütte bevölkerten.

„Ich werde es sofort versuchen", entschied sie dann entschlossen. „Sicher wartet Tanja bereits auf neue Nachrichten. Sie muss Felix sagen, dass wir unmöglich nach Bunzlau kommen können. Er muss uns hier finden und abholen, das wird er schon irgendwie schaffen. Die Menschen haben doch viel mehr Möglichkeiten als wir Hunde. Felix muss uns einfach finden."

Sie stupste mich mit der Nase an. „Schlaf du dich erst einmal aus, ich werde derweil versuchen mit Tanja Kontakt aufzunehmen. Wenn du wieder wach bist weiß ich vielleicht schon mehr."

Ich kann nicht sagen wie lange ich geschlafen habe, es war jedoch ausreichend und ich fühlte mich wieder fit. Von den Schmerzen in meinen Pfoten einmal abgesehen. Wir Bulldoggen sind leider nicht dazu gezüchtet worden endlose Kilometer zu laufen. Unser Gewicht und die relativ kurzen Beine sind eher dafür geschaffen, uns auf weichen Polstern aufzuhalten. Höchstens unterbrochen von kleinen gemütlichen Spaziergängen mit langen Pausen zum ausgiebigen Schnüffeln. Andererseits sind wir recht schmerzunempfindlich wenn es darum geht etwas durchzuziehen, dass wir uns in den Kopf gesetzt haben. Dann sind wir imstande über uns selbst hinauszuwachsen. Deshalb ignorierte ich meine schmerzenden Pfoten, dehnte und reckte mich ausgiebig um dann nach Lara Ausschau zu halten. Sie war bei einer Hündin, die ihre Welpen säugte. In gebührendem Abstand blieb ich stehen, denn säugende Hündinnen können äußerst ungemütlich werden. Auch zu dem Rüden der sie und ihre Welpen befreit hat.

Mit einem „Wuff" machte ich mich bei Lara bemerkbar und sie kam zu mir. Noch bevor ich fragen konnte begann sie zu erzählen:

Sie hatte mit Tanja gesprochen und ihr die neue Situation so gut sie es vermochte erklärt. Tanja war einigermaßen fassungslos gewesen, doch dann hatte sie versprochen, alles mit Felix zu besprechen. Wir sollten vorerst auf jeden Fall alle in der Hütte bleiben.

„Wir alle, bis auf dich, hat Tanja gemeint. Du sollst jeden Morgen zu der Straße laufen, die nach unserer Meinung nach Bunzlau führt. Dort sollst du dir einen Platz suchen der schattig ist, aber von dem aus du gut die Straße überblicken kannst. Felix fährt einen weißen Wagen. Immer wenn du ein weißes Auto kommen siehst, sollst du dich zeigen. Aber du musst aufpassen, dass du nicht zu nahe an der Straße stehst, damit du nicht überfahren wirst. Sobald Felix dich entdeckt wird er aufblinken, damit auch du ihn erkennst."

Lara schaute mich ernst an: „Hast du alles verstanden?"

„Natürlich", brummte ich. „Bin doch nicht blöd."

Sie seufzte leise, dann meinte sie ernst: „Du musst mir versprechen gut auf dich aufzupassen, Robin. Es wäre schrecklich wenn dir etwas passieren würde. Leider kann ich nicht mitkommen, da ja einer hier aufpassen muss. Hoffentlich findet Felix dich schnell. Tanja meinte es führen ziemlich viele kleinere Straßen nach Bunzlau, doch da niemand weiß in welche Richtung wir gelaufen sind nachdem wir das Wohnmobil verlassen haben, muss Felix halt eine nach der anderen abfahren. Doch sie ist sich sicher, dass er uns bald findet."

Am nächsten Morgen stand ich früh auf, leckte Lara, die neben mir schlief zärtlich über die Schnauze und wollte mich davon schleichen. Doch sie streckte schnell ihre Pfote aus und hielt mich zurück. Ich schaute in ihre honigbraunen Augen.
„Bitte sei vorsichtig, Robin", raunte sie mir ins Ohr. „Du weißt ich liebe und brauche dich. Gib auf dich Acht."
Ich wusste nicht was ich antworten sollte. Natürlich war mir klar, dass Lara viel für mich empfand, ebenso wie ich für sie. Doch gesagt hatte sie es mir schon lange nicht mehr. Wir lebten seit mehr als drei Jahren zusammen und verstanden uns, ohne große Worte darüber zu machen.
Deshalb drückte ich jetzt meine Nase stumm an ihre und leckte ihre Schnauze. „Ich verspreche es dir, großes Bulldoggen-Ehrenwort." Weil meine Stimme ein wenig zitterte drehte ich mich um und lief zum Schlupfloch, gewiss, dass sie mir nachblickte.
Draußen checkte ich kurz die Lage. Es war still, bis auf einige Vögel die zwitscherten. Das Wetter war trocken und klar und ich hoffte, es würde bis zu meiner Rückkehr so bleiben. Als Stadthund war ich mit Wetterprognosen nicht sehr vertraut. Wenn es zu regnen anfing, ging ich einfach ins Haus. Aber heute musste ich den Tag im Freien verbringen und ich hatte keine Lust mir einen nassen Pelz zu holen.
Ich schnüffelte unter dem Wagen, doch es lag kein Futter darunter. Deshalb stemmte ich mich leicht ächzend am Wagenrad hoch und zog mit der Schnauze kräftig an der aufgerissenen Folie des Futtersacks. Wie gewünscht, rieselte Trockenfutter

auf die Erde und ich fraß mich daran satt. Vermutlich würde ich erst heute Abend wieder etwas zu fressen bekommen, weshalb ich nach kurzem Zögern nochmals nachfasste. Ein kräftiger Körper wie meiner muss schließlich gut ernährt werden.

Am Bach trank ich reichlich, denn auch Wasser stand mir nicht unbegrenzt zur Verfügung, so wie ich es von zu Hause gewohnt war. Das hatte jedoch zur Folge, dass mein Bauch plötzlich sehr voll war und ich mich ziemlich unwohl fühlte, als ich mich endlich auf den Weg machte.

Mein Magen fühlte sich an wie ein aufgeblasener Luftballon und ich hörte ihn bei jedem Schritt gluckern. Außerdem drückte er mir unangenehm den Atem ab, was das Laufen ziemlich beschwerlich machte. Erst als ich mehrmals kräftig gerülpst hatte, fühlte ich mich besser. Für den nächsten Morgen nahm ich mir vor die Zusatzportion Trockenfutter wegzulassen.

Da der Weg durchs Dorf der naheste war, nahm ich ihn. Heute musste ich ja nicht aufpassen, dass ich nicht gesehen wurde. Trotzdem wich ich den wenigen Menschen aus, die meinen Weg kreuzten. Sicher war sicher.

Nachdem ich das Dorf hinter mir gelassen hatte, lief ich ein Stück die Landstraße entlang und hielt Ausschau nach einem schattigen aber auch günstig gelegenen Platz, von dem aus ich die Straße gut überschauen konnte.

Doch plötzlich kam mir ein seltsamer Geruch in die Nase, irgendwie wild und gefährlich. Ich sog die Luft tief ein und witterte in die Richtung, aus der er kam. Wenn mich mein Gedächtnis nicht trog, dann war ich nicht allzu weit von der Zuchtanlage entfernt, aus der ich die Hunde gerettet hatte. Jetzt fiel mir auch wieder ein, dass ich schon in der vorletzten Nacht diesen Geruch wahrgenommen hatte, doch nicht darauf achten konnte, da ich Wichtigeres zu tun hatte. Heute hatte ich nichts Wichtiges zu tun, außer zu warten. Falls Felix überhaupt schon heute hier auftauchen würde, dann bestimmt nicht am frühen Morgen. Ich hatte also Zeit genug mir anzusehen, was da so intensiv roch. Meine Neugier war geweckt und ich machte mich auf den Weg. Um auf dem schnellsten Weg zu der Zuchtanlage zu kommen, lief ich querfeldein, was nicht besonders beschwerlich war. Das Gras stand zwar hoch und war von Büschen und alten Obstbäumen durchsetzt, doch ich kam gut voran.

Kurz musste ich an Lara denken, die sicher wieder in Panik verfallen wäre wegen der Zecken, die sie auf jedem Grashalm vermutete. Immerhin, so musste ich ihr zugutehalten, hatte sie in den letzten Tagen die kleinen Plagegeister kein einziges Mal erwähnt.

Ich selbst schere mich nicht um Zecken. Tanja behandelt unser Fell regelmäßig gegen Ungeziefer und sucht uns zusätzlich nach jedem Spaziergang danach ab. Hatte sich tatsächlich mal so ein Biest auf uns verirrt, so wurde es sofort mit einer speziellen Zange entfernt und entsorgt.

Zwar musste ich momentan ohne Fellpflege auskommen, doch war ich guter Dinge, dass mich weder Zecken noch Flöhe auffressen würden, bis Felix kam.

Ich war fast auf dem Gelände des Vermehrers angelangt und blieb im Schatten einiger Büsche stehen um nach Menschen Ausschau zu halten. Aber niemand war zu sehen, die Ställe lagen verlassen in der Morgensonne. Doch der wilde Geruch war noch da, jetzt, wo keine Hunde mehr hier waren, roch ich ihn noch intensiver. Er kam von irgendwo hinter den Stallungen hergezogen.

Vorsichtshalber schlug ich einen großen Bogen um die Ställe und kämpfte mich durch Unkraut und Brennnesseln zur Rückseite des Gebäudes vor. Dahinter gab es eine stinkende Grube, in die vermutlich die dreckige Einstreu aus den Käfigen und sonstiger Unrat geworfen wurde. Es roch intensiv nach Urin, Kot und Abfällen.

Der wilde Geruch mutierte inzwischen eher zum Gestank, was bewirkte, dass mir der Sabber im Maul zusammenlief und aus meinen Lefzen tropfte. Das ist für mich eine eher unangenehme Sache, die nichts mit dem erwartungsvollen Sabbern zu tun hat, das mich befällt wenn ich etwas Essbares rieche. Vorsichtig schlich ich an der Müllgrube vorbei, die Ohren so weit als möglich hochgezogen und die Nase dicht am Boden.

Neben der Müllgrube gab es einen Verschlag aus alten Brettern und morschen Balken. Neugierig steckte ich meine Schnauze hinein um zu erfahren, was darin verborgen war. Plötzlich schepperte es gewaltig und ein furchterregendes Gebrüll dröhnte mir in die Ohren.

Mit einem Schrei machte ich einen Satz rückwärts und wäre beinahe in die Grube gerutscht. Im letzten Moment konnte ich mich gerade noch mit meinen Krallen an einer herausstehenden Wurzel festkrallen, sonst wäre ich in den stinkenden Morast gefallen.

Ich blieb erst mal einen Moment hechelnd liegen, bis ich den ersten Schreck überwunden hatte. Dann umrundete ich in großem Bogen den Verschlag, bis ich aus gebührender Entfernung hineinschauen konnte.

Entsetzt prallte ich zurück, denn in dem Verschlag befand sich . . .

Kapitel 9: . . . ein Bär

Jawohl, ein echter leibhaftiger Bär. Riesengroß erhob er sich auf seine Hinterbeine, den Kopf nach vorne gestreckt und brüllte mich herausfordernd an.

Sein heißer stinkender Atem strich über mich hinweg, so dass sich mir alle Nackenhaare aufstellten. Ich sah mein letztes Stündlein gekommen, denn die Bretter würden ihn nicht aufhalten. Wenn er wollte zerschmetterte er sie mit einem Prankenhieb. Ich kniff voller Angst die Augen zu und wartete auf das Bersten der morschen Balken. Doch es blieb aus und stattdessen hörte ich das Rasseln einer Kette und einen Laut, der gepeinigt klang. Vorsichtig öffnete ich die Augen und spähte erneut in den Verschlag.

Der Bär war angekettet und das gleich doppelt. Eine dicke Kette lag um seinen Hals, damit war er an einem stabilen Eisenring in der Mauer festgemacht. Eine zweite, dünnere Kette war an einem Ring befestigt, der durch seine Nase gezogen war, auch diese Kette hing an dem Ring an der Wand.

Sofort tat er mir leid, denn ich sah, dass Blut aus seiner Nase lief und auf das faulige Stroh tropfte. Anscheinend hatte er sich weit nach vorne geworfen und der Nasenring hatte ihn verletzt. Meine Zunge fuhr über meine eigene Nase, denn ich meinte fast seinen Schmerz zu spüren. Wie konnte man einem Tier so etwas Schreckliches antun? Trotz meiner reichlichen Erfahrung mit Tierquälern wurde ich immer wieder negativ überrascht.

Unsicher, was ich tun sollte, starte ich den Bär an und er starrte aus trüben Augen zurück. Jetzt, da ich ihn intensiv musterte, erkannte ich, dass er gar nicht so riesig und stark war, wie ich im ersten Augenblick gedacht hatte. Er war mager mit struppigem Fell und viel zu kurzen Krallen für ein Raubtier. Auch er starrte mich an, wobei seine Unterlippe herabhing und gelbe, stumpfe Zähne freilegte. Er stand noch immer auf den Hinterbeinen, ließ sich jetzt aber langsam auf die Tatzen fallen.

„Starr mich nicht so an, so was wie dich fresse ich manchmal zum Frühstück." Seine Stimme war tief, so wie man es von einem Bär erwartete, klang aber matt. Jetzt ließ er sich ganz nieder und zog die Tatzen unter seine Brust. Noch immer sah er mich an.

„Du starrst mich doch auch an", erwiderte ich trotzig und machte ein paar vorsichtige Schritte auf seinen Verschlag zu. Er konnte mir nicht gefährlich werden, solange er an den Ketten hing.

„Was tut ein Bär hier in einer Hundezucht?" Ich wollte ihn in ein Gespräch verwickeln um mehr zu erfahren.

„Das fragst du mich?", antwortete er mürrisch. „Ich sitze schon mein ganzes Leben hier in diesem Loch. Man hat mich als junges Tier eingefangen und hierher gebracht. Seither komme ich nur heraus wenn ich auf einem Jahrmarkt oder einer Feier auftreten muss. Aber da ist mir dieses Loch noch lieber, hier lässt man mich meist in Ruhe."

„Du bist ein Tanzbär? Ich dachte, so etwas gäbe es schon gar nicht mehr. Das ist doch längst verboten."

Er kniff die Augen zusammen. „Davon weiß ich nichts. Und die Kerle, die mich gefangen halten, vermutlich auch nicht. Oder es ist ihnen egal. Ich habe die Hoffnung auf ein besseres Leben längst aufgegeben, ich weiß nicht einmal, wie ich es mir vorstellen sollte. Vermutlich wird es erst besser, wenn ich tot bin."

Er sagte es so unendlich resigniert, dass ich spontan noch näher an sein Gefängnis heran ging. Ich wollte ihm gerne Mut machen, wusste aber nicht wie.

„Was tust du überhaupt hier?" wollte er wissen. „Die Hunde sind doch auf der anderen Seite untergebracht. „Bist du ausgebüxt? Dann solltest du dich schleunigst davonmachen, bevor sie dich wieder einfangen. Sonst könnte es gut sein, dass du morgen tatsächlich mein Frühstück bist."

Ich war erschrocken und fragte ungläubig. „Heißt das, du wirst mit Hunden gefüttert? Lebenden Hunden?"

Grauen durchzog mich bei dem Gedanken und ich schüttelte mich. Instinktiv machte ich wieder einige Schritte rückwärts.

Der Bär beruhigte mich jedoch:

„Nein, hab keine Angst, ich fresse keine lebenden Tiere. Aber hin und wieder bringt man mir einen toten Welpen oder auch mal einen erwachsenen Hund, der gestorben ist. Eigentlich mag ich den Geschmack nicht besonders, aber was soll ich tun. Es gibt nicht oft etwas zu fressen für mich, meist sind es nur Abfälle von Gemüse oder hin und wieder altes Brot. Wenn man Hunger hat, nimmt man halt was kommt."

Da konnte ich ihm nur beipflichten. Ich bekam zwar zu Hause immer meine regelmäßigen Mahlzeiten. Doch wir Bulldoggen bekommen auch schnell wieder Hunger. Dann suche ich auch nach jedem Krümel, egal ob es ein angebissener Keks von Lotta ist, ein vertrocknetes Wurstbrot oder ein vergammelter Kauknochen, den Lara vergraben hat. Wenn ich Hunger habe, schmeckt mir alles. Gestorbene Tiere am Stück habe ich allerdings noch nie probiert.

„Du hast meine Frage noch nicht beantwortet", erinnerte er mich. „Was tust du hier? Du siehst nicht aus als gehörtest du zu den Zuchthunden, dazu bist du …ähh, wie soll ich es sagen, naja, …einfach zu fett."

Gekränkt schaute ich an mir herunter.

„He, das ist kein Fett, das sind alles Muskeln. Außerdem bin ich ein Rüde und kein Zuchthund aus diesem Stall. Bulldoggen sind auch gar keine dabei. Mal davon abgesehen, dass es hier überhaupt keine Hunde mehr gibt. Ich habe sie alle befreit."

Der Bär starrte mich erneut eine Weile an, dann nickte er bedächtig, wobei seine Unterlippe wackelte.

„Dachte ich mir doch, dass irgendetwas los war. So verrückt wie unser Besitzer heute Morgen hier rumgetobt ist. Hat alles aufgerissen und durchsucht, sogar hier hinten bei mir. Vielleicht dachte er, ich hätte die Hunde alle gefressen. Zumindest hat er so stark an meinem Nasenring gezerrt, dass er mich verletzt hat. Blutet noch immer und tut auch noch weh. Erst als er merkte dass ich nicht frei war, ist er wieder verschwunden. Ohne mir auch nur ein paar der alten Kartoffeln reinzuwerfen."

Dabei starrte er auf eine Kiste, die außerhalb seines Gefängnisses stand. Ich folgte seinem Blick und erkannte einige wirklich sehr alte Kartoffeln darin. Sie waren hutzelig und hatten lange, lila Triebe.

„Die kannst du unmöglich fressen", meinte ich und schüttelte mich angewidert. „Davon wirst du ja krank."

„Pah", meinte er abfällig. „Was macht das schon für einen Unterschied. Krank oder hungrig, es tut beides weh."

Doch das wollte ich nicht gelten lassen. Deshalb schlug ich ihm vor: „Ich schau erst einmal, ob ich nicht was Besseres für dich finde. Wenn nicht kannst du die Kartoffeln immer noch fressen."

Bevor er antworten konnte lief ich davon. Ich musste dringend nachdenken und wollte ihm auch unbedingt etwas zu fressen bringen, das eines Bären würdig war. Obwohl ich gar nicht wusste was Bären im Allgemeinen so fraßen. Wahrscheinlich war er nicht wählerisch, aber er tat mir schrecklich leid und ich wollte ihm gerne helfen.

Ich blieb vorsichtig und lugte erst um die Hausecke, bevor ich weiter lief. Alles blieb ruhig und so wagte ich die paar Meter bis zu einem angebauten Schuppen. Wie alles hier war er nur verriegelt, dieser Mensch dem das gehörte schien wirklich sehr vertrauensselig zu sein. Vielleicht hatte er auch nur gedacht, dass sich niemand zu den Ställen in der Wildnis verirrte.

Ich schob den Riegel hoch und die Tür ging knarrend auf. Nochmals sah ich mich um, bevor ich den düsteren Schuppen betrat. Innen roch es nach allem Möglichen. Ich meinte Reinigungsmittel zu riechen, obwohl ich nicht glauben konnte, dass die jemals benutzt worden waren. Mehr interessierte mich jedoch der Geruch von geräucherten Würsten und Schinken.

Leider hingen sie oben an der Decke, viel zu hoch für mich. Zu schade, so eine kleine Zwischenmahlzeit hätte mir geschmeckt. In einem Regal entdeckte ich einige Äpfel, ein paar Maiskolben und ein verpacktes Brot. Das würde dem Bären ganz bestimmt schmecken. Dann fand ich auch noch einen breiten Korb, aus dem das Grüne von Karotten herausschaute. Bingo!

Den unhandlichen Korb aus der Ecke zu zerren war etwas beschwerlich und der Griff knackte ein paarmal zwischen meinen Zähnen. Doch er hielt stand und ich schleppte den Korb zu dem Regal. Nacheinander legte ich alles Essbare hinein. Um das ziemlich schwere Teil zu dem Bären zu bringen musste ich rückwärts laufen und den Korb mit den Zähnen ziehen.

Nach einer gefühlten Ewigkeit war ich wieder an seinem Verschlag. Ich war völlig außer Puste und hatte mir ein Stück des Korbgeflechts ins Zahnfleisch gerammt. Es blutete ein wenig, doch das war mein geringstes Problem.

Um das Fressen zum Bären zu bringen, musste ich nämlich zu ihm in den Verschlag. Konnte ich ihm soweit trauen? Oder würde ich die Fleischbeilage zu dem Gemüse für ihn abgeben? Obwohl er mir gesagt hatte, eigentlich möge er kein Hundefleisch.

Er schaute zu mir herunter und Sabber lief aus seiner Schnauze. Mir war klar, auch wenn er dünn und möglicherweise krank war, so brauchte es bloß einen Prankenhieb von ihm und ich wäre Bärenfutter.

Er schien zu ahnen, was in mir vorging, sagte aber nichts.

„Ach, was solls, Robin, du musst einfach Vertrauen haben", murmelte ich in mich hinein. Dann zerrte ich den Korb samt Inhalt rückwärts in den Verschlag. Als ich etwas Warmes am Po spürte blieb ich stehen und ließ meine Last los. Dann schaute ich hoch, ich stand genau unter dem Bär, mit meinem Hintern an seinem Bein.

Hoch aufgerichtet stand er über mir und mir fiel auf, er war doch sehr groß. Ich wagte nicht mich zu rühren.

"Oh, Äpfel, ich liebe Äpfel", hörte ich ihn über mir sagen, dann ließ er sich auf die Vorderbeine plumpsen und steckte seine Nase in den Korb. Ein Apfel zerbarst mit lautem Knacken zwischen seinen Zähnen, ein paar Tropfen Saft trafen meine Schnauze. So würdevoll wie es meine Angst zuließ, stakte ich unter seinem Bauch hervor und lief in Richtung der Trennbalken. Erst als ich sie unterlaufen hatte und wieder auf sicherem Terrain war, ließ ich mich auf den dreckigen Boden plumpsen.

„Ich sagte dir doch ich mag eigentlich kein Hundefleisch, schon gar nicht, wenn es leckere Äpfel und Möhren gibt", hörte ich ihn sagen, dann fraß er schmatzend weiter.

„Naja, ein wenig hatte ich trotzdem Angst", gab ich kleinlaut zu. „Immerhin bist du der erste Bär, dem ich begegne…"

Ich blieb bei ihm sitzen, bis er auch noch den letzten Krümel Brot verputzt hatte, nach all dem Gemüse. Sogar das Grünzeug an den Karotten hatte er mitgefressen.

„Ich muss jetzt gehen", sagte ich, nachdem er den Korb mit den Vorderpfoten zerdrückt hatte. „Soll ich dich morgen wieder besuchen?"

„Das würde mir gefallen", sagte er würdevoll und ich erkannte, dass einem ein voller Bauch auch ein wenig Selbstvertrauen zurückgeben konnte.

Ich nickte und machte mich auf den Weg doch er hielt mich nochmals auf: „Du, Hund", rief er mir nach und ich drehte mich zu ihm um. „Ja?"

„Bitte befreie mich ebenfalls, so wie du die Hunde alle befreit hast. Wirst du das tun?"

Ich überlegte einen Moment, dann erwiderte ich: „Ich werde mein Möglichstes tun, das verspreche ich dir. Übrigens, mein Name ist Robin. Robin Huth."

Kapitel 10: Lauter Neuigkeiten

Über meine Begegnung mit dem Bären hatte ich meine eigentliche Aufgabe völlig vergessen. Wieviel Zeit war wohl vergangen? Und war Felix vielleicht schon wieder weg, weil er mich nicht gesehen hatte? Ich konnte es nicht sagen. Die Tageszeit am Stand der Sonne abzulesen gehört nicht zu den Dingen, die ein Hund unbedingt beherrschen muss. Deshalb lief ich so schnell es mir möglich war zu dem Gebüsch, das ich mir am Morgen als Warteplatz auserkoren hatte zurück.

Aufatmend ließ ich mich auf den warmen sandigen Boden plumpsen und rückte meinen Körper so zurecht, dass ich bequem die Straße überblicken konnte. Die Schatten der Blätter über mir und mein hellbraunes Fell würden mich hoffentlich für vorbeidüsende Autofahrer unsichtbar machen. Ich konnte darauf verzichten dass jemand dachte da liegt eine erschöpfte Bulldogge die sich verlaufen hat und der mich womöglich einfangen wollte.

Den Kopf auf meine Pfoten gelegt starrte ich auf die Straße, doch nur selten kam einmal ein Auto vorbei. Einige Traktoren tuckerten vorüber und zwei Pferdegespanne zogen ihre Last in gemächlichem Tempo. Ansonsten war nichts los und ich kämpfte bald mit der Müdigkeit, die mich übermannen wollte.

Um nicht einzuschlafen dachte ich darüber nach, wie ich den unglücklichen Bären befreien konnte. Eine Antwort wollte mir jedoch nicht einfallen, denn es würde Hände benötigen, ihm die Ketten abzunehmen. Zudem war mir als Tierschutzhund klar, dass man einen Bären nicht einfach freilassen konnte, so wie ich es bei den Hunden getan hatte. Ein Bär ist ein wildes Tier, selbst wenn er zahm ist. Und in der Freiheit käme er niemals allein zurecht. Er müsste in einen Zoo oder Wildpark gebracht werden, wo er zwar nicht frei wäre, sich aber nach der langen Kettenhaltung sicher frei vorkäme. Ich seufzte auf, mit meinem

Versprechen hatte ich mir wieder mal etwas eingebrockt, was ich schwer in die Tat umsetzen konnte.

„Ach Felix, bitte komme bald, denn ich benötige deine Hilfe mehr denn je", murmelte ich unglücklich. Genauso sehr benötigte ich ihn für mich selbst, denn er fehlte mir ganz schrecklich. Er, Tanja und Lotta, meine Familie. Wenn ich gemeinsam mit Lara wieder zu Hause wäre…

„Hey, Kumpel, was machst du hier in meinem Revier?" riss mich eine mürrische Stimme aus meinen Gedanken und ich fuhr hoch. Neben meinem Busch stand ein mittelgroßer struppiger Hund und schaute mich misstrauisch an. Jetzt, da ich aufgestanden war, zog er drohend seine Lefzen hoch und knurrte mich an.

„Nur mit der Ruhe, ich will dir nichts tun", verfiel ich sofort in meinen einschmeichelnden Ton, den ich immer anwandte, wenn ich traumatisierten Hunden begegnete und sie beruhigen wollte. „Ich wusste nicht, dass das dein Revier ist."

Ohne ihn direkt anzublicken, musterte ich ihn schnell aber gründlich. Er war sehr mager und sein Fell schütter. Kein Zweifel, seine besten Jahre hatte er längst hinter sich. Der milchig graue Schatten in seinen Augen sagte mir, dass er langsam blind wurde.

„Ist dein Zuhause hier in der Nähe?", begann ich ein Gespräch. „Ich sehe weit und breit kein Haus…"

„Ich brauch kein Haus, lebe schon lange auf der Straße. Aber das hier ist mein Bereich, ich kann nicht dulden dass sich hier noch jemand breit macht. Für zwei reicht es nicht was man hier zu fressen findet. Und du siehst aus als würdest du Nahrung für zwei Hunde benötigen." Dabei starrte er mich aus seinen trüben Augen feindselig an.

Normalerweise reagiere ich sauer wenn mich jemand als dick bezeichnet, denn ich bin nicht dick, sondern kräftig gebaut. Ein richtiger Bulldoggen-Rüde eben. Aber vermutlich hatte der alte

Hund keine Ahnung von Rassen, für ihn war jeder Hund eben nur ein Hund. Und ein Fresskonkurrent.

„Ich will nichts von deinem Fressen haben", versicherte ich ihm. „Ich warte hier nur auf jemand. Leider weiß ich nicht wann er vorbeikommt, deshalb werde ich vielleicht noch einige Tage hier sein."

Er blieb misstrauisch. „Ein paar Tage? Und was frisst du derweil? Von Gras und Blättern ernährst du dich sicher nicht. Aber ich sag dir, von mir bekommst du nichts."

Ich musterte ihn erneut. Er sah nicht aus als hätte er selbst genug zu fressen, war klapperdürr und unter seinen verdreckten Haarsträhnen stachen seine Knochen hervor. Vermutlich war er von seinem Hof vertrieben worden als er alt und blind wurde und versuchte nun sich mit Abfällen am Leben zu erhalten.

Auf meine direkte Frage bestätigte er mir meine Vermutung. „Ich wurde schon vor dem letzten Winter von meinem Herrn verjagt. Erst brachte er einen jungen Hund an, kaum dem Welpenalter entwachsen und ich freute mich, nach so vielen Jahren Einsamkeit einen Kumpel zu haben. Ich brachte dem Jungen alles bei was er wissen musste, in der Hoffnung endlich von der Kette befreit zu werden. Das geschah auch eines Tages, doch nur um mich einem grausamen Schicksal zu überlassen. Der Bauer band mir die Pfoten zusammen und legte einen Strick um mein Maul. Dann steckte er mich in einen alten Kartoffelsack, band ihn zu und warf mich auf den Wagen. Zu meinem Glück konnte ich während der Fahrt den Strick von meiner Schnauze abstreifen. Irgendwann hielt er an, zog mich vom Wagen und warf mich eine Böschung hinunter. Ich landete im Wasser, aber es war nicht tief. Mühsam befreite ich meine Pfoten von den Stricken und zerriss dann mit letzter Kraft den Sack.

Ich befand mich in einer Gegend die mir völlig unbekannt war, kein Wunder, ich kannte ja nur meinen Hof. Zuerst überlegte ich ob ich den Weg zurück suchen sollte, doch dann ließ ich es sein und lief tagelang umher. Zu anderen Höfen traute ich mich nicht hin und Menschen ging ich aus dem Weg. Hätte ich nicht zufällig die Müllkippe entdeckt, ich wäre vermutlich verhungert. Seither halte ich mich in der Nähe der Müllkippe auf. Sie ernährt mich gerade so, denn meist ist es nur Unrat der dort abgeladen wird, nur wenig Fressbares dabei. Aber weggehen kann ich von hier nicht, wo sollte ich auch hin?"

„Während er erzählte behielt ich die Straße im Auge, damit ich sehen konnte ob ein weißes Auto kam. Doch nur ein Radfahrer mit einer Karre voller Gras hintendran fuhr vorbei. Diese Straße war wirklich nicht sehr belebt und ich befürchtete, Felix würde sie nie finden.

Nachdenklich starrte ich den Hund an, dann fragte ich ihn: „Kannst du noch laufen?" Er starrte irritiert zurück, so dass ich fortfuhr: „Ich meine, ob du noch längere Zeit laufen kannst. Denn dann könntest du mit mir kommen. Dort, wo ich hingehe gibt es genug Futter aber auch viele Hunde. Sobald der auf den ich warte vorbeikommt, werden wir alle abgeholt und in Sicherheit gebracht werden. Du wärst dann versorgt bis an dein Lebensende."

Er schaute mich ungläubig an, doch ich versicherte ihm nochmals, dass sich sein Leben zum Guten wenden würde, wenn er mitkam. Schließlich nickte er langsam.

„Also gut, ich komme mit dir. Allerdings darfst du nicht allzu schnell laufen und wir müssen öfter mal eine Pause machen."

Ich brummte verstehend. „Das ist ganz in meinem Sinn, meine Pfoten sind schon seit Tagen wund. Na, dann komm, machen wir uns auf den Weg. Mein Name ist übrigens Robin. Wie heißt du?"

„Als ich jung war wurde ich Basko gerufen, in letzter Zeit nur noch dummer Köter."

„Nun, ab sofort heißt du wieder Basko. Klingt gut, finde ich."

Nach meinem Gefühl würde Felix heute nicht mehr erscheinen und so machte ich mich mit Basko auf den Weg zur Hütte im

Wald. Er hielt sich wacker und wir kamen gut voran. Ich nahm wieder den Schleichweg ums Dorf herum, damit wir möglichst keinen Menschen begegneten.

Unbehelligt kamen wir bei der Waldhütte an und wurden von Lara begrüßt. Sie schien froh mich zu sehen, doch mit einem Blick auf den alten Basko meinte sie nur lakonisch:

„Es hätte mich auch sehr gewundert wenn du nicht noch eine hungrige Schnauze mitgebracht hättest."

Basko blieb in respektvoller Entfernung stehen und wedelte verbindlich mit dem Schwanz. Mit der Nase versuchte er zu erkunden, was ihm seine trüben Augen vorenthielten.

„Alles in Ordnung hier?", wollte ich von Lara wissen. Auf mein aufforderndes Brummen folgte mir Basko zu dem Leiterwagen mit dem Hundefutter. Der erste Sack war seit dem Morgen ziemlich geleert worden. Falls unsere Truppe so weiter wuchs, würden wir in wenigen Tagen ohne Futter sein. Trotzdem fraß ich hungrig und auch Basko durfte sich so viel nehmen bis er ganz satt war. Nachdem ich ihm auch noch den Weg zum Bach gezeigt und wir beide getrunken hatten, suchte sich der alte Hund in der Hütte ein gemütliches Plätzchen, wo er ächzend seine müden Knochen ausstreckte.

„Wenn ich heute Nacht sterben sollte", so sagte er zu mir, „dann sterbe ich als glücklicher und satter Hund. Danke, Robin."

„Rede keinen Quatsch, du wirst nicht sterben, sondern mit all den anderen Hunden hier in eine bessere Zukunft starten. Schlaf gut, Basko."

Ich trottete zu Lara und ließ mich seufzend neben sie ins Stroh plumpsen. „Ich glaube ich werde langsam alt", brummte ich müde. „Noch nie ist es mir so schwer gefallen meinen Job zu erledigen."

Lara schaute mich mit mildem Blick an, ehe sie antwortete: „Ach Robin, mein großer Dummkopf. Du hast ja auch noch nie so viele Tiere im Alleingang gerettet. Fast im Alleingang", korrigierte sie sich dann, „natürlich hast du ja mich, die dir hilft."

„Dafür bin ich dir auch sehr dankbar. Ich wüsste nicht was ich ohne dich tun sollte. Hast du mit Tanja sprechen können?"

„Mhhhmm", sie schleckte mir über die Schnauze und die Augen. Ach tat das gut, sich nach den Strapazen des Tages ein wenig verwöhnen zu lassen. Ich grunzte wohlig.

Viel zu schnell hörte Lara mit der Gesichtsmassage wieder auf, um mich über ihr Gespräch mit Tanja zu informieren. Es gab im Grunde nichts Neues, Felix hatte unser Dorf noch nicht gefunden, würde sich aber morgen erneut auf den Weg machen. Ich schnaufte enttäuscht. „Na, das ist ja keine besonders tolle Neuigkeit. Wenn ich nicht so felsenfest von Felix überzeugt wäre, würde ich denken er findet uns nie."

„Sei doch nicht so ungeduldig, das Interessanteste hab ich doch noch gar nicht erzählt…" Sie schaute mich an, sprach aber nicht weiter. „Nun spann mich doch nicht so lange auf die Folter", platzte ich neugierig heraus. „Sag mir endlich was Tanja noch wusste. Ich bin verdammt müde und möchte schlafen."

„Wenn du dann noch schlafen kannst", tat sie gekränkt, erzählte dann aber eifrig weiter: „Erinnerst du dich noch an den Fotografen, der uns geknipst hat als wir die Würste gestohlen haben?" Äh, ja. Was ist mit ihm?"

Nun, der Mann hat ein Foto von uns mit den Würsten an eine große Zeitung geschickt und die haben es abgedruckt. Tanja hat das Bild gesehen und uns natürlich sofort erkannt. Leider stand nicht dabei wo das Foto gemacht wurde. Aber Tanja hat sich sofort mit den Zeitungsleuten in Verbindung gesetzt und die haben ihr versprochen den Fotografen anzurufen und zu fragen, wo er das Foto gemacht hat. Sobald sie es weiß sagt sie es Felix und der kommt dann umgehend hier vorbei um uns abzuholen."

Es war eindeutig Triumpf, der in ihren Augen glitzerte als sie mich jetzt ansah. Ich schaute sprachlos zurück. Wie konnte sie mir diese Neuigkeit so lange vorenthalten?

„Aber das hieße ja, er wäre spätestens morgen da und wird uns alle mit nach Hause nehmen", jauchzte ich auf, als ich wieder zum Sprechen fähig war. Doch sie dämpfte meine Begeisterung.

„Naja, ein bisschen kann es noch dauern, da er nicht einfach so viele Hunde aus dem Land bringen kann, die vielleicht jemandem gehören. Er muss sich erst mit den Behörden in Verbindung setzen..."

Meine Freude wurde mit einem Schlag zunichte gemacht. Ich hatte die Leute unserer Organisation schon öfter über die Behörden klagen hören, da die nicht immer zum Wohl der Tiere entschieden, die wir so mühselig gerettet hatten. Hin und wieder mussten wir ein oder mehrere Tiere ihren Besitzern zurückgeben, obwohl sie von denen schlecht behandelt wurden.

Niedergeschlagen schaute ich Lara an, die natürlich auch darüber Bescheid wusste. Sie versuchte mich zu trösten. „Es wird schon gut ausgehen, daran müssen wir einfach glauben. Du kennst Felix und eure Organisation besser als ich, doch ich weiß, dass sie alles dransetzten, den Hunden zu einem besseren Leben zu verhelfen. Eine andere Möglichkeit gibt es leider nicht, denn wie sollen wir alle Hunde auf Dauer ernähren? Das Futter reicht nur noch für ein paar Tage und außerdem brauchen einige der Hündinnen und der Welpen ganz dringend medizinische Versorgung. Erst heute Morgen ist ein Welpe gestorben, der schlimmem Durchfall hatte."

Niedergeschlagen musste ich ihr Recht geben, es blieb uns nichts anderes übrig, als auf einen guten Ausgang unseres Abenteuers zu hoffen. Der Bär fiel mir ein und ich erzählte Lara von ihm. Auch, dass ich ihm versprochen hatte, für seine Befreiung zu sorgen. Sie machte große Augen.

„Oh Robin", seufzte sie, „du machst deinem menschlichen Namensvetter wirklich alle Ehre. Robin Huth, der Retter aller gequälten Tiere, selbst hundefressender Bären."

„Du hättest es doch nicht anders gemacht", verteidigte ich mich lahm. „Ich kann nun mal nicht tatenlos zusehen, wenn ich Tiere leiden sehe. Weder einen Hund, noch einen Bären…"

„Und genau deshalb liebe ich dich. Du bist zweifellos ein ganz besonderer Hund, nicht nur, weil du eine Bulldogge bist, die ja sowieso besondere Hunde sind. Nein, du bist für mich ein Engel in Hundegestalt, Robin. Und ich bin sehr stolz darauf, dass du mein Robin bist. Und jetzt schlaf dich aus, morgen wartet eine weitere wichtige Aufgabe auf dich."

Kapitel 11: Rettung in Sicht

Die Nacht verflog viel zu schnell und als mich Lara weckte war ich fast noch so müde wie vor dem Einschlafen. „Ich fürchte, ich werde langsam alt", murmelte ich matt und dehnte ächzend meine schmerzenden Glieder. „Wenn ich erst wieder zu Hause bin, muss Felix mich zu Dr. Schiller bringen um mich gründlich untersuchen zu lassen."

„Er wird nix bei dir finden, denn du bist topfit", erklärte Lara ungerührt. „Höchstens, dass du ein, zwei Pfund abnehmen sollst."

„Ich bin nicht zu dick", empörte ich mich sofort und Lara grinste schelmisch. Sie kannte mich leider zu genau und nutze meine wunden Punkte gerne aus um mich ein wenig zu necken. Jetzt schleckte sie mir beruhigend über die Schnauze. „Nein, natürlich nicht, du bist super in Form. Und wenn du heute auf Felix treffen solltest, dann kannst du dich auch bald von dem Abenteuer erholen. Und ich mich auch", fügte sie leise hinzu und mir wurde bewusst, dass ihre Aufgabe die Hündinnen samt ihren Welpen zu betreuen mindestens so anstrengend war wie mein Job. Auch wenn sie kaum einmal eine Pfote vor die Hütte setzte.

„Ich habe dich nie gefragt, wie es dir mit dieser ganzen Situation ergeht", murmelte ich zerknirscht. „Es ist bestimmt nicht einfach mit den vielen Hündinnen und Welpen zurechtzukommen. Deshalb bin ich beeindruckt wie du es schaffst, dass es hier noch nicht zu Mord und Totschlag gekommen ist."

„Du meinst sicher eher zum Zickenkrieg, oder?" fragte sie und warf mir einen schelmischen Blick zu.

„Naja, ich wollte es nicht so krass ausdrücken. Aber es ist ja allgemein bekannt, dass ihr Hündinnen oft nicht allzu verträglich miteinander umgeht. Besonders, wenn eure Hormone, ääh, naja…" Auf die Schnelle fiel mir kein Wort ein, das dieses Phänomen sanft umschrieb.

Lara sah mich streng an, dann meinte sie trocken: „Verrückt spielen, wolltest du doch sicher sagen. Und damit hast du vollkommen Recht. Aber zum Glück sind ja meine Hormone stabil, so dass ich den Überblick behalte. Und diese Hündinnen sind viel zu froh der Zuchthölle entkommen zu sein, als dass sie untereinander streiten würden. Ob das allerding auch in Zukunft so bleibt wage ich zu bezweifeln. Aber wenn wir Glück haben so ist das alles bald ausgestanden. Wenn Felix und die Männer eures Vereins da sind wird es bald für jede Hundefamilie einen eigenen kleinen Bereich geben. Deshalb solltest du dich auch auf den Weg machen. Es wäre nicht gut, wenn du Felix verpasst."

„Wenn das kein Rauswurf ist", maulte ich halblaut, erhob mich aber und steuerte auf den Spalt in der Bretterwand zu. Dabei kam ich am Lager von Basko vorbei und warf einen prüfenden Blick auf den alten Rüden. Er lag auf dem Rücken in einem Nest aus Stroh, seine Pfoten zuckten ein wenig und er schnarchte selig, wobei seine stumpfen Zähne unter den Lefzen hervorblinkten. Es sah aus als lächele er im Schlaf.

Lara kam mit nach draußen und begleitete mich zum Wagen mit dem Futter. Während ich mein Frühstück zu mir nahm, saß sie neben mir und schaute mir zu. Selbst fraß sie nicht, ich konnte mir gut vorstellen, dass sie den eher gewöhnlichen Geschmack des billigen Futters nicht mochte. Denn von Haus aus war sie eine verwöhnte Prinzessin, meine schöne weiße Gefährtin. Sie besaß einen edlen Stammbaum auf dem man ihre Ahnen bis ins letzte Detail verfolgen konnte. Dennoch liebte sie mich, den etwas zu groß geratenen englischen oder vielleicht auch old englischen Bulldog, der ohne Stammbaum war und nicht einmal Kenntnis über seine Herkunft hatte.

Nach dem Fressen liefen wir gemeinsam zum Bach um zu trinken. Bevor sich unsere Wege trennten, drückte ich meine Schnauze sachte an ihre. „Wenn ich dich nicht hätte" brummte ich und leckte ihr zärtlich übers Gesicht.

75

Sie kicherte. „Dann hättest du jetzt niemand an dem du deine nasse Schnauze abwischen könntest."

Ich nahm den Weg durchs Dorf in der Hoffnung, dass ich irgendwas finden würde, das ich dem Bären zu fressen bringen konnte. Mich darauf verlassen dass er von seinem Herrn Futter gebracht bekam, besonders jetzt, wo die Hunde weg waren, wollte ich lieber nicht.

Doch was sollte ich ihm bringen? Er hatte erzählt, er fresse alles, was fressbar wäre. Also vermutlich all das, was auch Hunde oder Menschen aßen.

Ich hatte Glück es war wieder Markttag, wenn heute auch nur wenige Stände da waren. Der des Metzgers war heute leider nicht da, für die guten Würste hätte ich es nochmals riskiert zu stehlen. Unschlüssig trabte ich an der Rückseite der Stände entlang, da standen die Kisten mit der Ware die nicht ausgelegt waren. Der Geruch sagte mir dass sich darin allerlei Lebensmittel befanden, die einem Bären vermutlich schmeckten.

Mein Problem war allerdings wie ich es zu ihm bringen konnte. Ein, zwei Bündel Karotten könnte ich leicht tragen doch das würde ihm nicht reichen. Eine ganze Kiste voll konnte ich jedoch unmöglich befördern. Insgeheim seufzte ich auf, es war nicht leicht andere Tiere zu retten, wenn man selbst nur ein Hund war.

Eine männliche Stimme fing plötzlich zu schimpfen an und auch wenn ich kein Wort verstand wusste ich sofort, dass ich gemeint war. Zur Bestätigung traf mich auch gleich eine faule Tomate im Genick. Sie zerplatzte und glibberiger Saft lief mir an der Schulter herunter. Erschrocken machte ich einen Satz zur Seite und stolperte dabei fast über eine Einkaufstasche mit Inhalt, die da abgestellt war. Ein langes Brot und ein Salatkopf schauten daraus hervor.

Ohne darüber nachzudenken packte ich die Griffe der Tasche und zerrte sie neben mir her, während ich so schnell ich konnte davonlief. Wütendes Schimpfen hallte hinter mir her und spornte mich an noch schneller zu laufen. Zu meinem Glück hielt sich sonst niemand bei den Ständen auf und der Mann, der zeternd hinter mir her lief, war schon alt und nicht mehr sehr gut zu Fuß. Sonst hätte er mich mit meiner Last vermutlich eingeholt.

Die paar Menschen, die mir über den Weg liefen, glotzten mir nur verwundert hinterher, keiner versuchte mich aufzuhalten. So erreichte ich sicher die Seitenstraße die aus dem Dorf führte. Ich zerrte die Tasche ins erstbeste Gebüsch und warf mich dann zu Boden um erst einmal Luft zu schnappen. Habe ich schon erwähnt dass der Körper einer Bulldogge nicht dazu geeignet ist lange zu rennen? Noch dazu mit einer Tasche im Maul, deren Gewicht beachtlich war. Fix und fertig lag ich da und hechelte mit weit aufgerissenem Maul. Erst nach einer ganzen Weile konnte ich wieder normal atmen.

„Mein lieber Robin", sagte ich in Gedanken zu mir selbst, „Wenn du das noch ein paarmal machst, kannst du deine vergrabenen Kauknochen bald nur noch von unten ansehen."

Bevor ich mich wieder auf den Weg machte schaute ich in die Tasche, was sich außer dem Brot und dem Salat noch darin befand. Falls es nicht fressbar wäre brauchte ich es nicht mitzuschleppen. Meine schnüffelnde Nase machte einen feinen Duft aus, dem ich nicht widerstehen konnte. Leberwurst, eine meiner vielen Lieblingswürste. Ich zerrte die Tüte eilig hervor und riss sie auf. Hmmm, grobe geräucherte Leberwurst, die mochte ich ganz besonders. Schnell entschloss ich mich die Wurst selbst zu verzehren, sozusagen als Entschädigung für die Strapazen, die ich auf mich nahm um dem Bären Futter zu bringen. Er konnte sich ja an den anderen Sachen satt futtern.

Außer der Wurst steckten ein Paket Nudeln, einige Äpfel und eine Tüte mit süßem Gebäck in der Einkaufstasche. Nichts, was ich unbedingt gerne fraß. Nachdem ich die Leberwurst in Windeseile verputzt hatte, spuckte ich die Kordel wieder aus, mit der sie zu einem Ring zusammengebunden war. Dann war ich bereit meinen Weg fortzusetzen.

Der Weg durch Wiesen und Gestrüpp zog sich hin, mit der schweren Tasche kam ich nicht so schnell voran wie ich mir gewünscht hätte. Aber ich hatte dem Bären nun mal versprochen für ihn zu sorgen bis er befreit werden konnte und ein Robin Huth hält was er verspricht.

Keuchend kam ich auf der Rückseite der alten Stallanlage an und wurde mit Brummen und Kettengeklirr begrüßt. Mutig schleppte ich die Tasche in den dunklen Verschlag und zog sie unter der Absperrung durch. So erschöpft wie ich war, wäre ich eine leichte Beute für den Bären gewesen, doch er interessierte sich nur für die Tasche und ihren Inhalt.

Während er sofort begann das Brot zu fressen, schlüpfte ich wieder unter den Holzbrettern durch und setzte mich davor hin. Sicher war sicher, schließlich wusste ich nicht wie viel in einen Bärenmagen hinein passte.

Das Brot war schnell verzehrt und auch der Salatkopf, jetzt widmete sich der Bär der Tüte mit süßen Brötchen. Von fern hörte ich die Turmuhr schlagen und erschrak, ich hatte fast vergessen dass ich ja auf Felix treffen sollte. Eilig erhob ich mich und rief dem Bär im Weggehen zu. „Ich muss mich beeilen, wenn es klappt komme ich morgen und bring dir wieder was."

Ohne seine Antwort abzuwarten lief ich los, umrundete das alte Gemäuer, und wäre fast mit einem Mann zusammengestoßen, der von der anderen Seite kam. Er trug einen Pappkarton aus dem welke Gemüseabfälle hingen, der ihm vor Schreck aus den Händen fiel.

Auch ich war erschrocken und sprang eilig zur Seite, damit mich der Karton nicht traf. Dann rannte ich weiter, verfolgt von derben Schimpfworten. Erst als ich am Rand des Grundstücks angekommen war blieb ich kurz stehen und sah mich um. Kam mir der Mann nach? Doch er stand noch immer dort und starrte mir nach. Ein hagerer Kerl in Arbeitskleidung und mit einer dunklen Kappe auf dem Kopf.

„Robin, das Gesicht dieses Kerls solltest du dir merken", murmelte ich in mich hinein. Dann zwängte ich mich durch die Büsche und schlug den Weg zur Straße ein. Hoffentlich war Felix noch nicht vorbei gefahren.

Völlig außer Puste kam ich an dem Gebüsch an, dass ich mir als Warteplatz auserkoren hatte und ließ mich ins weiche Gras fallen. Während ich versuchte meinen Atem zu beruhigen schaute ich die Straße rauf und runter. Aber es war weit und breit kein Auto zu sehen.

Den Kopf auf die Vorderpfoten gelegt lag ich da und blickte auf das graue Band zwischen grünen Wiesen. Viel war hier wirklich nicht los, ging es mir durch den Kopf. Ein Traktor mit einem Viehanhänger hinten dran tuckerte die Straße entlang und irgendwann radelten zwei Jungs auf klapprigen Fahrrädern vorbei. Über mir schrie ein Greifvogel und stürzte dann wie ein Stein zu Boden. Ich sprang erschrocken auf und starrte zu der Stelle hin. Musste ich schon wieder ein Tier retten?

Doch da erhob sich der Vogel schon wieder aus der Wiese und flog davon, zwischen seinen Krallen hielt er eine fette Ratte fest. Damit flog er zu einer hohen Tanne und verschwand im Dickicht der Äste. Ich vermutete, dass er dort ein Nest mit hungrigen Küken hatte.

Ich schaute noch immer zu dem Baum, als eine Hupe ertönte. Ich hatte gar nicht gemerkt dass sich ein Auto näherte und richtete den Blick schnell auf die Straße. Das Auto hatte schon angehalten und jetzt stieg ein Mann aus und schwenkte die Arme. Dabei rief er ganz begeistert: „Robin! Robin! Robin!"

Mein Felix, endlich war er da. So schnell ich laufen konnte rannte ich auf ihn zu. Er kam mir ebenfalls entgegen gelaufen und fast wären wir aufeinander geprallt. Felix ließ sich auf die Knie ins Gras fallen und breitete die Arme aus. Und ich lief direkt dazwischen und wuchtete meinen Körper an ihm hoch.

Voller Begeisterung leckte ich ihm das Gesicht ab und winselte vor Freude. Ich konnte mich gar nicht beruhigen und musste immer schneller hecheln.

„Robin, mein Junge, beruhige dich, du bekommst ja kaum noch Luft." Felix hielt mich etwas fester, damit ich nicht mehr so zappeln konnte, und redete weiter auf mich ein.

„Ich hab dich ja so vermisst, mein Großer, dich und Lara. Jetzt wird alles wieder gut. Beruhige dich, beruhige dich, nicht dass du mir noch kollabierst. Komm mit zum Auto, wir haben noch einiges vor uns. Denn du musst mich irgendwie zu Lara und den Hunden führen, die ihr gerettet habt. Geht es wieder?" Prüfend sah er mich an.

Es fiel mir zwar schwer, doch ich zwang mich ruhiger zu werden. Felix hatte ja Recht, wenn ich vor Freude in Ohnmacht fiele, so brächte das nur Komplikationen. Ein Bulldoggenherz ist für so gewaltige Gefühlsausbrüche nicht geschaffen. Und ich wollte nicht riskieren, dass ich vor lauter Wiedersehensfreude kollabierte. Für einen notfallmäßigen Tierarztbesuch hatten wir keine Zeit. Also blieb ich ruhig sitzen bis sich mein Hecheln abschwächte, dann liefen wir gemeinsam zum Auto.

Ich durfte ausnahmsweise auf den Beifahrersitz, was sonst streng verboten ist. Doch irgendwie musste ich Felix ja zu unserer Hütte im Wald führen. Das geht schlecht vom Rücksitz aus.

Zum Glück sind Felix und ich ja ein bestens eingespieltes Team, trotzdem war es nicht ganz einfach ihm den Weg zu weisen. Bis zum Dorf war es kein Problem. Als wir an den Marktständen vorbei fuhren, duckte ich mich vorsichtshalber, damit mich niemand sah. Es wäre mir peinlich gewesen wenn jemand Felix angehalten hätte, weil ich was zu essen gestohlen habe. Aber zu meinem Glück achtete niemand auf uns.

Nachdem wir das Dorf hinter uns gelassen hatten und uns dem Wald näherten, stellte Felix das Auto am Wegrand ab und wir stiegen aus.

„So, Robin, jetzt läufst du voran und zeigst mir den Weg zu eurem Unterschlupf. Wir sind doch hier richtig, oder?"

Ich bestätigte mit einem kurzen „Wuff" und führte Felix dann über den kaum sichtbaren Pfad zu der Hütte. As wir kurz davor waren kam uns Lara entgegen, die uns wohl gehört hatte. Auch sie war überglücklich unser geliebtes Herrchen zu sehen und es dauerte eine Weile bis Felix sich wieder vom Boden aufrappeln konnte, denn Lara hatte ihn voller Überschwang angesprungen und umgeworfen. Als er so dalag und sie über ihm stand und ihn abschleckte überkam es mich ebenfalls, so dass ich ihn auch nochmal begrüßen musste.

Endlich konnte er sich von uns befreien und stand lachend auf.

„So, jetzt reicht es erst einmal, ihr solltet euch beruhigen. Ja, so ist es brav." Er tätschelte uns noch einen Moment, dann meinte er gespannt. „Jetzt zeigt mir mal die Hunde, die ihr hier in Sicherheit gebracht habt."

Wir führten ihn zu unserem Nebeneingang. Er blieb beeindruckt davor stehen und begutachtete kurz den Karren mit dem Futter drauf.

„Den habt ihr hierher geschafft? Wie ist euch das denn gelungen?" Er kratzte sich zuerst am Kopf und schüttelte ihn dann ungläubig. „Also ich habe euch Beiden ja schon immer viel zugetraut, aber das… Das glaubt mir kein Mensch."

Kapitel 12: Die letzte Nacht in der Hütte

Noch überraschter war er als er sich, bewaffnet mit einer starken Taschenlampe, durch die für seine Größe etwas zu enge Öffnung in der Bretterwand gezwängt hatte. Lara war vorsorglich vor ihm durchgeschlüpft, damit unter den Hündinnen keine Panik entstand, ich kam hinter Felix durch.

„Heiliger Himmel, wie viele Hunde habt ihr denn hierher geschafft?" Felix schien völlig perplex als er den Strahl der Taschenlampe über die kleinen Hundefamilien gleiten ließ. Die meisten Hündinnen begannen vor Angst zu zittern, als das Licht auf sie traf und Lara hatte alle Mühe, die aufkommende Panik einzudämmen.

„Hast du sie nicht aufgeklärt?" wollte ich wissen. Lara warf mir einen kühlen Blick zu. „Natürlich hab ich das gemacht, aber sie haben nun mal Angst vor Menschen."

Gemeinsam sprachen wir beruhigend auf die Hündinnen ein und auch Felix brummte leise Worte der Beruhigung. Schließlich zeigten unsere Beschwichtigungen Wirkung, die meisten Hunde entspannten sich wieder.

„Das sind ja…" Felix stockte und schien die Hunde zu zählen. Ich war gespannt auf welche Zahl er kam.

„…siebzehn, achtzehn. Das sind achtzehn erwachsene Hunde, die Welpen kann ich auf die Schnelle gar nicht zählen. Meine Güte, da habt ihr Beide ja gründliche Arbeit geleistet."

Er kratzte sich erneut am Kopf, ein Zeichen, dass er nachdachte. Schließlich sagte er in resigniertem Ton. „Damit hätte ich nun wirklich nicht gerechnet. Das wird ein Problem werden die alle unterzubringen. Und der Sprinter reicht auch nicht die alle hier wegzubringen. Da muss ich nochmal mit den Kollegen telefonieren wie wir das am besten machen."

Er schaute auf Lara und mich herunter, wir hingen schon die ganze Zeit gespannt an seinen Lippen. War es gut oder schlecht was wir mit der Rettung der Hunde getan hatten?

Felix beugte sich zu uns und kraulte unsere Köpfe. „Das habt ihr sehr gut gemacht, ich bin mächtig stolz auf euch."

„Na bitte, hab ich's doch gewusst", brummelte ich Lara zufrieden zu.

„Ich bin gespannt was er sagt, wenn du ihn zu dem Bär bringst. Wie willst du das überhaupt anstellen?"

„Weiß ich noch nicht", brummte ich. „Ich werde schon einen Weg finden. Zuerst müssen die Hunde in Sicherheit sein. Dann sehen wir weiter."

Felix war wieder nach draußen gegangen und als ich ihm nachkam telefonierte er schon. „…werde morgen zuerst den Bürgermeister konsultieren", sagte er gerade. „Dazu brauche ich aber den Dolmetscher, er muss herausfinden wer hier überhaupt zuständig ist. Das Dorf ist so klein, da ist es fraglich, ob die überhaupt einen Bürgermeister haben. Die Hunde müssen vorerst in der Hütte bleiben, ich werde versuchen weiteres Futter aufzutreiben. Fast zwanzig Hündinnen mit Welpen, da brauchen wir leerstehende Ställe oder eine Halle, um die alle unterzubringen."

Er lauschte eine Weile, dann redete er weiter: „Auf jeden Fall muss ein Tierarzt die Hunde anschauen. Auf den ersten Blick scheinen sie einigermaßen in Ordnung. Aber sicher ist sicher. Regelst du das für mich? – Gut, danke, dann bis morgen."

Er steckte sein Handy in die Tasche und blickte zu mir herunter. „Kommst du mit oder willst du hierbleiben?"

Ich wäre gar zu gerne mit ihm gefahren. Der Gedanke an ein gemütliches Schlafplätzchen nahe bei ihm war sehr verlockend. Unschlüssig schaute ich zu der Öffnung in der Hütte. Laras Kopf schaute daraus hervor, sie blickte zu uns her. Ich wusste sie würde auf jeden Fall hierbleiben, bei ihren Schützlingen.

„Wuff", gab ich Felix Bescheid und er nickte wissend. Dann beugte er sich zu mir herunter und klopfte mir die Schulter. „Na dann, bis morgen. Ich versteh dich, die vielen Mädels und

Welpen brauchen deinen Schutz heute Nacht. Ich hoffe morgen werden wir alle von hier weg bringen können, dann kannst du und Lara erstmal entspannen. Also halt die Ohren steif, mein Junge. – Bis morgen, Lara!"

Sie bellte kurz, dann zog sie den Kopf zurück. Ich schaute Felix hinterher bis er um die Biegung verschwand. Ein bisschen traurig war ich schon weil er ging. Doch es musste sein, diese eine Nacht würde ich auch noch ohne ihn rumkriegen. Ich nieste weil es mir plötzlich in der Nase kribbelte, dann lief ich zu dem Spalt in der Hütte und zwängte mich durch.

Drinnen ging es lebhafter zu als sonst. Felix' Besuch hatte die Hündinnen erschreckt und so leicht ließen sie sich nicht beruhigen. Ich überließ es Laras Einfühlungsvermögen die Ruhe wieder herzustellen, ich wollte nicht riskieren von den nervösen Mädels angefeindet zu werden. Deshalb schlich ich geduckt zu der Ecke in der ich den alten Basko vermutete. Er hatte es sich in seinem Bett aus Heu gemütlich gemacht und erschrak ein wenig als ich ihn ansprach. Seine trüben Augen zwinkerten in die Richtung, aus der er meine Stimme hörte.

„Ach du bist es", brummelte er gähnend.

„Dachte schon, du würdest nicht mehr kommen. War er das, dein Herr?"

„Ja, das war mein Felix", erklärte ich voller Stolz.

„Eigentlich ist er mein bester Freund, nicht mein Herr."

„Schön für dich, ich hatte nie einen Freund, schon gar keinen menschlichen. Und wenn ich es recht überlege, so hatte ich nicht mal einen richtigen Herrn. Für den Bauern, dem ich mal gehörte, war ich nur ein Tier das seinen Zweck erfüllen musste. Er sah mich kaum einmal an, gab mir höchstens einen Tritt, wenn ich ihm im Weg stand."

Seine Worte machten mich beklommen, ich konnte es mir gar nicht vorstellen so ein Leben führen zu müssen.

„Hattest du denn niemand, der dich ab und zu streichelte oder dir mal ein Leckerli zusteckte?", wollte ich wissen.

Basko überlegte einen Moment.

„Am Anfang, als ich noch ein junger Hund war, da haben die Kinder öfter mit mir gespielt. Oder die Frau brachte mir mein Futter und ab und zu ein paar Knochen. Sie sorgte auch dafür dass meine Hütte im Winter mit Stroh ausgepolstert wurde. Dann wurde sie krank und ich habe sie nicht mehr gesehen. Die Kinder wurden groß und gingen vom Hof. Der Bauer fütterte mich nur noch unregelmäßig und als ich alt wurde hat er mich entsorgt…"

Wir schwiegen eine Weile, dann fragte er mich:

„Du kommst von weit her hast du mir erzählt, aus einem anderen Land. Wie ist es dort bei euch? Werden da viele Hunde so gehalten wie du und deine Hündin? Im Haus mit der ganzen Familie zusammen leben, in weichen Betten aus Stoff schlafen und Futter bekommen, das nicht nur satt macht sondern auch noch wunderbar schmeckt. Und die diese besonderen Bröckchen bekommen, die noch besser als das Futter schmecken, die du Leckerlies nennst."

Ich überlegte einen Moment, dann nickte ich bedächtig. „Viele, ja. Alle natürlich leider nicht, es gibt immer Hunde, denen es nicht so gut geht. Aber der größte Teil lebt so wie Lara und ich oder zumindest ähnlich."

Basko schaute durch seine milchig trüben Augen zu mir und fragte dann ziemlich leise: „Meinst du…, meinst du, ich finde auch noch solche Menschen, wenn ich in deinem Land bin? Ich würde so gerne wissen, wie es ist in einem Bett aus weichem Stoff zu schlafen. Und Futter und Leckerlies zu fressen, die toll schmecken. Und… und einen Freund finden, der mich so liebt, wie dein Felix dich liebt."

Sollte ich ihm antworten, dass ich das nicht wusste? Dass ein alter, kranker Hund auch in unserem Land nicht unbedingt jemanden fand, der ihm die letzten Monate noch schön machte? Ich hatte schon viele alte Hunde gesehen die im Tierheim leben mussten und dort irgendwann einsam starben. Sie wurden zwar gut versorgt und mussten nicht frieren, bekamen jeden Tag sogar Streicheleinheiten von ihren Pflegern. Aber sie hatten niemand, der sie liebte und sie im Arm hielt, wenn sie ihre letzte Reise über die Regenbogenbrücke antraten.

„Du wirst ganz bestimmt noch ein Herrchen oder Frauchen finden. Ein Kerl wie du. Aber zuerst wirst du in ein Tierheim gebracht werden, wo du aufgepäppelt wirst und deine Zipperlein behandelt werden. Danach wirst du dann zur Adoption freigegeben." Ich hoffte, meine Stimme klang zuversichtlich.

„War wohl wirklich mein Glück dass ich dich getroffen habe. Eigentlich geht es mir jetzt schon so gut, wie lange nicht mehr. Ich bin satt und liege warm, trocken und weich. Und ich habe die Aussicht auf ein Leben in einer Familie. Mann, Robin, was bin ich für ein Glückspilz."

Er kuschelte sich wieder im Stroh zusammen und legte seinen dürftig behaarten Schwanz über seine Schnauze. Kurz darauf drang sein Schnarchen in meine Ohren.

Ich blieb bei ihm liegen und starrte in die Dunkelheit. Die Geräusche in der Hütte wurden langsam weniger, die aufgeregten Hündinnen beruhigten sich allmählich und säugten ihre Welpen. Hin und wieder erhob sich eine um zum Futter zu gehen und zu fressen.

Felix hatte den letzten Futtersack in die Hütte gezogen und ihn geöffnet. Die Brocken lagen für alle Hunde gut zugänglich an der Hüttenwand ausgestreut. Daneben war ein Eimer aufgestellt, den er in der Hütte gefunden und mit Wasser vom Bach gefüllt hatte. So mussten wir nicht mehr zum Trinken raus laufen, was immer für Unruhe gesorgt hatte.

Ich war schon eingedöst, da legte sich Lara neben mich. Schläfrig öffnete ich ein Auge, konnte sie jedoch eher ahnen als sehen. Sie kuschelte sich nahe an mich und legte ihren Kopf auf meinen Nacken.

„Puh, bin ich fertig", hörte ich sie sagen. „Ich bin wirklich sehr froh, dass morgen alles ein Ende hat. Wie sehne ich mich nach meinem Zuhause, meinem gemütlichen Körbchen und einem heißen Bad in der Dusche."

„Häh?", machte ich ungläubig. Lara ging zwar gerne mal in einem See baden aber von einer heißen Dusche hatte sie bislang nie geschwärmt. „Wie das?"

„Ich fühle mich richtig unwohl in meinem Pelz", bekannte sie und begann sich, wie zur Bekräftigung ihrer Worte, zu kratzen. „Leider sind diese Hündinnen und Welpen mit allem möglichen Ungeziefer behaftet. Und da ich den ganzen Tag mit ihnen zusammen bin, krabbeln auch auf mir diese ekligen Viecher herum. Ein reinlicher Hund wie ich voller Flöhe und Läuse, wenn ich nicht bald ein Bad mit Ungeziefer abtötendem Shampoo bekomme, werde ich wahnsinnig. Merkst du es nicht auch, wie es juckt und beißt? Die Flöhe machen doch sicher vor dir auch nicht halt." Sie kratzte sich erneut heftig hinterm Ohr und quiekte dabei leise.

Jetzt, wo sie es sagte, spürte ich auch ein Kribbeln und Beißen in meinem Fell und ich begann mich ebenfalls zu kratzen. Seltsam, das war mir bisher gar nicht aufgefallen.

„Da werde ich wohl um ein Bad auch nicht rumkommen", murmelte ich und gähnte laut. „Naja, wenn es sein muss. Das werde ich auch noch überleben.

Kapitel 13: Endlich raus aus der Hütte

Am nächsten Morgen weckte mich niemand und so schlief ich ziemlich lang. Das geschäftige Treiben der Hündinnen und ihrer Welpen um mich herum störte mich nicht. Einen müden Bulldog stört nichts und niemand in seinem Schlaf.

Erst meinem grummelnden leeren Magen gelang es mich zum Aufstehen zu bewegen. Ich dehnte und streckte mich geräuschvoll, was Basko neben mir zu einem entsetzten Aufschrei verleitete.

„Mann, Robin! Musst du einen alten Hund so erschrecken? Ich dachte im ersten Moment du hättest einen Anfall. Was soll das?" Missbilligend schaute er mich an.

„...tschuldigung", murmelte ich grinsend. „Aber so gehört sich das für einen Hund wie mich. Bei uns Bulldoggen ist das nun mal so. Ich geh erst mal raus um meine Geschäfte zu erledigen und dann muss ich frühstücken. Ich komme um vor Hunger."

„Frühstücken ist gut", meinte er spöttisch. „Du hast so lange geschlafen, dass du schon bald zu Abend essen kannst."

„Ehrlich? Das gibt's doch nicht. Dann müsste Felix doch schon lange hier sein. Hab ich was verpasst?"

„Nö, dein Mensch war noch nicht hier. Ich hab dich auch nur ein bisschen verkohlt. Es ist noch nicht Mittag."

Ich warf ihm einen gespielt bösen Blick zu und murmelte halblaut vor mich hin während ich mich in Richtung des Spaltes in der Hüttenwand aufmachte. Denn eigentlich war ich froh dass der alte Rüde zu kleinen Späßchen aufgelegt war. Ein voller Bauch und ein weiches Bett schienen bei ihm Wunder zu wirken.

Lara war nirgends zu sehen, deshalb zwängte ich mich durch den Spalt und lief ein Stück in den Wald um mich zu erleichtern. Dann trabte ich gemütlich zum Bach um zu trinken. Ich watete ein Stück im Bachbett entlang, weil es mir gefiel wie der Sand durch meine Zehen quoll.

Rechts und links des Bachs wuchsen Farne und sonstige niedrigen Gewächse. Über mir sah ich den Himmel und ein paar Baumkronen. Die Vögel zwitscherten und irgendwo klopfte ein Specht. Eigentlich richtig idyllisch kam es mir in den Sinn und ich fühlte mich für einen Moment wie ein Wolf. Frei und vollkommen auf mich alleine gestellt.

Dann knurrte mein Magen vernehmlich, weil er heute außer Wasser noch nichts bekommen hatte. Wenn ich ein Wolf wäre, so dachte ich bei mir, müsste ich mich jetzt auf die Suche nach einem Tier machen das ich jagen und fressen könnte. Und schon schwanden die idyllischen Gedanken, ich stieg aus dem Bach und lief in Richtung der Hütte zurück. Dort wartete Trockenfutter auf mich, das zwar nicht besonders gut schmeckte aber prima satt machte. Nein, Wolf sein wäre nichts für mich, da blieb ich lieber ein Hund.

Meine Gefährtin erwartete mich schon und begleitete mich zum Futterplatz. Während ich mir den Bauch vollschlug, saß sie neben mir und schaute mir zu. Ich hielt im Fressen inne.

„Willst du nicht auch was fressen? Mir scheint, du bist dünn geworden." Besorgt betrachtete ich sie.

„Ach was, ich bin wie immer", wehrte sie ab. „Du weißt, ich vertrage nicht jedes Futter, von dem hier bekomme ich Bauchschmerzen. Deshalb nehme ich nur so viel, dass ich was im Magen habe. Wenn Felix uns abholt wird er mir bestimmt Futter besorgen, das ich vertrage. Wo bleibt er eigentlich? Wollte er nicht schon längst hier sein?"

„Eigentlich schon", gab ich nachdenklich zur Antwort. „Aber hier in diesem Land scheint alles anders zu laufen wie bei uns. Ich hoffe nur, er bekommt keine Schwierigkeiten. Was wäre wenn dieser Mann auftauchen würde, dem die Hundezucht gehört? Wenn er am Ende alle Hündinnen und Welpen zurückhaben will?"

„Sag sowas nicht" beschwor mich Lara. „Dann wäre ja unsere ganze Mission umsonst gewesen. Am Ende müsste Felix dann noch Rechenschaft ablegen. Denn wir sind ja schließlich seine Hunde..."

Sie hielt inne und lauschte. Ich hörte es ebenfalls, ein leises Motorengeräusch war zu hören und wurde schnell lauter. Kein Zweifel da kam ein LKW angefahren, ich kannte dieses Geräusch von unseren Einsätzen.

„Da kommt er", rief ich aufgeregt, ließ das Futter liegen und stürmte auf das Loch in der Bretterwand zu. Dabei hätte ich Lara beinahe umgerannt.

„Hey, spinnst du?" Mit einem Satz rettete sie sich vor meinem Ansturm, doch dann folgte sie mir eilig nach. Wir liefen ein Stück in Richtung des Weges. Und da kam er die Straße entlang, der LKW unserer Organisation. Ich war stolz und glücklich als ich ihn sah. Jetzt würde alles gut werden für die geretteten Hunde, da war ich mir ganz sicher.

Gemeinsam mit Lara lief ich ihm entgegen. Vor Aufregung trippelte ich von einem Bein aufs andere, bis er endlich anhielt. Die Türen gingen auf und Felix und Marco stiegen aus. Vor Freude und Stolz jaulte ich laut. Ja, das waren meine Leute, von unserer Organisation MfTN, die Abkürzung für Menschen für Tiere in Not.

„Na, Robin, da hast du ja wieder einmal ganze Arbeit geleistet, wie ich von Felix erfahren habe", tönte Marco und ging in die Hocke, damit er mich knuddeln konnte. Es war herrlich ihn zu sehen, denn ich mochte ihn sehr gern. Marco ist das Herrchen meines besten Freundes Buddy, einem Bullterrier. Ich warf einen Blick zum Fahrerhaus, war Buddy auch mitgekommen?

„Du, der Buddy musste leider zu Hause bleiben", erklärte mir Marco. „Er hat sich vor zwei Tagen eine Kralle abgerissen und trägt jetzt einen Verband am Fuß. Der Doc hat gesagt er muss sich schonen."

Schade, dachte ich, ich hätte Buddy gerne mit zu dem Bären genommen. Naja, musste ich es ihm halt erzählen, sobald ich wieder zu Hause war.

Hinter dem LKW hielt ein weiteres Auto, aus dem drei Männer stiegen. Sie machten sich daran die Ladefläche zu öffnen und herunterzufahren. Danach luden sie Boxen in verschiedenen Größen aus und trugen sie in Richtung der Hütte. Bald stand eine ganze Reihe Boxen bereit und die Aktion konnte beginnen. Felix schickte Lara ins Innere der Hütte in der Hoffnung, dass sie auf die nervösen Hündinnen ein wenig beruhigend einwirken würde. Denn für die Hunde, die an Menschen nicht gewöhnt waren, würde es auf jeden Fall erst einmal stressig werden. Das konnten wir ihnen nicht ersparen, doch es war der Weg in ein besseres Leben.

Nachdem Lara in der Hütte war, wurde das Loch in der Bretterwand mit ein paar Latten verschlossen, so dass kein Hund dort entwischen konnte. Auf der Vorderseite der Hütte versuchten Felix und Marco die windschiefe Tür aufzubringen. Damit auch hier kein Hund in Panik ausbrechen konnte war ein großes Netz halbkreisförmig aufgestellt worden. Endlich gab die verquollene Tür ihren Widerstand auf und öffnete sich knarrend nach außen. Felix und Marco betraten die Hütte hintereinander. Jeder von ihnen hatte ein Stirnband mit Lampe auf dem Kopf, damit sie sich in der Düsternis zurechtfanden.

Ich stand hinter dem Netz und blickte hechelnd in die Hütte, zwar konnte ich nicht viel erkennen aber die Aufregung der Hündinnen und Welpen konnte ich fühlen.

Nach einer Weile kamen Felix und Marco wieder heraus, Felix mit einer nervös zappelnden Hündin auf dem Arm und Marco mit den Welpen. Die Helfer hatten inzwischen eine Box unter dem Netz durchgeschoben in die die Hunde jetzt kamen. Zuerst die Welpen und dann die Mutter hinterher. Danach wurde die Box verschlossen und die Helfer zogen sie wieder unter dem Netz hindurch und trugen sie zum LKW.

Auf diese Weise wurden nach und nach alle Hunde in Boxen gesteckt und auf den Laster verfrachtet. Die meisten machten nicht allzu große Schwierigkeiten, was sicher Lara zu verdanken war, der die Hündinnen vertrauten. Zum Schluss kamen die großen Hündinnen dran, von denen jede eine Box für sich benötigte.

„Puh, endlich geschafft", Felix und Marco setzten die Stirnbandlampen ab und wischten sich den Schweiß aus den Gesichtern. Lara kam ebenfalls aus der Hütte, sie sah erschöpft aus und wollte zum Bach laufen um sich zu erfrischen. Marco hielt das Netz hoch damit sie raus konnte.

„Aber da fehlt doch noch einer", hechelte ich ihr aufgeregt zu. „Was ist mit Basko? Er muss noch drinnen sein." Eilig schlüpfte ich unter dem Netz durch und lief auf die Hüttentür zu.

„Was hat er denn?", hörte ich Marco hinter mir fragen. Dann rief er: „Hey, Robin, was willst du machen? Das restliche Futter brauchst du nicht zu retten." Er lachte über seinen Witz, doch ich ignorierte ihn.

Ich lief zu der Stelle an der ich Basko zuletzt angetroffen hatte und schnüffelte im Stroh. Aber da war er nicht mehr. Doch sein Geruch wies mir den Weg zu ihm. Er hatte sich in der Futterecke dicht an die Wand gedrückt und Heu und Stroh über sich aufgetürmt. Kein Wunder, dass er dort übersehen wurde.

„Basko, komm da raus, willst du etwa hier eingesperrt werden. Was ist denn los?"

Er gab keine Antwort, doch nach einer Weile begann der Strohhaufen sich zu bewegen und Baskos Kopf kam zum Vorschein. Er sah mich traurig an.

„Na komm", sagte ich. „Du bist der Letzte."

„Ich hab es mir überlegt, ich bleibe lieber hier. Geh du zu deinem Herrn, er wartet auf dich. Auf mich wartet niemand."

Er klang so resigniert und traurig, dass ich erschrak. Was war plötzlich in ihn gefahren, dass er nicht mehr mit kommen wollte? Ich fragte ihn.

Er seufzte leise, bevor er sprach. „Ach Robin, ich habe lange darüber nachgedacht und bin zu der Überzeugung gekommen, ich bleibe lieber hier. Ich bin alt und falle nur zur Last. Nicht umsonst hat mich mein Herr nicht mehr gewollt. Ich tauge nichts mehr, koste nur Futter und schlafe meist."

„Unsinn", meinte ich entrüstet. Du bist nur zu dünn. Kräftiges Futter und ein warmes, kuscheliges Körbchen werden dich bald wieder fit machen. Hier kannst du nicht bleiben. Das verbliebene Futter reicht nur noch ein paar Tage und die Hütte wird verschlossen. Das Schlupfloch in der Wand ist auch zu, so dass du nicht mehr raus kannst. Willst du hier drin sterben?"

Ich starrte ihn durchdringend an, was er zwar nicht sah aber fühlen musste. Unsicher senkte er den Kopf und murmelte: „Vielleicht ist es das Beste."

„Erzähl keinen Mist und komm mit raus", knurrte ich ungehalten. „Da draußen warten alle nur noch auf dich. Würden sie das tun wenn sie dich nicht für Wert halten würden gerettet zu werden? Gib den Menschen eine Chance dir zu beweisen, dass sie es gut mit dir meinen. Und gib dir selbst eine Chance…"

Entschlossen drehte ich mich um und lief zur Tür. Ich schaute mich nicht um ob er mir nachkam, aber nach einer kurzen Weile hörte ich das Stroh hinter mir rascheln und dann sein Hecheln.

„Na, wer sagt's denn?" murmelte ich erleichtert und wartete unter der offenen Tür auf ihn. Er blinzelte ins Helle, dann ging er tapfer neben mir her bis zu der Box, die für ihn aufgestellt war. Er erschrak kurz als ihn Hände packten und in die Box schoben.

„Bis später, Kumpel", rief ich ihm nach. „Ich besuch dich, sobald wir angekommen sind. Hab keine Angst, alles wird gut."

„Wenn ich dich nicht hätte, Robin" hörte ich Felix neben mir sagen. Er ging in die Hocke, legte seinen Arm um mich und klopfte meine Brust. Dann raunte er mir ins Ohr: „Ich bin froh, dass ich dich wieder habe."

Kapitel 14: In Quarantäne

Die Fahrt dauerte nicht sehr lange und endete auf einem Hof. Lara und ich durften im Führerhaus mitfahren und sprangen sofort heraus, kaum dass die Tür geöffnet wurde. Ich blieb neben dem LKW stehen um mich erst mal umzublicken.

Wir befanden uns zweifellos auf einem alten Pferdehof, das erkannte ich am Geruch. Jede Menge Stallungen befanden sich in einer Reihe. Hier wurde bereits tüchtig vorgearbeitet, das sah ich mit meinem Kennerblick. Die teilbaren Stalltüren standen offen und die Boxen waren mit Stroh ausgelegt. In jeder Box gab es eine geräumige Holzkiste mit Decken und daneben standen Schüsseln für Futter und Wasser.

Eine Tierärztin und einige Tierpfleger standen bereit um die Hunde zu untersuchen und dann in den Boxen unterzubringen.

Da Basko als letzter eingeladen worden war kam er als erster heraus. Er schaute ängstlich aus seiner Box, deshalb lief ich zu ihm und setzte mich dicht neben die Kiste.

„Hey Kumpel, ich bin hier", raunte ich ihm zu. „Hab keine Angst, die Tierärztin schaut dich nur an um zu sehen ob du sofort ihre Hilfe brauchst. Bleib ganz ruhig und vor allem beiße niemanden, dann hast du es gleich hinter dir. Und wedele ein bisschen mit dem Schwanz, damit alle merken, dass du ein freundlicher Hund bist."

Er hechelte aufgeregt, ließ sich aber widerstandslos aus der Box holen. Zuerst bekam er ein Halsband mit einer Nummer darauf angezogen und wurde von der Ärztin routiniert untersucht. Wie ich ihm geraten hatte ließ er alles über sich ergehen und wedelte hektisch mit der Rute. Die Tierärztin schrieb einige Zeilen in eine Karte, dann bekam Basko als erste Sofortmaßnahme ein Mittel gegen Ungeziefer ins Fell geträufelt. Schon war er fertig und wurde an der Leine zu einem Außengehege geführt, dass ich noch gar nicht gesehen hatte. Ich lief neben ihm bis zur Gehegetür, damit er sich besser fühlte.

Der Pfleger öffnete die Tür und führte Basko hindurch. Ich schaute durch den Maschendrahtzaun zu, wie er zu einer der geräumigen Hütten geführt wurde. Dort standen Näpfe mit Futter und Wasser bereit. Basko wurde abgeleint und der Pfleger verließ das Gehege. Ich blieb dort. Ich wollte dem alten Hund noch ein bisschen Gesellschaft leisten.

Hinter mir ging das Abladen der Hunde weiter, nach und nach wurden alle Boxen vom LKW geholt. Die Tierärztin begutachtete die Hundemütter und ihre Welpen, schrieb eifrig in ihre Karten und ordnete erste Behandlungen an. Die Welpen, die unter Durchfall litten, wurden sofort von ihr behandelt und auch einige der Hündinnen bekamen Spritzen. Lara war stets in der Nähe der Ärztin und sprach den aufgeregten Hündinnen Trost zu.

„Warum wurde ich allein in diesen Pferch gebracht?" hörte ich Basko hinter mir sagen und drehte mich zu ihm um. Er schaute wieder ziemlich deprimiert durch den Zaun und mutmaßte: „Sicher wurde ich aussortiert, weil ich zu alt bin. Was werden sie jetzt mit mir machen?"

„Quatsch, du wurdest doch nicht aussortiert. Du kamst hier rein, weil du ja keine Welpen hast, die Pferdeställe sind für die Hundefamilien reserviert. Du wirst schon noch Gesellschaft bekommen und zwar von den Hündinnen, die keine Welpen haben. Sei froh dass du zuerst da bist, so kannst du dir die schönste Hütte aussuchen. Schau, da kommt schon die Erste."

Ein Pfleger führte gerade die junge Rottweilerhündin heran, die geholfen hatte den Wagen zu ziehen. Sie war freudig aufgeregt und zerrte an der ungewohnten Leine. Der Pfleger hatte Mühe sie zu halten und es kostete ihn einige Kraft, bis er sie im Gatter hatte.

Ich war froh über ihren Einzug ins Gehege, denn zumindest hatte sie Baskos Angst aussortiert worden zu sein erst einmal zerstreut. Kurz darauf kam auch noch eine Schäferhündin dazu, was ihn endgültig überzeugte.

„Tut mir Leid, Robin, aber ich habe keine Zeit mehr für einen Schwatz mit dir. Ich muss den jungen Mädels klar machen, dass ich hier das Sagen habe. Also Tschüss, du kommst doch sicher jeden Tag vorbei um nach mir zu sehen, oder? Dann bis morgen." Ehe ich mich versah, marschierte er schon mit gewichtiger Miene auf die beiden Hündinnen zu um seine Hausrechte einzufordern.

Ich war zufrieden und trabte zu Lara zurück, die noch immer dafür sorgte dass ihre Schützlinge während den Untersuchungen ruhig blieben. Sie machte einen erschöpften Eindruck, weigerte sich aber ihren Posten zu verlassen bis die letzte Hundefamilie in ihrem Stall untergebracht war.

Endlich war es geschafft. Felix sprach noch abschließend mit der Tierärztin und ließ sich dann von ihr noch das Mittel gegen Ungeziefer für Lara und mich geben. Ihm war natürlich längst aufgefallen dass wir uns ständig kratzten.

Wenig später fuhren wir im leeren LKW zu einer Pension, in der sich Felix und Marco einquartiert hatten. Lara und ich durften natürlich mit in das Zimmer, in dem zwei kuschelige Hundekissen und Näpfe für uns bereitstanden.

Doch bevor wir zu unserem verdienten Abendessen mit anschließendem Erholungsschlaf kamen war noch das unvermeidliche Bad angesagt. Ich ließ Lara gerne den Vortritt, die es gar nicht erwarten konnte endlich wieder sauber und flohfrei zu sein. Kaum hatte Felix die Badezimmertür geöffnet, stieg sie schon freiwillig in die Dusche.

Wegen der lästigen Untermieter in meinem Fell durfte ich mich noch nicht auf mein sauberes Kissen legen. Deshalb trottete ich hinter Marco her auf den kleinen Balkon vor dem Zimmer. Er setzte sich auf einen Stuhl und kraulte mir den Kopf und die Ohren, während er mir etwas erzählte.

Normalerweise höre ich Marco gerne zu, er hat eine sehr tiefe Stimme die mir gefällt. Doch heute konnte ich mich nicht darauf konzentrieren obwohl er mir was von Buddy berichtete. Ich war so müde dass ich kaum noch sitzen konnte.

Lara war endlich fertig mit ihrem Bad und legte sich, in ein dickes Badetuch gehüllt, auf ihr Kissen. Man konnte ihr die Erleichterung ansehen, wieder sauber und ohne Ungeziefer zu sein. Jetzt war ich an der Reihe.

Träge schlurfte ich auf Felix' Aufforderung in den kleinen Raum, der bereits intensiv nach Hundeshampoo roch. Es war warm und dampfig und von Felix' Stirn rannen ein paar Schweißtropfen. Doch er grinste mich an und machte eine einladende Bewegung in Richtung der Dusche.

„Du wirst dich gleich wie neugeboren fühlen", versicherte er mir. „Wenn du diesen Schmutz und Gestank und vor allem die kleinen Plagegeister los bist, geht es dir wieder gut."

Ergeben hockte ich mich hin und er ließ warmes Wasser über mich rieseln bis ich vollkommen durchnässt war. Dann kam die Flasche mit dem Shampoo ins Spiel, sie roch intensiv nach Kräutern, was mich niesen ließ.

„Alles Bio und reine Natur" erklärte er mir, während er eine ordentliche Portion davon in meinem Pelz verteilte. Ich schüttelte unwillig den Kopf, was das Shampoo auch auf ihn verteilte. Aber er prustete nur und begann damit das Zeug in mein Fell einzumassieren. Was soll ich sagen, nach einer Weile intensiver Massage gefiel mir die Prozedur so gut, dass ich vor Wonne grunzte. Hätte ich gewusst dass mein Felix so magische Finger besaß, ich hätte mich jede Woche freiwillig von ihm baden lassen.

„Das tut gut, nicht wahr?" hörte ich ihn sagen. „Dieses Shampoo regt die Durchblutung an und tötet außerdem Flöhe, Läuse und Milben ab. Gegen die Zecken bekommt ihr später was ins Genick wenn ihr richtig trocken seid. So, jetzt noch abspülen…" Ich schaute der überraschend schmutzigen Brühe nach die der Wasserstrahl aus meinem Fell wusch. War ich tatsächlich so dreckig gewesen?

Felix rubbelte mich kräftig mit Handtüchern ab, dann wurde ich ebenfalls in ein dickes Badetuch gewickelt und durfte das Bad verlassen. Ich kam mir ein bisschen albern vor als ich damit zu meinem Kissen wackelte, doch Lara sagte nichts da sie bereits tief und fest schlief.

Aufatmend ließ ich mich niederfallen und rückte mich so zurecht dass ich bequem lag. Ach war das herrlich wieder ein weiches Hundebett unter mir zu spüren.

„Danke Anubis, dass du mich als verwöhnten Haushund hast auf die Welt kommen lassen", murmelte ich voller Zufriedenheit. „Und nicht als armen Kettenhund oder noch Schlimmeres." Die wenigen Tage in denen ich hautnah erleben musste wie es armen Hunden erging reichten mir vollkommen. Das brauchte ich nie wieder.

Über mein Dankgebet schlief ich ein, meine Erschöpfung überwog sogar meinen Hunger.

Weil wir unser Abendessen verpennt hatten, gab es am nächsten Tag ein größeres Frühstück für Lara und mich. Der lange Schlaf hatte uns beiden gut getan und wir waren bereit für neue Aufgaben. Bloß wussten wir noch nicht woraus die bestehen würden.

Lara wollte unbedingt nach ihren Schützlingen schauen und wissen, wie sie die Nacht verbracht hatten. Und ich musste nach Basko schauen, ich hatte es ihm versprochen. Doch jetzt waren wir keine freien Hunde mehr, die ihren Tagesablauf selbst bestimmen konnten. Wir waren wieder Haushunde, deren Herrchen, also Felix bestimmte was gemacht wurde.

Mit dieser Regelung war ich eigentlich mein Leben lang zufrieden gewesen, denn ich hatte trotzdem viel freie Zeit die ich nach meinem Gutdünken verbringen konnte. Mit Dösen zum Beispiel, oder dem müßigen Beknabbern eines Kauknochens. Manchmal durchstreifte ich auch unseren Garten und beobachtete Tiere oder Menschen. Beobachten gehört zu meinen absoluten Lieblingsbeschäftigungen, das kann ich stundenlang tun. Na gut, manchmal schlafe ich darüber ein, aber auch Schlafen zählt zu meinen Hobbys.

„Meinst du dass du mit Felix reden kannst, so wie du es mit Tanja tust?" wollte ich von Lara wissen.

„Ich hab mir auch schon überlegt wie ich ihm klarmache, dass ich unbedingt nach meinen Hündinnen und Welpen schauen muss. Allerdings bin ich mir nicht sicher ob er mich versteht, er ist ja in der Beziehung nicht allzu geschickt." Sie seufzte leise. „Tanja fehlt mir einfach, nicht nur wenn es um die Tierkommunikation geht."

„Es wird ja nicht mehr allzu lange dauern bis wir wieder zu Hause sind", brummte ich beruhigend. „Was meinst du bis wann wir hier fertig sind?"

„Ich hab keine Ahnung, eigentlich dachte ich dass wir heimfahren sobald die Hunde alle im Lastwagen sind. Dass wir noch immer in diesem Land bleiben hatte ich nicht erwartet." Lara seufzte abgrundtief. „Dass Menschen immer alles so kompliziert machen müssen."

Das war mir allerdings auch ein Rätsel. Immerhin war mir nach vielen Einsätzen für den Tierschutz klar, dass es nie flott voran ging. Es gab immer jede Menge Leute, die etwas zu bestimmten hatten. Aber letztendlich bekamen die Tiere dann doch ein besseres Leben und nur das zählte.

Felix und Marco kamen zur Tür herein und unterbrachen unser Gespräch.

„Na, ihr zwei. Habt ihr ausgeschlafen und euch gestärkt?" wollte Felix wissen, sprach aber gleich weiter: „Wir haben heute richtig viel zu tun. Marco und ich treffen heute Mittag mit ein paar Leuten zusammen die uns sagen wie es mit den Hunden weitergeht. Wenn wir Glück haben können wir sie in ein paar Tagen mit nach Deutschland nehmen."

„Wenn sich nicht doch noch ein Besitzer findet", brummte Marco an Felix gewandt. „Gechipt ist jedenfalls keiner der

Hunde. Und da dem Besitzer eine saftige Geldstrafe droht wegen Steuerhinterziehung, illegalem Welpenhandel und Tierquälerei, wird sich hoffentlich auch keiner melden. Die Gemeinde und die Stadtverwaltung legen auch keinen Wert darauf die Hunde zu versorgen, also werden sie froh sein sie loszuwerden."

„Ja, besonders weil unsere Organisation angeboten hat für die Impfungen der Tiere aufzukommen und außerdem die Quarantäne der noch nicht impffähigen Welpen zu übernehmen" ergänzte Felix trocken. Er wischte mit der Hand durch die Luft. „Na, egal. Hauptsache, alles geht schnell über die Bühne."

Lara und ich hatten aufmerksam zugehört und obwohl wir nicht alles verstanden hatten war uns doch klar, dass wir bald mit all den Hunden nach Hause fahren würden. Das war doch eine gute Nachricht.

„Aber jetzt fahren wir erst einmal zu den Ställen um zu sehen ob alles in Ordnung ist. Kommt ihr mit?" Felix schaute fragend zu uns herunter, worauf hin wir uns eilig von unseren Kissen erhoben und ihm und Marco zur Tür folgten.

„Na bitte!" meinte ich zufrieden an Lara gewandt. „Das klappt doch alles wie wir es wollten. Wozu brauchen wir da noch Tierkommunikation?"

Kapitel 15: Wer rettet den Bären?

Bei den ehemaligen Pferdeställen angekommen machte ich mich gleich auf den Weg zu Basko. Ich sah ihn schon von weitem, er saß am Zaun und schaute den beiden Hündinnen zu, die sich um einen alten Ball balgten.

„Ah, da bist du ja", begrüßte er mich. „Hab schon gedacht, du kommst nicht."

„Ich hab doch gesagt dass ich nach dir sehe. Und wie hast du die Nacht verbracht? Konntest du in der Hütte gut schlafen?"

„Wunderbar", schwärmte er. „Vor dem Schlafengehen gab es ein erstklassiges Futter. Das beste Futter das ich je gegessen habe. Gekochte Fleischstücke und Gemüse mit Haferflocken, alles in einer warmen Soße, so dass ich gar nicht kauen brauchte. Meine Zähne sind nämlich nicht mehr die besten und das Trockenfutter war ziemlich hart. Ja und die Hütte ist sehr bequem. Ist schon eine praktische Sache so eine Hütte. Man ist vor dem Wetter geschützt und liegt herrlich warm und weich. Ich habe eine tolle kuschelige Decke darin liegen die ganz für mich alleine ist. Warum ist mein Bauer nie auf die Idee gekommen mir eine Hütte hinzustellen? Ich habe in einem zugigen Unterschlupf geschlafen den er mir neben dem Schweinestall eingerichtet hat. Ein bisschen Stroh schützte mich notdürftig vor der Bodenkälte. Aber wenn ich im Winter nicht so ein dickes Fell bekommen hätte wäre ich bestimmt erfroren. Doch damals dachte ich das wäre normal."

„Na, zum Glück lernst du auf deine alten Tage nochmal eine normale Hundehaltung kennen. Obwohl selbst diese Haltung bei uns nicht mehr erwünscht ist. Haushunde gehören ins Haus, wie der Name schon sagt."

Er schaute mich zweifelnd an. „Aber wenn man nur im Haus eingesperrt ist doch auch nicht schön, oder?"

„Nein, natürlich sind wir nicht den ganzen Tag im Haus und eingesperrt schon gar nicht. Lara und ich haben einen großen

Garten in den wir gehen können wann immer wir wollen. Außerdem gehen wir mit unseren Menschen oft in den Wald oder Park, manchmal auch in die Stadt. Na, und dann gehe ich mit Felix fast täglich zur Arbeit. Hunde und andere Tiere in Not zu retten ist nämlich unser Job."

Ich merkte wie meine Stimme vor Stolz anschwoll, wie immer, wenn ich von meiner Arbeit redete.

Basko sah mich bewundernd an, doch dann wurde er traurig.

„Du bist ein echter Glückspilz, Robin. Ich war zwar nie unglücklich solange ich auf meinem Hof lebte, denn ich kannte nichts anderes. Selbst als ich älter wurde und mir immer mehr die Knochen schmerzten dachte ich das sei halt so. Schmerzen in allen Gliedern und in den Zähnen waren normal für mich, ich wusste bis gestern gar nicht dass es dagegen ein Mittel gibt."

„Welches Mittel meinst du?" fragte ich ihn. „Hast du eine Tablette bekommen?"

„Wenn du mit Tablette einen langen dünnen Nagel der unters Fell geschoben wird und ein kleines bisschen piekt meinst, dann habe ich wohl eine Tablette bekommen."

Ich runzelte die Stirn, was meinte er mit Nagel unters Fell? Dann fiel bei mir der Knochen, er meinte sicher eine Spritze, die er bekommen hatte.

„Das war eine Spritze", erklärte ich ihm, „eine Tablette bekommt man ins Maul und meist schmeckt sie bitter. Eine Spritze bekommt man unters Fell, im Nacken oder Rücken. Manchmal auch in den Po, aber das ist nicht sehr angenehm. Und wie wirkt sie, die Spritze? Hast du noch Schmerzen?"

„Seit heute früh kaum noch, ich fühle mich fast wieder wie ein junger Hund. Ich kann es noch gar nicht glauben und traue mich nicht mich zu bewegen. Erst jetzt wo die Schmerzen weg sind weiß ich wie schlimm sie waren. Ist ein richtig gutes Gefühl."

„Na prima, das freut mich für dich. Sicher bekommst du nun regelmäßig eine Spritze gegen deine Schmerzen. Und mit einem warmen Platz und regelmäßigen Mahlzeiten geht es dir sicher bald wieder viel besser. Du bereust es also nicht mir vertraut zu haben?"

Er schaute mich groß an. „Wieso sollte ich das bereuen? Selbst wenn ich bis an mein Lebensende hier in diesem Pferch verbringen müsste so geht es mir doch viel, viel besser, als wenn ich mich weiterhin selbst durchschlagen müsste. Den nächsten Winter hätte ich vermutlich nicht überlebt, damit habe ich mich schon abgefunden."

„Du bleibst ganz gewiss nicht hier, sobald wir in mein Land fahren kommst du mit. Und wenn du wieder ein bisschen zugenommen hast und du gebadet und frisch frisiert bist, dann findet sich auch ein Mensch oder sogar eine ganze Familie für dich. Du wirst es erleben."

Ich blieb noch eine Weile bei Basko sitzen und redete mit ihm über die nahe Zukunft. Als ich ihn verließ um nach Lara und Felix zu schauen, war der alte Hund zum ersten Mal seit langem voller Zuversicht. Und ich hoffte insgeheim, dass ich ihm nicht zu viel versprochen hatte.

Lara war natürlich bei den Hundemüttern und ihren Welpen. Gerade begutachtete sie fachmännisch, oder eigentlich fachfraulich, Goldies Welpen. Ich stellte mich neben sie und machte eine dümmliche Grimasse, mit der die meisten Rüden Welpen betrachten. Dazu musste ich mich gar nicht verstellen, denn der Anblick und vor allem der Geruch der Hundebabys zauberte von ganz alleine diesen Ausdruck in mein Gesicht.

Goldie schaute mich für einen Moment skeptisch an, dann entschied sie, dass ich ihren Kindern wohl nicht gefährlich werden würde. Voller Stolz präsentierte sie mir ihre Kleinen, die an ihren Zitzen nuckelten.

„Dir und den Welpen scheint es gut zu gehen", sprach ich sie an. „Die Babys gedeihen ganz prächtig und sie sind wunderschön. Ganz die Mama."

Goldie wedelte erfreut mit der Rute und warf einen prüfenden Blick aus ihren mandelförmigen Augen auf ihre Kinder.

Lara drehte den Kopf zu mir und ich meinte für einen Moment so etwas wie Eifersucht oder Neid in ihren Augen zu erkennen. Verwirrt schaute ich zu Boden, ich hatte nicht gedacht dass sie noch immer darunter litt, selbst keine Welpen mehr bekommen zu können.

„Warst du schon bei Felix?" fragte sie mich ein wenig kühl. „Du musst ihm doch klarmachen, dass er den Bären aus seinem Gefängnis befreien soll."

Heiliger Anubis, den Bären hatte ich tatsächlich fast vergessen. Dabei hatte ich mich erst heute früh mit Lara noch darüber beratschlagt, wie ich es anstellen konnte Felix zu der alten Zuchtstätte zu führen. Da ja sowohl er als auch ich nicht besonders gut in der Kunst der Tierkommunikation waren, würde es kein einfaches Unterfangen werden.

Verdattert schaute ich meine Gefährtin an, doch wie so oft hatte sie schon etwas in die Wege geleitet. Nach einem kurzen Abschiedsgruß in Goldies Richtung zeigte sie mir mit einer Kopfbewegung an ihr zu folgen und wir liefen gemeinsam zu der Stallbox, die als provisorisches Büro und Futterkammer diente. Felix saß darin und telefonierte.

Wir setzten uns in die Nähe der Tür und Lara begann mir zu erklären: „Ich habe mich vorhin mit Tanja in Verbindung gesetzt und ihr zu erklären versucht, dass Felix sich von dir zum Verschlag eines Bären führen lassen soll, da der unbedingt befreit werden muss. Es war etwas schwierig Tanja klarzumachen, dass es sich tatsächlich um einen Bären handelt. Jedenfalls hat sie versprochen Felix anzurufen und ihm zu sagen, dass du ihn führst. Wie du hören kannst ist Felix anscheinend nicht begeistert."

Tatsächlich rief Felix gerade zweifelnd ins Telefon. „Ein was bitte? Wie, zum Teufel, soll ich einen Bären befreien? Der muss doch jemandem gehören und ich kann nicht eben mal so mit einem Bären an der Leine durchs Dorf marschieren. Der ist doch sicher gefährlich. Und wo soll ich den unterbringen?

Vor allem, wo soll ich ihn finden? Ich kann ja schließlich nicht Robin ans Autosteuer setzen und ihm sagen er soll uns mal zu dem Bären fahren. Ich glaube ich muss mit ihm mal ein ernstes Wörtchen reden. Nicht nur dass er über sechzig Hunde befreit, jetzt will er auch noch einen Bären retten. Da nimmt er seinen Job als Tierrettungshund ein bisschen zu erst. Himmel, das glaubt mir doch kein Mensch."

Felix schaute richtig grimmig zu mir herunter, so dass mir auf einmal ganz bange wurde. Hatte ich vielleicht etwas falsch gemacht? Aufgeregt begann ich zu hecheln. Ich hatte doch nur einem misshandelten Tier helfen wollen. Das haben Felix und ich zu Hause doch immer so gemacht.

„Beruhige dich, Robin", hörte ich Lara neben mir sagen. „Er ist halt ein bisschen nervös, wegen den vielen Hunden und dem ganzen Verwaltungskram, der dadurch auf ihn zukommt. Natürlich wird er den Bären auch noch befreien. Du kennst ihn doch Tierschutz ist seine Passion, genau wie deine."

Kurz darauf beendete Felix ziemlich abrupt das Gespräch und kam zu uns. Er kauerte sich vor mich damit wir auf Augenhöhe waren und nahm meinen Kopf zwischen seine Hände. Ganz sachte kraulten mich seine Finger hinter den Ohren und mir wurde sofort wieder besser.

„Robin, mein Guter, ich habe das nicht so gemeint", beschwor er mich mit reuigem Blick. „Natürlich befreien wir den Bären auch noch, schließlich hat er ebenso ein schöneres Leben verdient, wie all diese Hunde hier. Ich bin froh dass du ein so pflichtbewusster Tierschutzhund bist, von dir könnte so mancher Mensch lernen was Mitgefühl bedeutet."

Er kraulte mich noch ein bisschen weiter hinter den Ohren bis ich mit Hecheln aufhörte. Dann streichelte er auch Lara und lobte sie ebenfalls für ihren Einsatz. „Die Tanja ist sehr stolz auf dich, das soll ich dir unbedingt ausrichten, hat sie mir aufgetragen."

Lara wedelte mit ihrem Schwanz und leckte ihm kurz die Hand.

„Ich weiß doch dass Tanja stolz auf mich ist", sagte sie in selbstbewusstem Ton zu mir. „Trotzdem ist es nett von ihr, es mir ausrichten zu lassen."

Meine Lara und mein Felix. Ich schaute von ihr zum ihm und seufzte innerlich. Was täte ich ohne die Beiden?

Felix erhob sich mit leisem Ächzen zu seiner vollen Größe und schaute auf mich nieder. „Wenn du bereit bist dann können wir uns auf den Weg machen. Du musst mir nur irgendwie den Weg zu dem Bären weisen. Meinst du das schaffst du?"

Ich bellte aufgeregt, was so viel wie „ja" bedeutete. Seltsam, wenn ich angespannt war so wie jetzt, verstand ich seine Worte viel besser. Vielleicht war es bei ihm ja auch so. Jedenfalls nickte er mir zu. „Na dann komm mit." Lara wollte nicht mitkommen, sie würde hier auf uns warten. Schon war sie wieder auf dem Weg zu den Hündinnen und Welpen.

„Auto oder laufen?" fragte mich Felix. Ich schaute in die Richtung in der das Auto parkte und lief darauf zu. Von hier aus war es viel zu weit um zu laufen.

Ich durfte mich wieder auf den Beifahrersitz setzen damit ich einen guten Überblick hatte. Felix ließ das Auto langsam die Straße entlang rollen und hielt an der Einmündung zur Landstraße an, damit ich mich orientieren konnte. Ich musste nicht lange überlegen und schaute demonstrativ auf seiner Seite aus dem Fenster. Dann bellte ich einmal kurz. Er verstand und bog auf seiner Seite der Straße ab. Allzu lange fuhren wir nicht, dann kam das Gebüsch in mein Blickfeld, das ich mir vor einigen Tagen als Warteplatz ausgesucht hatte und ich bellte dreimal, was so viel hieß, wie: „Halt an, wir sind da."

„Irgendwie wusste ich dass du mich hierher führen wirst", murmelte Felix und klopfte mir kurz den Rücken. Dann parkte er und wir stiegen aus. Sogleich schlug ich den kürzeren Weg durch das unebene Gelände ein. Felix hielt sich tapfer hinter mir, wenn er auch manchmal fluchte weil Dornen an seiner Jeans ziepten.

„Himmel, Robin, was für einen Weg führst du mich da?" fragte er schwer atmend als wir durch sumpfiges Gelände stapften. „Ich wusste gar nicht dass du so geländegängig bist. Zu Hause läufst du doch am liebsten auf sandigen Waldboden oder kühlem Moos."

„Zu Hause muss ich auch keinen Bären retten", murmelte ich vor mich hin. Dann hatten wir endlich das dichte Gestrüpp erreicht, dass uns die Sicht auf das alte Gemäuer versperrte. Noch ein paar Meter über unwegsames Gelände, dann standen wir auf dem, von hohem Unkraut eingesäumten Weg, der um das Gebäude herum führte.

„Sieh mal an", murmelte Felix überrascht neben mir. „Das war einmal eine alte Schweinezuchtanlage. Ich schätze, von hier hast du die Hunde befreit. Hab ich Recht?"

Ich war erstaunt wie schnell er das erkannt hatte, wunderte mich allerdings nicht wirklich darüber, denn mein Felix ist nun mal ein schlauer Kopf. Er hatte auch schon die kleine Kamera gezückt, die er meist mit sich führte. Während wir auf die Stallungen zugingen schoss er damit mehrere Bilder. Er ließ es sich nicht nehmen, alles genau zu inspizieren und zu fotografieren. Währenddessen schaute ich mich unbehaglich um. Ich fühlte ein unbestimmtes Gefühl im Nacken, das mir die Nackenhaare hochstehen ließ. So, als wenn uns jemand beobachten würde. Aber es war niemand in der Nähe, das hätte ich gemerkt.

Endlich war Felix fertig und folgte meinem drängenden Jaulen.

„So, Robin, jetzt zeig mir wo der Bär eingesperrt ist."

Das ließ ich mir nicht zweimal sagen, zügig trabte ich vor ihm her um die Ecken des Gebäudes bis wir an der Hinterseite angekommen waren. Ich witterte in die Luft, konnte aber außer dem Gestank der Mistgrube und dem scharfen Geruch des Bären nichts feststellen. Wahrscheinlich bildete ich mir nur ein dass uns jemand beobachtete.

Ein leises Kettenklirren zeigte mir an dass der Bär uns ebenfalls witterte. Er brummte als er mich erkannte und erhob sich auf die Hinterbeine. Hinter mir knipste Felix die Taschenlampe an und leuchtete in den Verschlag. Ich hörte ihn erschrocken einatmen.

„Himmel, der ist ja riesig", entfuhr es ihm und er machte instinktiv einen Schritt rückwärts.

Auch der Bär drängte sich näher an die Wand als er erkannte, dass ich nicht alleine gekommen war. Er brummte lauter, ein Ton zwischen Wiedersehensfreude und Angst.

„Du musst dich nicht vor ihm fürchten, das ist mein Herrchen und ein großer Tierfreund", beruhigte ich ihn schnell. „Ich habe ihn mitgenommen damit er dich befreit. Also sei bitte nett zu ihm, ja." Der Bär blinzelte noch einen Moment misstrauisch in Felix' Richtung, dann ließ er sich langsam auf seine Vordertatzen sinken. „Habt ihr mir wenigstens was zu fressen mitgebracht?" fragte er mürrisch. „Du warst lange nicht hier und ich hab Kohldampf."

„War denn dein Besitzer nicht hier um dich zu füttern?" wollte ich wissen. „Ich hatte den Eindruck, er war auf dem Grundstück." Das seltsame Gefühl beobachtet zu werden kam mir wieder in den Sinn. Ich war mir jetzt fast sicher es handelte sich um den Mann, dem ich hier schon einmal begegnet war.

„Herum gelaufen ist er, hat in allen Ecken rumgeschnüffelt als ob er was sucht. Aber zu mir hat er nicht mal reingeschaut, also hab ich auch nichts von ihm zu fressen bekommen."

Verdammt, wir hatten ebenfalls vergessen etwas mitzunehmen. Hilfesuchend schaute ich zu Felix auf. Entweder las er meine Gedanken oder er merkte, dass der Bär hungrig war. Was eigentlich nicht zu übersehen war, denn unter dem struppigen Fell zeichneten sich seine Knochen ab.

„Der arme Kerl ist ja halb verhungert", erkannte er mit einem Blick. Er überlegte einen Moment, dann wies er mich an: „Bleib du hier bei ihm, Robin. Ich habe vorn in einem Verschlag Hundefutter gesehen. Das hol ich ihm her. Ich denke es reicht für eine kräftige Mahlzeit."

Er verließ den Verschlag und ich hörte ihn kurz darauf auf der anderen Stallseite rumoren. „Er bringt dir gleich was zu fressen", beruhigte ich den Bären, der unruhig auf seinen Vordertatzen wippte.

„Er will mich hier verhungern lassen" murmelte er mit gesenktem Kopf.

Ich widersprach ihm: „Nein, natürlich nicht, ich sagte doch er bringt dir gleich Futter."

„Ich meine den Kerl der mein Besitzer ist, nicht dein Herrchen. Der ist ein guter Mensch, das habe ich sofort erkannt. Aber mein Herr…" Er stockte und ich erkannte, dass er traurig war. Leise sagte er:

„Er will mich hier sterben lassen. Weil er keine Verwendung mehr für mich hat. Er darf mich nicht mehr auf den Märkten vorführen wo ich für Geld tanzen musste. Deshalb wollte er mich verkaufen in ein anderes Land, wo Bären gegen Hunde kämpfen müssen. Doch dem Mann, dem er mich angeboten hat, war ich zu klapprig. Er meinte mein schäbiges Fell tauge nicht mal mehr als Bettvorleger. Und jetzt wo die Hunde weg sind wird er den alten Stall nur für mich nicht weiter behalten wollen. Seither füttert er mich noch weniger, ich sehe ihm an dass er überlegt, wie er mich loswerden kann. Heute scheint er endgültig einen Plan gefasst zu haben, denn als er ging hörte ich ihn pfeifen. Das tut er nur wenn er zufrieden ist."

Felix kam zurück und schob eine alte Schubkarre vor sich her. Sie war gefüllt mit dem Trockenfutter, dass er in der Stallecke gefunden hatte. Außerdem stand ein Eimer mit frischem Wasser in der Karre. Er schob die Schubkarre so weit in den Verschlag dass der Bär an Futter und Wasser kam, dann zog er sich eilig zurück bis er sich wieder aus dessen Reichweite befand. Aufatmend wischte er sich die Stirn mit dem Ärmel seiner Jacke ab.

Bevor wir gingen, machte er noch mehrere Fotos von Bär und Verschlag. Dann meinte er an mich gewandt:

„So, Robin, erklär deinem großen Freund dass wir ihn so schnell als möglich hier rausholen. Das wird zwar stressig für ihn sein, aber danach wird er meinen er sei im Bärenparadies."

Kapitel 16: Gefährliche Rettungsaktion

Felix setzte sich noch am selben Tag mit den Behörden in Verbindung, um den Bären so schnell als möglich aus seinem Gefängnis zu befreien. Er informierte auch die Tierärztin, da sie den Bären betäuben und anschließend untersuchen musste. Bis in den späten Abend saß er gemeinsam mit dem Dolmetscher in dem provisorischen Büro. Dann hatte er das fast Unmögliche geschafft. Er hatte sowohl die Genehmigung erhalten den Bären zu befreien, als auch einen Platz für ihn gefunden, an dem er gesund gepflegt würde bevor er in einen großen Bärenpark kam, in dem er ein fast freies Leben unter Artgenossen führen konnte. Ich barst fast vor stolz auf meinen Felix dass er dieses Wunder vollbracht hatte. Schon am nächsten Vormittag sollte die Befreiungsaktion stattfinden.

„Kommt, Lara und Robin, wir fahren zu unserer Pension. Es war ein langer anstrengender Tag und ihr seid sicher hungrig und müde." Er klang ebenfalls müde.

Jetzt, wo er es sagte, begann mein Magen laut zu knurren. Deshalb stand ich eilig auf und lief zur Tür. Lara tat es mir etwas gemächlicher nach, wie immer ihre Boxerwürde wahrend. Dabei war sie sicher genauso hungrig wie ich, denn seit unserem Frühstück waren schon viele Stunden vergangen.

Marco wartete in der Pension auf uns, er war den ganzen Tag mit der bevorstehenden Ausreise der Hündinnen und ihrer Welpen beschäftigt gewesen. Marco war natürlich sehr überrascht, als er von dem Bären und seiner bevorstehenden Rettung erfuhr. Er grinste auf mich herunter, als ich gerade mit dem Auslecken der letzten Krümelchen meines Futters fertig war und den Kopf hob um einen lauten Verdauungsrülpser auszustoßen.

„Wohl bekomm's, Robin", meinte er lachend und fügte dann ernst hinzu. „Wieso wundert mich eigentlich im Zusammenhang mit dir so rein gar nichts was ich zu hören bekomme?

Du rettest wohl alles was dir über den Weg läuft, he? Und dir scheinen alle, die der Hilfe bedürfen, zuzulaufen. Dein Felix hat dir wahrhaft den passendsten Namen gegeben, den es gibt. Robin Huth, der Retter aller Tiere in Not, der keinen Unterschied macht ob es sich um eine Maus, einen Hund, ein Pferd oder gar einen Bären handelt."

Ich hechelte ihn erfreut an und machte einen zweiten Rülpser. Marco schmeichelte mir, denn wenn ich es richtig überlegte, hatte ich noch nie einer Maus das Leben gerettet. Nur einmal einer dicken schwarzen Spinne, die in meinen Wassernapf gefallen war und darin zu ertrinken drohte. Als ich durstig die Nase hinein steckte hielt sie sich schnell daran fest und ich hatte sie mit einem Schütteln ins Gras befördert. Ob das wohl auch galt?

„Was ist, kommt ihr noch mit ins Restaurant oder wollt ihr hierbleiben", unterbrach Felix meine Überlegung. Was für eine Frage, ins Restaurant komme ich natürlich mit. Wenn es ums Essen geht kenne ich keine Müdigkeit. Deshalb trabte ich sofort zur Tür und setzte mich davor.

Auch Lara wollte nochmal mitkommen und so machten wir uns zu viert auf den Weg. Es war nicht sehr weit zu der gemütlichen Gaststätte mit dem deftigen Essen. Wie Lara und ich es erhofft hatten, gab es riesige Portionen, die weder Felix noch Marco aufessen konnten. Damit nichts weggeworfen werden musste war es ideal dass die Beiden uns mitgenommen hatten. Die Wirtin brachte uns zwei Pappteller auf die das restliche Fleisch verteilt wurde. Weil ich Knödel so gerne mag, bekam ich noch einen halben von Marco dazugelegt. War ein richtig leckerer Nachtisch, nach unserem Futter. Ich leckte meinen Pappteller gründlich ab, damit auch ja nicht ein Fitzelchen Fleisch dran hängen blieb. Dann schielte ich zu Laras Teller hin, doch die hatte ihn ebenfalls sauber geleckt.

Die freundliche Wirtin brachte noch einen Napf Wasser für uns Hunde und zwei Gläschen Verdauungsschnaps für Felix und

Marco. Nachdem Bezahlen machten wir uns auf den Weg zur Pension. Lara und ich erledigten unterwegs noch unsere hündischen Bedürfnisse, dann konnten wir uns im Zimmer endlich auf unsere Kissen legen. Ich war so müde, dass mir sofort die Augen zufielen.

Am nächsten Morgen ging es gleich hektisch weiter. Marco und Felix telefonierten öfter und kamen kaum zum Frühstücken. Immerhin vergaßen sie darüber nicht Lara und mich zu füttern. Die Jungs waren halt echte Profis.

Später fuhren wir zu unserem provisorischen Tierheim, wo nach und nach alle eintrafen, die an der Bärenbefreiung mitwirkten. Schließlich waren wir komplett und konnten losfahren. Lara und ich fuhren im Auto mit Felix und Marco. Lara wollte es sich nicht entgehen lassen einen leibhaftigen Bären aus der Nähe zu sehen, deshalb mussten die Hündinnen und ihre Welpen heute einmal ohne sie auskommen. Im Auto hinter uns saß die Tierärztin, die den Bären betäuben und danach untersuchen sollte. Sie hatte zwei Helfer dabei, für was war mir allerdings nicht klar. Zum Schluss kam ein Viehwagen, zumindest sah er so ähnlich aus. Darin würde der Bär in sein vorläufiges neues Quartier gebracht werden.

Meine Nervosität stieg an als wir den staubigen Weg entlang fuhren, der zu der alten Zuchtanlage führte. Ich spürte ein seltsames Gefühl in mir, dass ich mir eigentlich nicht erklären konnte. Ich war doch schon so oft bei der Befreiung von misshandelten Tieren dabei gewesen aber noch nie hatte es mich so kribbelig gemacht wie heute.

Lara neben mir schien hingegen kein bisschen nervös, neugierig schaute sie durch die Lücke zwischen den Vordersitzen auf den holprigen Weg. Sie erlebte zum ersten Mal einen Einsatz mit, sonst bekam sie immer nur von mir davon erzählt. Und es war wohl ihrer Spannung zuzuschreiben dass sie nichts von meiner inneren Unruhe bemerkte, denn sonst entging ihr das nie.

Es dauerte eine Weile bis der Transporter für den Bären um das alte Gemäuer herum bugsiert war, denn der Weg um die alten Ställe war eigentlich nur ein von Unkraut überwucherter Trampelpfad. Doch es war unbedingt erforderlich den Transportkäfig möglichst nahe zum Bär zu bringen, da er ja nicht einfach hineingeführt werden konnte, sondern betäubt von den Männern getragen werden musste.

Als ich endlich aus dem Auto konnte verflog meine Unruhe. Ich wollte so schnell als möglich zu dem Bären um ihm zu erklären was auf ihn zukam. Lara wollte mir nachsetzen, doch Felix rief sie zurück und nahm sie an die Leine. Was sie mit ärgerlichem Bellen quittierte, doch sie musste bei Felix bleiben.

Das war mir nur Recht, denn ich wusste nicht wie der Bär auf Lara reagieren würde. Sicher hatte er unsere Ankunft bereits bemerkt und war ängstlich.

Während ich die Stallung umrundete kam mir ein Geruch in die Nase der mich an etwas erinnerte, doch ich hatte keine Zeit, darüber nachzudenken, denn der Bär begrüßte mich mit nervösem Brummen. Er stand mit dem Rücken zur Wand auf den Hinterbeinen und riss an seiner Halskette.

„Beruhige dich, wir sind gekommen dich zu befreien. Du musst keine Angst haben, keiner will dir etwas tun." Ich näherte mich ihm vorsichtiger als zuvor, denn ich hatte Sorge dass ihn seine Angst unberechenbar machte.

„Er war hier", stieß er hervor. „Mein Herr war vor einiger Zeit hier und hat geschimpft und geflucht. Ich befürchtete schon, er würde mich schlagen oder Schlimmeres, weil er ein paar seltsame Gegenstände bei sich hatte. Etwas daran kam mir bekannt vor, so als hätte ich es schon einmal gesehen. Es machte mir Angst, doch es fällt mir nicht ein warum. Es schien als würde er hier in meinem Verschlag einen Platz dafür suchen. Doch dann ging er zu der Tür nebenan. Als er zurück kam waren seine Hände leer. Er schimpfte nochmals und drohte mir mit der Faust, dann ging er endlich."

Er stockte und horchte nach draußen, wo jetzt die anderen kamen. Sie näherten sich leise um den Bären nicht zu erschrecken.

„Das sind nur die Leute die dich befreien werden", beruhigte ich ihn und wiederholte nochmals: „Sie werden dir nichts tun, sie wollen dir helfen. Hab keine Angst."

Ich erkannte die Tierärztin, die sich in der Deckung der alten Bretterwand aufgestellt hatte. Sie wartete einen Moment bis sich ihre Augen an die Düsternis gewöhnt hatten die hier herrschte. Dann hob sie langsam ein Blasrohr an ihren Mund, zielte auf den Bären und blies kräftig in das Rohr. Der Bär zuckte zusammen und brüllte kurz auf. Seine Augen richteten sich anklagend auf mich. Abermals versuchte ich ihn zu beruhigen. „Das ist nichts Schlimmes, glaube mir. Es ist alles nur zu deinem Besten was hier geschieht. Du wirst gleich müde werden und dann schlafen. Während du schläfst befreien die Leute dich von den Ketten und verladen dich in den Transporter, der dich in dein neues Heim bringen wird. Dort wirst du gesund gepflegt und mit lauter guten Sachen gefüttert, damit du wieder kräftig wirst. Sobald du ganz in Ordnung bist kommst du in einen Wald, in dem schon andere Bären sind die ebenfalls befreit wurden. Dort hast du es gut, brauchst nie mehr Hunger leiden und Ketten gibt es dort auch nicht. Du kannst endlich leben wie ein Bär leben sollte, frei und selbstbestimmt. Es gefällt dir bestimmt. Da ist es doch nicht tragisch wenn du jetzt noch ein wenig Stress erleiden musst. Es ist bald vorüber."

Er starrte mich noch immer an, dann ließ er sich langsam nieder, die Betäubung begann zu wirken. Doch er schaute mich noch immer an. „Wirst du mich einmal besuchen kommen? Dort, in dem Wald?"

„Ganz bestimmt komme ich dich besuchen, ich will doch unbedingt sehen wie du mit den anderen Bären spielst. Sicher schließt du bald Freundschaften dort."

„Freundschaft? Ich weiß nicht. Ich kenne doch gar keine

anderen Bären, habe nie einen gesehen außer meiner Mutter. Aber daran kann ich mich kaum noch erinnern."

Er sprach immer langsamer und sein Kopf sank in das schmutzige Heu. Aber er hatte mir immer noch etwas zu sagen, etwas, was ihm plötzlich sehr wichtig zu sein schien. Schwerfällig versuchte er nochmals den Kopf zu heben, es gelang ihm nur mühsam.

„Ich erzählte dir doch vorhin, dass mein Herr da war und etwas versteckt hat. Mir ist jetzt wieder eingefallen an was es mich erinnerte. An Feuerwerk, solche Knaller die explodieren, wenn man sie anzündet. Bei einer Hochzeit, auf der ich tanzen musste, haben sie solche Knaller angezündet und nach mir geworfen. Es war schrecklich, ich hatte furchtbare Angst. Er hatte solche Knaller in der Hand, nur viel größer…"

Die letzten Worte kamen nur noch stockend, dann sank sein Kopf endgültig ins Stroh. Die Betäubung wirkte, er schlief.

Aber in meinem Kopf klingelten laute Alarmglocken. Feuerwerk, Knaller, sehr große Knaller…

„Robin, komm her. Du stehst den Leuten da nur im Weg."

Irritiert schaute ich zu Felix hin, rührte mich aber nicht. Er rief nochmals nach mir und kam dann auf mich zu, die Leine in der Hand.

Ich erschrak, er durfte mich nicht anleinen. Eilig lief ich in einem Bogen an ihm vorbei auf die nächste Tür zu, die der Bär gemeint hatte. Wenn sein Herr in dem Raum hinter der Tür tatsächlich diese großen Knaller versteckt hatte, dann waren wir alle hier in größter Gefahr. Der Geruch, den ich erst nicht deuten konnte der mir aber bekannt vorkam, jetzt wusste ich was es war: Sprengstoff.

Vor langer Zeit, als ich noch ganz neu bei unserer Organisation war, war ich mit Felix auf einem Lehrgang gewesen. Dort trafen wir auf verschiedene Rettungsorganisationen die mit Hunden arbeiteten. Auch die Polizei war mit ihren Hunden dort und sie führten vor, was diese alles konnten. Am meisten beeindruckte

mich damals eine Hündin, die für die Sprengstoffsuche aus-
gebildet war. Sie gefiel mir gut und es ergab sich, dass ich mich
eine Weile mit ihr unterhalten konnte. Sie erzählte mir von
ihrem Job und auch wie gefährlich Sprengstoff war. Später
konnte ich sogar an einer Stange Dynamit riechen und habe den
Geruch in meinem Kopf gespeichert. Deshalb wusste ich jetzt
sicher, was ich vorhin gerochen hatte war Dynamit, da hatte ich
keine Zweifel. Ich erreichte, ohne Felix' verblüfften Ruf zu
beachten, die nächste Tür die nicht weit entfernt war. Sie stand
einen Spalt breit offen, ich stieß sie mit der Nase ganz auf und
schlüpfte in den düsteren Raum. Er war fast leer, nur ein altes
Holzregal stand an der Wand in dem ein paar Lumpen lagen.
Daneben stand ein Kanister aus dem es scharf nach Benzin roch.
Ich musste niesen, doch als ich das Bündel neben dem Kanister
entdeckte, wusste ich sofort was es war. Ein Paket das aus
mehreren Dynamitstangen bestand, die mit einer dicken Schnur
zusammengebunden waren. Ein rundes Ding das tickte war
ebenfalls daran befestigt.
Ich überlegte nicht lange und packte das Bündel, zerrte es aus
dem Regal und drehte mich um. In dem Moment ging die Tür
ganz auf und Felix kam herein.
„Robin, was soll das? Was hast du denn da? Gib mir das. Aus!"
Als folgsamer Hund war ich fast bereit, das Paket fallenzu-
lassen, doch ich besann mich anders. Wenn das Dynamit explo-
dierte, so wären all die Menschen nebenan tot, einschließlich
Felix, dem Bären und Lara. Das durfte ich nicht zulassen.
Deshalb rannte ich eilig an Felix' ausgestreckter Hand vorbei
und wischte durch die Tür. Er schrie mir nach, doch ich hörte
nicht darauf.
Das tickende Päckchen in meinem Maul schmeckte scheußlich,
doch ich hielt es eisern zwischen meinen Zähnen. So schnell
mich meine kurzen Beine trugen, rannte ich um die Stallung
herum und vom Gelände. Mein Ziel war die Wiese, über die ich
immer die Abkürzung genommen hatte.

Als ich sie zur Hälfte überquert hatte hörte ich plötzlich eine sehr laute und bestimmte Stimme in meinem Kopf, die sagte: „Lass das Paket los! Jetzt, auf der Stelle!" Die Stimme war so autoritär, dass ich ihr einfach folgen musste. Ich blieb wie angewurzelt stehen und spukte das Sprengstoffpaket aus.

Da hörte ich die Stimme erneut und sie befahl: „Jetzt renne so schnell du kannst davon. Los! Dalli!"

Ich gehorchte erneut und rannte so schnell ich konnte von der Stelle weg, an der das Paket lag. Vor mir kamen Büsche in Sicht, ich rannte darauf zu. Da wurde ich plötzlich von einem Windstoß erfasst und durch die Luft gewirbelt. Gleichzeitig erklang ein ohrenbetäubender Knall, der meinen Kopf zu sprengen schien. Und dann war plötzlich nichts mehr.

Kapitel 17: Lara erzählt

Eigentlich mische ich mich nicht gerne in Robins Erzählung ein, doch es bleibt mir nichts anderes übrig.

Als wir zu dem Bären gingen musste ich an die Leine, da Felix nicht wusste wie der Bär auf einen ihm fremden Hund reagieren würde. Doch ich stand zwischen Felix und Marco immerhin so nahe am Verschlag, dass ich alles gut beobachten konnte.

Nachdem der Betäubungspfeil den Bären getroffen hatte, drängte ich mich, soweit die Leine reicht, näher heran. Ich wollte unbedingt hören was Robin mit dem Bär besprach. Nicht aus Neugier, doch ich hatte bisher noch nie mit einem wilden Bären Kontakt gehabt und wollte wissen, ob die Verständigung ebenso schwierig war wie es bei der Kommunikation mit den Menschen manchmal ist. Eigentlich konnte ich mir das ja nicht vorstellen, denn ich, Robin und alle anderen Hunde die ich kenne, können sich mit anderen Haustieren verständigen. Naja, manchmal gibt es kleine Verständigungsschwierigkeiten, doch im Großen und Ganzen klappt es recht gut. Ein Bär zählt aber nicht unbedingt zu den Haustieren, deshalb interessierte mich das Gespräch zwischen Robin und ihm besonders.

Robin redete dem aufgeregten Bären beruhigend zu und der schien ihn auch zu verstehen, denn er gab ihm Antwort. Leider sprachen beide zu leise, so dass ich nichts verstand. Deshalb versuchte ich ihnen noch näher zu kommen. Da Felix' Aufmerksamkeit ebenfalls auf den Bär konzentriert war ließ er die Leine etwas lockerer und ich robbte noch ein Stückchen weiter.

So bekam ich mit was die Beiden über Knaller erzählten. Robin hatte mir irgendwann einmal die Geschichte von der Sprengstoffsuchhündin erzählt, auf die ich natürlich nicht eifersüchtig war da er sie lange vor unserem gemeinsamen Leben kennenlernte. Ihr Job hatte ihn sehr beeindruckt und sie hatte ihm viel von ihrem Wissen vermittelt.

Da ich meinen Robin sehr gut kenne weiß ich, dass er nie etwas vergisst was er sich einmal eingeprägt hat. Auch wenn er manchmal etwas umständlich denkt und es etwas länger dauern kann, bis er auf den Punkt kommt. Er kombiniert zwar meist nicht gerade blitzschnell, aber dafür messerscharf.

Da ich ihm meist schon am Gesichtsausdruck ansehe welche Gedanken er gerade wälzt wurde mir sofort klar, dass es etwas Gefährliches war, was ihm nun im Kopf herumspukte. Etwas für ihn Gefährliches...

Ich musste zu ihm, ihn aufhalten. Aber wie? Ausgerechnet heute war ich angeleint. Frustriert bellte ich laut: „Robin, mach keinen Unsinn!"

Felix, der Robin mindestens so gut kennt wie ich, schien etwas Ähnliches zu befürchten, ungewohnt scharf rief er Robin zu sich. Aber der ignorierte den Ruf seines geliebten Herrchens ebenso wie meinen. Er drehte sich von dem Bär weg, der jetzt schlafend im Stroh lag, und schaute kurz zu uns her. Dann rannte er los, doch nicht zu uns her, sondern im Bogen an uns vorbei. So schnell ihn seine Beine trugen rannte er zur nächsten Tür. Sie stand einen Spalt offen, er stieß sie mit der Schnauze auf und verschwand dahinter.

Felix drückte Marco wortlos meine Leine in die Hand und folgte Robin eilig nach. Doch er war noch nicht richtig an der Tür da kam Robin schon wieder heraus und rannte an ihm vorbei. Er trug ein großes, unförmiges Paket im Maul und preschte geduckt an Felix vorbei, dessen ausgestreckte Hände ins Leere griffen. Mit dem mysteriösen Paket im Maul rannte Robin so schnell er konnte auf die Stallecke zu und war im nächsten Moment verschwunden. In meinem Kopf schwirrte immer noch das Wort Knaller herum und dazu das Bild des Päckchens, dass Robin da so eilig fortzuschaffen versuchte.

Es war mir zwar nicht klar woher ich es wusste, vielleicht durch eine unbewusste Gedankenübertragung Robins, doch jedenfalls wusste ich plötzlich was es war:

Ein Sprengstoffpaket, das jeden Moment explodieren konnte. Vor Angst jaulte ich laut auf und wollte ebenfalls hinter Robin her rennen. War diese sture Bulldogge denn verrückt geworden? Ich musste sofort hinterher um ihm das gefährliche Ding zu entreißen.

Leider war Marco jedoch so geistesgegenwärtig die Leine festzuhalten, so dass ich nur einen Satz machen konnte und dann zurückgerissen wurde. Da Marco aber ebenfalls nicht dumm war und zumindest ahnte dass Robin im Begriff war etwas Gefährliches zu tun, rannte er nun ebenfalls hinter Felix her. Mit mir an seiner Seite.

Als wir gerade um die letzte Stallecke bogen gab es einen fürchterlichen Knall und in einiger Entfernung schien die Wiese zu explodieren. Erd- und Grasklumpen, gemischt mit Steinen und den Ästen eines Baumes flogen durch die Luft und prasselten dann wieder zu Boden. Eine Druckwelle erfasste uns und auch Felix, der noch weiter vorne stand. Er wurde umgeworfen und lag für einen Moment bewegungslos auf dem Rücken. Doch zu meiner großen Erleichterung erhob er sich nach einer Weile und taumelte ein paar Schritte vorwärts.

„Robin…, Robin…, Robin…" schrie er immer wieder und lief auf das Loch zu, das plötzlich in der Wiese klaffte.

Auch Marco und mich hatte die Druckwelle erfasst, doch da wir gerade um die Ecke biegen wollten traf sie uns nicht mit voller Wucht. Marco strauchelte zwar kurz, konnte sich jedoch auf den Beinen halten und lief weiter zu Felix. Ich folgte ihm auf dem Fuß, obwohl er meine Leine vor Schreck losgelassen hatte.

Felix kniete in dem Dreck der aus dem Boden gerissen worden war und starrte blicklos vor sich hin. Ich ging zu ihm hin und stupste ihn mit der Nase an. Er schaute erschrocken hoch, doch als er mich erkannte riss er mich in seine Arme und presste sein Gesicht in mein Nackenfell.

„Er ist tot, Lara, unser Robin ist tot…" Heiße Tränen liefen in mein Fell.

Ich leckte ihm tröstend übers Gesicht, als er nach einiger Zeit den Kopf hob. Ich war aufgeregt und verwirrt, doch ich verspürte keine Trauer. Es konnte einfach nicht sein, dass Robin tot war. Das würde ich spüren - dachte ich zumindest. Robin und ich, wir waren so innig miteinander verbunden, ich würde es einfach fühlen wenn er nicht mehr bei mir wäre.

Doch das konnte ich Felix nicht mitteilen. Er war nicht gerade gut was die Kommunikation mit Tieren betraf und verließ sich dabei meist auf Tanja. Und in seinem momentanen Zustand kam ich überhaupt nicht an ihn heran. Das fiel sogar Marco schwer, der seinem Freund gut zuzureden versuchte.

Ich lief auf das riesige Loch zu und schaute mich erst einmal um. Dann umkreiste ich es langsam, immer die Nase auf dem Boden, damit mir auch nicht die geringste Spur entginge, die von Robin stammte. Aber die aufgerissene Erde roch nach allem Möglichen, nur nicht nach Robin.

Immer weitere Kreise zog ich um das Loch und Felix und Marco ließen mich gewähren. Sie suchten ebenfalls nach Robin, schauten hinter jeden Busch und Stein, der sich im Umkreis des Loches befand. Doch weder sie noch ich fanden den geringsten Hinweis. Was mich immer sicherer machte. Nein, Robin war nicht tot. Selbst wenn ihn die Bombe zerrissen hätte wäre irgendetwas von ihm zu finden. Doch er war wie vom Erdboden verschwunden.

Als es langsam dunkel wurde gaben wir unsere Suche nach Robin auf. Zumindest für diesen Tag, denn es brachte nichts im Finsteren zu suchen. Das hätte Felix und Marco nur unnötig gefährdet, denn das steinige Gelände war sehr unübersichtlich und es gab verborgene sumpfige Stellen. Niedergeschlagen kehrten wir zu den anderen Helfern zurück.

Der Bär war inzwischen verladen worden und bereits auf dem Weg in sein vorübergehendes Domizil, in dem er gesund gepflegt werden würde. Denn trotz der Explosion musste die

Aktion ja durchgezogen werden, da man das betäubte Tier nicht einfach liegen lassen konnte. Zum Glück war die erfahrene Tierärztin in der Lage gewesen alle erforderlichen Schritte allein zu koordinieren und mit dem Bären und ihren Helfern war sie inzwischen in Richtung des Tierparks davongefahren.

Dafür waren alle möglichen anderen Leute gekommen, die nun die ganze Stallung auf den Kopf stellten um zu erfahren, wer hier eine illegale Hundezucht betrieben hatte. Das Gelände der ehemaligen Schweinezucht gehörte eigentlich der Gemeinde und die hatte keine Ahnung von dem heimlichen Nutznießer gehabt, der sich unerlaubt hier niedergelassen hatte. Doch nun wollten sie natürlich wissen wer der Mann war. Ebenso wollte die Polizei wissen wer hier mit Sprengstoff hantiert hatte. Ohne es zu ahnen hatten Robin und ich durch unsere spontane Aktion die kriminellen Machenschaften eines fiesen Verbrechers enttarnt.

Zurück in der Pension telefonierte Felix erst einmal mit Tanja, um ihr die schreckliche Nachricht zu überbringen. Ich konnte nicht hören was sie sagte, doch ich ahnte dass sie ebenso entsetzt und traurig war wie Felix. Doch aus seiner Reaktion erkannte ich dass sie ihm versprach, zu versuchen sich mit Robin in Verbindung zu setzen. Danach würde sie ihn wieder zurückrufen.

Die Stimmung war gedrückt, denn auch Marco war sehr traurig. Er mochte Robin sehr und sein Hund Buddy war Robins bester Freund.

„Lara scheint nicht sehr traurig zu sein", meinte Marco irgendwann am Abend. Ich hatte mit Appetit mein Fressen verzehrt und lag dösend auf meinem Kissen. Ich stellte die Ohren auf, was würden sie weiter über mich sagen.

„Ich weiß nicht ob sie begreift was geschehen ist", gab Felix müde zur Antwort und raufte sich unglücklich die Haare.

„Oder aber, sie weiß mehr als wir. Schließlich hat sie das ganze Gelände abgeschnüffelt und nirgendwo angeschlagen. Das hätte sie getan, wenn sie auf Blut oder Gewebeteile von Robin gestoßen wäre. Tanja hat ja ebenfalls gemeint Robin wäre noch am Leben. Sie sagte, sie hätte es bestimmt gespürt wenn er tot wäre. Da ich ihre Fähigkeiten kenne möchte ich ihr nur allzu gerne glauben. Bisher hat es immer gestimmt was sie gespürt hat, auch wenn ich es nie ganz verstehen werde wie sie das macht. Aber sie will versuchen, ganz in Ruhe, mit Robin Kontakt aufnehmen und mich dann zurückrufen…"

Wie aufs Stichwort klingelte das Handy das vor ihm auf dem Tisch lag. Felix holte tief Luft, dann nahm er das Gerät in die Hand und hielt es ans Ohr. Er lauschte eine Weile und gab nur hin und wieder ein Brummen von sich. Schließlich verabschiedete er sich von Tanja und drückte das Handy aus.

Mit einem Schulterzucken wandte er sich an Marco, der ihn gespannt anblickte. „Leider hat Tanja keine Verbindung zu Robin aufnehmen können, was sie sehr seltsam fand. Aber sie ist sich sicher dass er am Leben ist. Sie meint er wäre vielleicht ohne Bewusstsein, was auf eine schwere Verletzung hindeuten könnte. Allerdings müsste er selbst dann telepathisch erreichbar sein, da sie ja mit seinem höheren Selbst in Verbindung steht. Eventuell, so meinte sie, hätte er einen sehr starken Schock erlitten, ein Trauma, das zumindest vorübergehend sein komplettes Seelenleben ausgeschaltet hat. Sie will es auf jeden Fall weiter versuchen…"

Marco blickte ihn stumm an und schüttelte nur hilflos den Kopf. Er wusste dass nichts, was er sagen würde, Felix trösten konnte.

Kaum war es am folgenden Morgen hell genug machte sich Felix mit mir wieder auf die Suche. Marco würde allein die noch ausstehenden Arbeiten erledigen, die für die baldige Ausfuhr der Hunde notwendig waren. Felix bedankte sich dafür bei ihm, doch Marco winkte nur ab.

„Findet Robin und bringt ihn heil wieder zurück. Das wäre mir die größte Freude."

Da wir sowieso an den Stallungen vorbeikamen, in der die Hunde vorübergehend untergebracht waren, schauten wir dort kurz vorbei ob alles in Ordnung ist. Während Felix zu den Pflegern ging machte ich einen kurzen Abstecher zu dem Gehege in dem Basko saß. Er hatte mich bereits entdeckt und bellte mir entgegen.

Aufgeregt lief er am Zaun auf und ab und sprudelte sofort hervor: „Wo ist Robin? Stimmt es was man hier erzählt, er wäre beim Versuch euch vor einer Explosion zu retten selber in die Luft gesprengt worden?"

Ich wunderte mich nur kurz dass sich das schon bis hierher herumgesprochen hatte.

Als ich dicht vor dem Tor stand schaute er mir lange mit seinen trüben Augen ins Gesicht, dann senkte er bestürzt den Kopf. „Es stimmt also", sagte er leise und sank langsam zu Boden. „Dabei habe ich so gehofft es wäre nur dummes Zeug was die Anderen erzählten."

Betroffen schaute ich auf den alten Hund, der jetzt zitternd auf dem Boden lag und leise winselte. Er war mir bis jetzt nicht vorgekommen als ob es ihn besonders interessiere was um ihn herum vorging. Klar war er dankbar dass er von Robin vor dem Verhungern bewahrt worden war, doch wie sehr er an ihn hing war mir nicht bewusst gewesen.

„Wir wissen noch nicht ob Robin wirklich tot ist", sagte ich bedrückt, während ich mich zu ihm herunterließ. „Wir haben ihn nicht gefunden, doch ich bezweifle dass er tot ist. Er ist der liebste und beste Hund der mir je begegnet ist. Unsere Herzen schlagen im gleichen Rhythmus, ich würde es spüren wenn seines nicht mehr schlägt."

Obwohl ich Basko eigentlich trösten wollte fing ich selbst an zu weinen. Bisher war ich stark gewesen, hatte den Gedanken Robin könnte tatsächlich tot sein rigoros von mir gewiesen. Jetzt plötzlich war ich mir dessen nicht mehr so sicher.

Vermutlich wäre ich, genau wie Basko, in Traurigkeit versunken hätte nicht Felix nach mir gerufen. Eilig verabschiedete ich mich von dem alten Hund und lief zu ihm hin. Er stand am Auto und machte mir die Tür auf.

Kurze Zeit später hielten wir auf dem Gelände an, auf dem Robin verschollen war.

Felix brauchte mir nicht zu sagen was ich tun sollte, ich lief gleich los, die Nase nur knapp über dem Boden, damit mir auch nicht die geringste Spur entginge.

Felix holte eine lange Stange aus dem Auto, die er durch Ziehen sogar noch länger machen konnte. Mit der Stange in der Hand ging er auf die morastigen Löcher zu, die es hier zuhauf gab. Er hatte zudem Gummistiefel an und eine Weste, die seltsam aussah.

„Er grinste mich schwach an als er meinen verwunderten Blick bemerkte. „Das ist eine Rettungsweste", erklärte er mir. „Man hat mir gesagt ich müsse sie anziehen, weil diese Löcher hier sehr tückisch und manchmal recht tief wären. Sollte ich reinfallen wird sie mich über Wasser halten. Ich hoffe natürlich dass Robin nicht in so einem Schlammloch ertrunken ist, aber ich muss mir Gewissheit verschaffen…"

Er stapfte auf die erste morastige Pfütze zu und stocherte mit dem Stab darin herum. Weil er nichts fand ging er zur nächsten. Langsam und gründlich machte er sich daran alle Wasserstellen abzusuchen. Ich machte mich wieder an meine Aufgabe und suchte weiter das Gelände zwischen den Wasserlöchern nach Spuren von Robin ab. Hin und wieder schaute ich mich nach Felix um, ob er noch da war. Er stocherte unermüdlich weiter im Wasser herum. Irgendwann hatten wir das gesamte Gelände abgesucht. Doch von Robin gab es keine Spur. Felix war natürlich froh dass er nichts in den Wasserlöchern gefunden hatte, denn das hätte bedeutet dass Robin tot wäre.

Ich war ratlos, denn ich hatte nicht die geringste Spur finden können die mir gesagt hätte, dass mein Gefährte überhaupt jemals einen Fuß auf dieses Gelände gesetzt hatte. Seine Spur endete am Rand des Kraters, den die Bombe gesprengt hatte. Es machte auf mich den Eindruck als wäre er in die Luft geflogen aber nicht mehr auf der Erde gelandet. Er war buchstäblich wie vom Erdboden verschwunden.

Niedergeschlagen gaben wir die Suche auf und gingen zum Auto zurück. Ich wollte noch nicht einsteigen, das intensive Schnüffeln auf dem Boden hatte meine Muskeln verspannt und ich dehnte mich erst einmal gründlich.

„Möchtest du eine Runde rennen, Lara?" fragte Felix und gab mir ein Handzeichen, das mich voraus schickte. Das ließ ich mir nicht zweimal sagen. Ich flitzte los und rannte den Weg entlang, der zu dem alten Stallgebäude führte. Dort angekommen wollte ich schon kehrt machen als mir ein Geruch in die Nase stieg, der mich sofort aufmerksam machte.

Der Kerl, der für Robins Verschwinden verantwortlich war, war hier. Den Geruch dieses Mannes würde ich nie mehr vergessen. Ich ignorierte Felix' Pfiff, der mich zurückrufen sollte und verschwand, dem Geruch folgend, hinter dem Gebäude. Diesen Kerl musste ich stoppen der so viel Unglück über all die Hunde, den Bären und Robin gebracht hatte. Und dadurch auch über Felix und mich.

Ich sah plötzlich rot, eine ungeheure Wut überkam mich und aus meiner Kehle drang ein tiefes Grollen. Von weitem hörte ich Felix rufen, doch ich reagierte nicht darauf. Nichts und niemand konnten mich davon abhalten diesen Mann zu stoppen. Sein Geruch hing schwer in der Luft, er war ganz in meiner Nähe.

Und dann stand er plötzlich vor mir und starrte mich erschrocken an. Er war gerade aus einer Tür gekommen und trug einen Karton in den Händen. Ich machte nicht viel Federlesen und sprang ihn an, legte meine ganze Kraft in diesen Sprung.

Der Karton polterte zu Boden und der Mann lag plötzlich mit ausgestreckten Armen auf dem Rücken. Ich stand über ihm und drohte ihm mit gefletschten Lefzen, meine Fangzähne waren nur ein kleines Stück von seinem Hals entfernt.

Heute weiß ich nicht mehr ob ich tatsächlich zugebissen hätte, jedenfalls kam es nicht dazu. Denn plötzlich stand Felix neben uns und packte mich am Halsband, zog mich zurück. Widerwillig setze ich mich auf seinen Befehl auf meinen Hintern.

Felix bedrohte den Mann mit seinem Stock, während er um Hilfe telefonierte. In der Zeit, in der wir auf die Polizei warteten, blieb der Mann brav auf dem Boden liegen, was ganz sicher daran lag dass ich jede kleinste Bewegung von ihm mit einem wütenden Knurren und Zähne fletschen beantwortete.

Es war schon Abend bis wir endlich wieder in der Pension waren. Felix erzählte Marco ausführlich von unserem Abenteuer. Es hatte sich herausgestellt, dass der Mann der Polizei bereits bestens bekannt war. Schon früher hatte er illegal Hunde gezüchtet und war wegen Betrugs, Steuerhinterziehung, Diebstahl, Tierquälerei und noch einigen weiteren Delikten verurteilt worden. Er hatte die alten Stallungen ohne Genehmigung für seine Hundezucht besetzt und zudem heimlich Strom von einem nicht weit entfernten Strommast abgezapft. Auch für die Haltung des Bären hatte er keine Genehmigung. Und da er Wiederholungstäter war, würde er ganz sicher für lange Jahre ins Gefängnis wandern.

Für die befreiten Hunde bedeutete das, dass niemand einen Besitzanspruch auf sie erhob. Ihre baldige Ausreise war dadurch gesichert. Und auch der Bär, der sich übrigens als Bärin herausgestellt hatte, würde bald ein neues und fast freies Leben in einem Bärenpark beginnen. Alles wäre eigentlich gut gewesen, ganz so, wie Robin es sich gewünscht hatte.

Nur er selbst war und blieb verschwunden.

Einige Tage später war es dann soweit. Die Hunde wurden verladen um in ihre neue Heimat zu reisen. Nur zwei

Hündinnen, deren Welpen noch zu jung waren, mussten noch ein paar Wochen bleiben. Sie würden aber später nach Deutschland transportiert werden.

Auch der alte Basko kam mit, obwohl er ohne Robin gar nicht weg wollte. Ich redete ihm gut zu und sagte ihm, dass auch weiterhin nach Robin gesucht würde. Felix hatte Plakate drucken lassen, mit Robins Bild und genauer Beschreibung darauf. Falls er irgendwo auftauchen würde, so gäbe es eine Belohnung für seine Finder.

Da wir alle immer noch nicht an seinen Tod glauben wollten, gingen wir davon aus, dass er im Schock weggelaufen war und nicht mehr zurück fand.

Es war eine stille und traurige Heimfahrt, weder Felix noch Marco war es nach Reden zumute. Ich lag angeschnallt in der Fahrerkabine des LKW und schaute, wenn ich nicht schlief, vorne durch die Windschutzscheibe. Am Himmel zogen große weiße Wolken entlang, die allerlei Formen bildeten. Und plötzlich sah ich es: Eine große Wolke, die eindeutig Robins Konturen hatte. Ganz deutlich konnte ich sein Gesicht erkennen, den breiten Schädel, die faltigen Backen und seine hechelnde Zunge. Und dann blinzelten seine Augen mir zu.

Zufrieden legte ich mich auf die Seite und schloss die Augen. Ich wusste, mein Robin lebte. Und er würde zu mir zurückkehren.

Kapitel 18: Wer bin ich?

Ich erwachte weil ich fror, außerdem war es ziemlich nass um mich herum. Mühsam rappelte ich mich auf und merkte, dass ich in einer ziemlich großen und tiefen Pfütze lag. Das Wasser reichte mir bis an den Bauch. Nur mein Kopf, der auf einem üppig mit Moos überwucherten Stein gelegen hatte, lag einigermaßen auf dem Trockenen. Doch, wie ich jetzt feststellte, schmerzte er ziemlich heftig. Auch war mir übel und die Umgebung verschwamm vor meinen Augen.

Vorsichtig beugte ich den Kopf und schleckte ein wenig Wasser, was die Übelkeit ein bisschen vertrieb.

Ich musste raus aus dem kalten Wasser, das wurde mir schemenhaft klar. Aber wie sollte ich das anstellen? Meine Gedanken schwappten seltsam träge durch meinen Kopf, am liebsten hätte ich mich wieder zum Schlafen niedergelegt. Doch eine Stimme in mir meinte ich müsse wach bleiben und nach einem Weg aus dem Wasser suchen.

Vorsichtig drehte ich mich um und prüfte das Ufer um die riesige Pfütze. Es handelte sich wohl eher um einen kleinen See, stellte ich jetzt fest. Wie war ich nur da hinein geraten? Ich konnte es mir nicht erklären.

Auf jeden Fall musste ich wieder heraus aus dem Wasser, ich fror erbärmlich in meinem nassen Fell. Die Stelle an der ich stand lag in tiefem Schatten, über mir sah ich die Wand eines steil aufragenden Abhangs. Auch das noch, das hatte ich noch gar nicht bemerkt. Wie war ich da bloß herunter gekommen? Und wie sollte ich da bloß wieder hochkommen?

So viele Fragen, die mein Gehirn marterten, meine Kopfschmerzen wurden wieder heftiger. Deshalb wollte ich erst gar nicht darüber nachdenken, wie ich in den See gekommen war.

Mit den Augen suchte ich das Ufer nach einer Stelle ab an der ich herausklettern konnte. Zu meinem Glück sah ich inzwischen wieder deutlicher, wenn auch noch nicht so gut wie es sein sollte. Und so entdeckte ich schließlich eine seichte Stelle, die mich hoffentlich aus dem Wasser führte. Langsam lief ich los und erreichte endlich trockene Erde. Aufseufzend ließ ich mich in den Sand fallen um erst einmal auszuruhen.

Ich fühlte mich im wahrsten Sinn des Wortes hundeelend. Jeder Muskel tat mir weh, mein Kopf schmerzte als würde er zerspringen und übel war mir auch wieder. Immerhin war ich aus dem Schatten heraus und die Sonne schien angenehm warm auf mein nasses Fell. Mit einem erneuten Seufzer ließ ich den Kopf in den Sand sinken und schlief erschöpft ein.

Als ich wieder erwachte war es fast Nacht. Der Himmel hatte ein tiefes Blau angenommen und die ersten Sterne glitzerten über mir. Es war seltsam still um mich herum, eine Stille, die es in der Natur eigentlich nicht gab. Da raschelte oder knackte immer etwas, Vögel sangen oder Insekten brummten, und von den Straßen kamen die Geräusche fahrender Autos. Doch jetzt war es um mich herum so still, wie ich es noch nie erlebt hatte. Ganz langsam kam mir die erschreckende Erkenntnis; ich hörte nichts mehr, ich war taub geworden.

Was war bloß mit mir geschehen? Ich konnte mich an absolut nichts erinnern. Nicht, wie ich hier her gekommen war und auch nicht, wo ich vorher gewesen war. Und das Allerschlimmste, ich wusste auch nicht mehr wer ich eigentlich war. Sicher hatte ich einen Namen gehabt, doch ich erinnerte mich nicht daran, auch nicht wo und bei wem ich gelebt hatte. Die Erkenntnis brachte mein Herz zum Rasen. Andere Dinge wusste ich: Dass ich ein Hund war und Hunde im Allgemeinen ein Zuhause hatten. Dass ich mir einen Weg nach oben suchen musste, wollte ich nicht hier elendiglich verhungern. Dass ich plötzlich alle Geräusche vermisste und erkannte, dass ich taub geworden war. Aber warum, zum Teufel wusste ich dann nicht mehr meinen Namen und wer und wo meine Familie war?

Über meine verzweifelte Grübelei war es Nacht geworden, ein halber Mond spendete nur ein wenig Licht. Mein Fell war inzwischen trocken und ich fror nicht mehr. Die Kopfschmerzen waren zwar noch da aber nicht mehr so schlimm. Auch die Übelkeit hielt sich in Grenzen oder sie wurde von einem stärkeren Gefühl überdeckt. Hunger!

Ich musste hier weg und zwar so schnell als möglich. Über meine plötzliche Taubheit und den unerklärlichen Verlust meines Gedächtnisses konnte ich mir auch später immer noch den Kopf zerbrechen. Entschlossen erhob ich mich um mir einen Weg nach oben zu suchen.

Allzu weit musste ich nicht laufen, da fand ich eine Stelle an der ich den Abhang erklimmen konnte. Große Steine und eine vom Regen ausgewaschene Baumwurzel boten meinen Pfoten genügend Halt. Dennoch war ich ziemlich kaputt als ich endlich oben war.

Zuerst schaute ich mich um, in der Hoffnung, dass mir die Gegend bekannt vorkam. Doch ich wurde enttäuscht, alles war mir fremd. Auch die Gerüche in der Luft boten mir keine Erkenntnisse.

Wieder stellte sich mir die Frage wo ich mich befand, alles kam mir unbekannt vor. Das Gelände um mich herum sah verwildert und öde aus. In einiger Entfernung meinte ich sogar ein tiefes Loch im Boden zu erkennen. Der Geruch, der von dort kam, roch nach frischer Erde, ähnlich wie es bei einem frisch gepflügten Feld der Fall war. Und noch weiter entfernt leuchtete helles Mauerwerk im Mondlicht, aber es schien kein Haus zu sein, eher die Reste davon. Ich vermutete dass ich nicht dorthin zu laufen brauchte, dort wohnte bestimmt niemand mehr.

Mein Bauch grummelte vor Hunger, was ich zwar nicht hörte aber spüren konnte. Doch wohin sollte ich mich wenden, damit ich auf Menschen traf? Denn das wusste ich auch noch, Menschen gaben Hunden zu fressen. Wenn mir nur einfiele wer mich bisher gefüttert hat – und wo er wohnte. Da es mir nicht einfiel machte ich mich einfach auf den Weg und suchte mein Glück im Ungewissen.

Da das Gelände sehr unübersichtlich war musste ich öfter Haken schlagen, Wasserlöchern ausweichen und hügelige Stellen überwinden. Das alles mit hungrigem Magen, einem Brummschädel und schmerzenden Muskeln. An meine Taubheit und mein verlorenes Gedächtnis durfte ich gar nicht denken Ich wäre am liebsten in Tränen ausgebrochen.

Schließlich strandete ich an einer Straße und setzte mich erst einmal auf meinen Hintern um nachzudenken. In welche Richtung sollte ich mich halten? Straßen führten irgendwann zu Orten und somit zu Menschen und Futter, das hatte ich nicht vergessen. Auch nicht, dass manche Straßen unendlich lang waren bis endlich eine Ortschaft auftauchte. Doch alles Grübeln nützte nichts, ich musste mich für eine Richtung entscheiden in die ich laufen wollte. Ich entschloss mich schließlich da entlang zu laufen von wo mir das Mondlicht entgegen schien. Ich wollte nicht meinem eigenen Schatten folgen.

Unermüdlich trabte ich am Straßenrand entlang, meine Augen meist auf den hellen Randstreifen gerichtet, denn ich fürchtete von einem Auto angefahren zu werden. Obwohl sich diese Sorge als unbegründet erwies, so spät in der Nacht fuhr kein einziges Auto vorbei.

Je länger ich lief desto einsamer kam ich mir vor. Mir fehlte…, ja wer eigentlich? Ich wusste es nicht, doch immerhin war mir bewusst, dass ich bisher nicht allein durchs Leben gegangen war. Irgendjemand war an meiner Seite gewesen.

Hoffnungsvolle Freude stieg in mir auf, ein winziges Fitzelchen war in mein Gedächtnis zurückgekehrt. Ich konnte nur hoffen, dass nach und nach noch mehr Erinnerungen zurückkehrten.

Ein herber Geruch stieg in meine Nase, der mir bekannt vorkam. Da sich gleichzeitig in meinem Maul Speichel bildete, musste der Geruch von etwas fressbarem kommen. Ich blieb stehen um die Straße abzusuchen und sah in einiger Entfernung einen Klumpen auf der Fahrbahn liegen, von dem ganz offensichtlich der Geruch ausging.

Bevor ich mich zur Straßenmitte traute schaute ich mich nach allen Seiten um. Eigentlich war es mir verboten, allein die Straßenseite zu wechseln. Aber wer es mir verboten hatte wusste ich leider nicht mehr.

Leer lag die Fahrbahn vor mir, eilig lief ich auf den Klumpen zu und erkannte, dass es ein totes Kaninchen war. Es schien schon eine Weile tot zu sein, denn das wenige Blut das ausgetreten war, war geronnen.

Ich packte das tote Tier und trug es eilig zum Straßenrand zurück, dort wo ich in Sicherheit war. Dort ließ ich das Kaninchen zu Boden fallen um es erst einmal gründlich zu beriechen. War das überhaupt essbar?

Unschlüssig drehte ich den Körper mit der Nase um. Ich war mir fast sicher dass ich so etwas noch niemals gefressen hatte. Aber ebenso war mir auch klar dass ich etwas fressen musste. Mein Magen zog sich schmerzhaft zusammen um mir zu sagen: „Friss das Kaninchen."

Mein Bauch muss schließlich wissen was gut für ihn ist, entschied ich schließlich. Erneut packte ich das Tier und zog es ein Stück in die Wiese neben der Straße. Ich wollte nicht von einem vorbeibrausenden Auto bei meiner Mahlzeit gestört werden.

Unschlüssig wendete ich das Kaninchen noch mehrmals um, ehe ich mich entschloss in seinen Bauch zu beißen. Doch die vielen weichen Härchen würgten mich im Hals, anscheinend war Fell nicht fressbar. Also zerrte ich solange am Bauchfell, bis es zerriss. Dann rupfte ich so lange daran herum, bis ich den Körper freigelegt hatte und das Fell nur noch am Kopf festhing. Den wollte ich sowieso nicht fressen.

Das Abziehen des Fells hatte mich so hungrig gemacht, dass ich nicht mehr lange zögerte und herzhaft in das Fleisch biss. Es schmeckte gar nicht schlecht, obwohl mich die Knochen etwas störten. Deshalb fraß ich nur die zarten Rippen, die Beinknochen nagte ich gründlich ab und ließ sie dann liegen. Den Kopf mit dem restlichen Fell ließ ich ebenfalls zurück.

Zufrieden und satt leckte ich meine Pfoten sauber und merkte dabei, dass ich viel zu müde war um noch weiter zu laufen. Gähnend streckte ich meine müden Glieder, dann lief ich noch ein Stück weiter in die Wiese hinein, auf der Suche nach einem möglichst bequemen Plätzchen.

Vor einem umgestürzten Baum schien mir der Platz richtig, hohes Gras das ich zu einem gemütlichen Bett niedertrampelte und hinter mir den schützenden Baumstamm. Ich rollte mich zusammen und schlief sofort ein.

Es war schon fast Mittag, als ich wieder erwachte. Das Kaninchen und der lange Schlaf hatten mir gutgetan, ich fühlte mich schon viel besser. Die Kopfschmerzen waren zwar noch nicht ganz verschwunden aber erträglich. Ich dehnte und streckte mich ausgiebig und merkte dabei, dass auch die Muskelschmerzen nachgelassen hatten. Nur meine Erinnerung war leider nicht zurückgekehrt, ich wusste noch immer nicht, wer ich war und wo ich hingehörte.

Mit einem Aufseufzen tappte ich zu den Resten des überfahrenen Kaninchens zurück und beschnüffelte sie, ob ich gestern vielleicht etwas fressbares übersehen hatte. Leider war das nicht der Fall, inzwischen wimmelten der Kopf und das Fell von grünen Fliegen, die ihre Eier in das verwesende Fleisch legten.

Angeekelt ließ ich die Reste liegen und setzte mich auf einen Grasbüschel um nachzudenken. Erst jetzt fiel mir auf dass ich auch noch immer nichts hörte, die Welt um mich war totenstill. Ich schüttelte wild den Kopf, was mir aber nichts einbrachte als scharfe Stiche in meinem Kopf. Deshalb ließ ich es gleich wieder sein. Grübelnd starrte ich einem Auto nach das vorbei fuhr. Kurz blitzte dabei in meinem Kopf ein Bild auf. Ich hatte schon einmal in einer Wiese gesessen und auf ein Auto gewartet. Doch dann war das Bild wieder verschwunden.

Sollte ich es wagen, ein Auto anzuhalten? Aber eine mahnende Stimme in meinem Kopf sagte „nein".

Wo kam sie her und warum hörte ich sie, wenn ich sonst nichts mehr hörte?

Schließlich besann ich mich auf mein Vorhaben und lief auf die Straße zu. Ich würde einfach meinen Weg fortsetzen und sehen, wohin er mich brachte. Was sollte ich sonst tun?

Unermüdlich trabte ich neben der Straße her, immer darauf bedacht nicht auf die Fahrbahn zu geraten, denn meine Angst angefahren zu werden war groß. Dabei behielt ich aber die Fahrbahn immer im Auge, vielleicht hatte ich ja Glück und fand ein weiteres Verkehrsopfer. Mein Magen grummelte schon eine ganze Weile und ein überfahrenes Kaninchen wäre mir gerade Recht gekommen.

Doch was ich hin und wieder am Straßenrand fand, waren tote Vögel oder auch mal eine Maus, ich konnte mich nicht überwinden die zu fressen. Irgendwann roch ich Wasser in der Nähe und lief durch die Wiese zu einem nahen Bächlein um meinen Durst zu stillen. Dann ging ich zur Straße zurück und setzte meinen Weg ins Ungewisse fort.

Kapitel 19: Aufbruch ins Ungewisse

Plötzlich stieg mir ein Duft in die Nase den ich kannte. Es roch nach Pferden. Da der Wind mir von hinten übers Fell blies, mussten sie sich hinter mir befinden. Ich blieb stehen und drehte mich neugierig um.

Tatsächlich kamen in einiger Entfernung Pferdefuhrwerke die Straße entlanggezockelt. Als sie näherkamen stieg mir noch ein weiterer Geruch in die Nase: Hunde. Auf den Fuhrwerken fuhren Hunde mit.

Ich überlegte nicht lange, vielleicht konnte ich mich den Hunden ja anschließen. Das kam mir viel besser vor als weiter allein durch eine unbekannte Gegend zu latschen und auf totgefahrene Kaninchen als Mahlzeit zu hoffen.

Ich setzte mich auf meinen Hintern um mir die Fuhrwerke aus der Nähe zu betrachten. Falls mir etwas daran nicht geheuer vorkäme, würde ich schnell durch die Wiese davon rennen.

Als die Wagen näher kamen erkannte ich dass es fahrbare hölzerne Häuschen waren, die von den Pferden gezogen wurden. Doch Hunde sah ich nicht, die waren vermutlich in den Holzhütten. Schade, dachte ich, wenn sie mich nicht sehen können dann können sie mich auch nicht in ihr Rudel einladen.

Enttäuscht senkte ich den Kopf und stand auf um nicht von den Pferden getreten zu werden, die dicht am Straßenrand liefen. Doch bevor sie ganz auf meiner Höhe waren, hielten sie an. Eines schüttelte wild den Kopf dass seine Mähne flog und scharrte dann mit dem Huf auf dem Asphalt, so als sei es verärgert über den Stopp. Vorsichtig ging ich ein paar Schritte rückwärts, damit ich sie im Auge behielt. Doch sie rührten sich nicht von der Stelle.

Ein Mann saß auf dem Kutschbock und schaute auf mich herunter. Ich wackelte mit dem Hintern um ihm zu zeigen, dass ich gerne Kontakt zu ihm aufnehmen würde. Er sagte etwas zu mir, zumindest kam es mir so vor denn er bewegte die Lippen, hören konnte ich ihn ja nicht. Dann sprang er vom Bock und kam auf mich zu.

Ich überlegte ob ich ihm vertrauen konnte und machte vorsichtshalber noch ein paar weitere Schritte rückwärts. Er grinste mich an und ging in die Hocke, streckte mir die Hand entgegen. Darin hielt er ein angebissenes Stück Brot, das verführerisch nach Wurst roch. Sofort lief mir Spucke aus den Lefzen und mein Magen grummelte spürbar.
Konnte mir ein Mann Böses wollen, der bereit war sein Wurstbrot mit mir zu teilen? Und der außerdem mehrere Hunde hatte? Ich konnte ihren Geruch wittern.
Zögernd ging ich auf die Hand mit dem Wurstbrot zu und schnappte es schnell um es sofort gierig zu verschlingen. Er lachte und erhob sich um zum Kutschbock zurück zu gehen. Davor drehte er sich nochmals zu mir um und machte eine Geste, dass ich ihm folgen sollte.
Ich zögerte noch immer, konnte ich mich auf das Wagnis einlassen ihm zu vertrauen? Andererseits, wo sollte ich hingehen? Ich musste zu Menschen, denn ich war ein Haushund. Soviel wusste ich noch. Als Streuner, ganz auf mich allein gestellt, würde ich nicht lange überleben.
Ich schüttelte meine Bedenken ab und lief zu ihm hin. Er lachte erneut und klopfte mir den Rücken. Dann packte er mich und hob mich hoch. Erschrocken zappelte ich, doch er war kräftig und hielt mich fest, während er zur Hinterseite seines fahrbaren Holzhauses ging. Dort stand schon ein anderer Mann und öffnete die Tür. Ich wurde ins Innere gehoben, eine Hand tätschelte mir nochmals den Kopf, dann wurde die Tür hinter mir geschlossen. Meine Augen mussten sich erst an das schummrige Licht gewöhnen, doch meine Nase sagte mir, dass hier noch mehr Hunde waren. Diese Erkenntnis beruhigte mich auf der Stelle. Jetzt musste ich mich bloß noch mit ihnen bekanntmachen, damit ich in ihrem Rudel geduldet wurde.

Rumpelnd setzte sich das Fuhrwerk wieder in Bewegung und ich wurde von dem Ruck fast umgeworfen. Eilig legte ich mich hin und schaute mich um. Dicht vor meiner Nase erkannte ich ein Gitter und dahinter sah ich vier Hundeköpfe, die mich neugierig anstarrten. Sie bellten mich an, was ich zwar nicht hörte aber an den Bewegungen ihrer Schnauzen sah. Außerdem traf mich ihr warmer Atem und auch so mancher Spucketropfen. Nach einer Weile beruhigten sie sich und schnüffelten nur noch aufgeregt durchs Gitter. Endlich fragte mich einer wer ich sei. Da wir Hunde uns über unsere Gedanken verständigen hatte ich keine Schwierigkeiten, ihn zu verstehen.

„Ich äh… habe mein Zuhause verloren und bin von eurem Herrchen aufgelesen worden", begann ich lahm zu erzählen. „Dann hat er mich einfach hier herein gesetzt und jetzt weiß ich nicht einmal wohin ich gebracht werde. Ich hoffe ihr könnt mir etwas dazu sagen."

Inzwischen hatte ich mich an das schwache Licht gewöhnt und musterte die vier Hunde neugierig. Sie sahen sich verblüffend ähnlich, alle waren ungefähr gleich groß und hatten weißes lockiges Fell. Pudel, wusste ich, denn diese Rasse war mir bekannt, ich konnte mich bloß nicht erinnern, woher.

„Wir fahren zu unserem nächsten Standplatz", erklärte mir der gleiche Hund der mich angesprochen hatte. Er klang freundlich und hechelte mich durchs Gitter an. Als ich ihn verständnislos anschaute, gab er mir weiter Auskunft:

„Wir gehören zu einem Zirkus und sind auf dem Weg zur nächsten Stadt in der wir auftreten. Wir sind die Nachhut, die anderen Leute und Wagen sind schon dort um das Zelt aufzubauen."

Zirkus, das sagte mir was. Ich wusste dass dort Menschen und Tiere auftraten und Kunststücke vorführten. War ich im unbekannten Teil meines Lebens schon im Zirkus gewesen? Vielleicht gehörte ich ja genau hierher, in diesen Zirkus. Ja, so musste es sein. Weshalb sonst hatte dieser Mann mich am

Straßenrand aufgelesen und hier herein gesetzt, als gehöre ich dazu. Aber warum konnte ich mich weder an ihn, noch an die Pudel erinnern? Ich musste sie einfach danach fragen.

„Kennt ihr mich? Ich meine, gehöre ich auch zum Zirkus?"

Der Anführer, übrigens der einzige Rüde unter den vier Pudeln, schaute mich dumm an. Dann meinte er gedehnt:

„Nein, wir kennen dich nicht und somit gehörst du auch nicht zum Zirkus. Wie kommst du darauf?"

Schade, dachte ich bei mir, war aber andererseits seltsam froh darüber. Obwohl ich mich an mein früheres Leben nicht erinnerte wusste ich doch tief in mir, dass es ganz anders als das eines Zirkushundes war.

„Ähh, naja…", druckste ich herum, entschloss mich dann aber die reine Wahrheit zu erzählen: „Also es ist so, ich wachte gestern auf und lag in einem kleinen Weiher. Doch ich wusste nicht mehr, wie ich dort hingekommen war…"

Während unser Wagen über die Landstraße seinem Ziel entgegen fuhr, erzählte ich meinen erstaunten Zuhörern alles, was ich selbst über mich wusste. Das war zwar nicht viel, aber es tat gut darüber sprechen zu können. Ich ließ auch nicht aus über meine Ängste zu sprechen und meine Verwirrtheit. Zum Schluss berichtete ich noch dass ich nichts mehr hören konnte.

„Du bist taub?", fragte mich der Pudelrüde und schaute mich mitleidig an. „Das wird unserem Herrn aber gar nicht gefallen. Er hat sicher Pläne mit dir, was heißt, er will dich sicher in einer Zirkusnummer einsetzen. Aber wenn du ihn nicht hören kannst…"

Er schaute mich mitleidig an, so dass ich ängstlich wurde. „Was meinst du wird er tun, wenn er es merkt?" Ich konnte meine Sorge nicht verbergen.

„Naja, ich sag mal so. Zirkusleute sind zwar meist keine schlechten Menschen. Unser Herr auch nicht. Aber alle Tiere beim Zirkus müssen für ihr Futter arbeiten. Wir auch, wir vier haben eine eigene Nummer, zusammen mit einem Pony und zwei Ziegen. Bis vor etwa einem Jahr war auch noch ein weiterer Hund dabei, er sah etwa so aus wie du, war nur etwas kleiner. Diesen Hund hat er in ein Clownskostüm gesteckt um die Zuschauer zu belustigen. Als Kolja, so hieß dieser Hund, alt und krank wurde, da brachte unser Herr in eines Tages weg. Wir haben ihn nie mehr gesehen. Was ich dir damit sagen will ist, dass hier kein Tier durchgefüttert wird, dass nicht seine Arbeit macht. Ganz sicher sollst du Koljas Platz einnehmen. Aber wenn unser Herr merkt dass du taub bist und seine Befehle nicht hören kannst, dann wird er dich im besten Fall wieder auf die Straße setzen."

Na, das waren ja schlimme Neuigkeiten. Kaum hatte ich gemeint ich hätte ein neues Zuhause mit Vollpension gefunden, dann war es schon wieder in Gefahr, sogar noch schlimmer, ich selbst war in Gefahr. Ich überlegte eine Weile, dann fragte ich: „Würde ich mit euch zusammen auftreten? Als Koljas Ersatz?" Sie nickten alle vier und diesmal war es eine der Hündinnen, die mich fragte, worauf ich hinaus wollte.

„Na, wenn wir zusammen die Zirkusnummer bestreiten, dann könnt ihr mir doch erklären was unser Herr von mir will. Euch kann ich ja hören und ihr könnt ihn hören. Es muss bloß immer einer von euch in meiner Nähe sein."

„Das ist kein Problem, wir Hunde sind immer zusammen. Wärst du denn bereit den Clown zu spielen? Kolja hat sich lange sehr schwer damit getan. Er fand es albern und einer Bulldogge nicht würdig."

Ich brauchte nicht lange zu überlegen. „Ach, das macht mir nichts aus, ich spiele gern einmal den Clown. Ich mag es wenn Kinder mit mir rumalbern und lachen." Komisch, fiel mir ein, woher wusste ich das plötzlich? Doch es war zweifellos wahr.

Wieder froher gestimmt legte ich mich auf den harten Bretterboden und schloss die Augen. Ich musste unbedingt ein kleines Nickerchen machen und über all die Neuigkeiten erst einmal schlafen. Auch die vier Pudel legten sich nieder um zu dösen. Bevor meine Gedanken ins Land der Träume abdrifteten, dachte ich bei mir: Es hätte alles schlimmer kommen können.

Ich erwachte erst als der Wagen stehen blieb und das Rumpeln unter meinem Bauch aufhörte. Dafür rumpelte es nun gewaltig in meinem Bauch, ich hatte tierischen Hunger.

„Na, hast du ausgeschlafen?", fragte mich der Pudelrüde. „Mann, du schnarchst ja wie ein Holzfäller, gegen dich war Kolja ja ein Leiseschläfer. Und der konnte schon laut schnarchen."

„Tut mir leid", murmelte ich zerknirscht. „Aber wir Bulldoggen schnarchen nun mal."

„Ach so schlimm war es gar nicht, lass dich von Ferdi nicht verrückt machen. Ich fand es ganz süß wie du zwischen den Schnarchern gequiekt hast. Und mit den Beinen gestrampelt hast du auch." Es war eine der Hündinnen, die das sagte. Sie blickte mich schmachtend an. Doch Ferdi unterbrach sie barsch: „Nur weil du bald läufig wirst brauchst du ihm keine schöne Augen machen, Kathi. Du weißt dass unser Herr es nicht duldet, dass ihr Mädels Mischlinge aufzieht. War es dir keine Lehre was er getan hat als du Koljas Welpen geboren hast?"

Kathi schaute ihn erschrocken an, dann kauerte sie sich in die hinterste Ecke des Käfigs und starrte die Wand an.

„Er hat ihr die Welpen abgenommen und sie draußen erschlagen. Kathi hat ihnen tagelang nachgeweint. Deshalb sage ich dir gleich: Lass dich von den Mädels nicht verleiten, es geht nicht gut aus."

„Ich hatte nicht die Absicht…", stotterte ich verwirrt, fragte dann aber verärgert: „Weshalb lässt euer Herr die Hündinnen nicht kastrieren wenn er nicht will, dass sie Welpen bekommen? Das wär doch besser, als die unschuldigen Babys zu erschlagen."

Der Gedanke daran erboste mich regelrecht und plötzlich war ich mir nicht mehr sicher ob ich bei so einem Herrn bleiben wollte. Da war ich eine andere Art von Herrchen gewohnt. Einen, der Tiere liebte und sie achtete.

Ich kam jedoch nicht dazu darüber nachzugrübeln wer dieses Herrchen war und warum ich nicht mehr bei ihm sein konnte. Denn die Tür wurde aufgemacht und der Mann, der mich hereingehoben hatte, griff nach mir und hob mich wieder heraus. Ich sah dass er mit mir sprach, doch hören konnte ich nichts. Er setzte mich auf dem Boden ab und ließ dann die vier Pudel aus ihrem Verschlag. Sie hüpften sofort aus dem Wagen und sprangen um mich herum, so als sähen sie mich zum ersten Mal. Ich ließ es über mich ergehen und beschnüffelte sie ebenso ausgiebig wie sie mich. Dann schloss ich mich ihnen an als sie zu den Wagen hin liefen, von denen jede Menge über den großen Platz verstreut standen. Viele waren aus Holz, einige bunt angemalt und mit großen Buchstaben oder Bildern verziert. Es gab auch noch etliche Campingwagen, kleine und große und auch Lastwagen, mit denen das Zirkuszelt die Unterkünfte für die Tiere und auch die Zirkustiere selbst transportiert worden waren.

Ferdi und seine Mädels rannten unbeeindruckt an all den Wagen und Zelten vorbei und steuerten zielstrebig einen großen Campingwagen an. Ich beeilte mich hinterher zu kommen, damit ich sie nicht aus den Augen verlor. Etwas außer Atem blieb ich hinter ihnen an der Treppe stehen, die zum Eingang des Wagens führte. Ich sah dass sie bellten und dass kurz darauf die Tür geöffnet wurde. Eine Frau mit schwarzen lockigen Haaren öffnete und lachte als alle Pudel gleichzeitig um sie herumsprangen. Sie sprach mit ihnen und streichelte alle der Reihe nach. Dann sah sie mich und blickte erst einmal erstaunt. Doch schnell flog ein Lächeln über ihr Gesicht und sie sagte etwas zu mir.

Ich wackelte freundlich mit dem Hintern und ging zögernd die Treppe hinauf und auf sie zu. Sie bückte sich zu mir herunter und streichelte mich, wobei sie weiter auf mich einsprach.

„Sie sagt, du seist aber ein toller Hund", brummte mir Ferdi zu.
„Und ob du auch Hunger hast."

Ob ich Hunger habe? Na und wie, ich könnte eine riesige Schüssel Futter verdrücken. Begeistert begann ich zu tänzeln und drängte mich durch die anderen Hunde um mich bei der Frau einzuschmeicheln. Ihre Hände rochen nach Essen und ich schleckte ihr schnell darüber.

Sie lachte und machte die Tür frei, damit wir alle ins Innere des Wagens konnten. Da ich mich nicht auskannte hielt ich mich hinter den Pudeln, die mir den Weg zu den Futterschüsseln wiesen. Leider stand für mich keine da und die Pudel ließen mich natürlich nicht an ihre.

„Frauchen macht dir gleich was", murmelte mir Ferdi zu, ohne von seinem Futter aufzublicken. Tatsächlich stand die Frau schon am Tisch und häufte etwas in eine Schüssel, die sie aus einem Schrank genommen hatte. Ich schnüffelt in die Luft was es wohl Gutes gab. Es roch zwar fremd, aber durchaus lecker und mir lief das Wasser aus dem Maul. Die Frau stellte die Schüssel etwas abseits von denen der Pudel ab und ich machte mich sofort darüber her.

Das Futter schmeckte prima, obwohl ich nicht wusste was es war. Aber das war mir egal, es schmeckte und machte mich satt, mehr brauchte ich im Moment nicht zum glücklich sein.

Kapitel 20: Zirkusleben

Der Tag war anstrengend verlaufen und so war ich froh als die Pudel und ich zum Schlafen geschickt wurden.

Wir durften nicht bei den Menschen im Campingwagen schlafen, sondern wurden von unserem Herrn in eines der Zelte für die Tiere gebracht. Ich roch Pferde und noch andere Tiere, die ich nicht kannte. Was mir im Moment ziemlich egal war, denn ich war hundemüde.

Nach dem Fressen hatten mich die Pudel auf dem Platz herumgeführt um mich mit den Gegebenheiten vertraut zu machen. Ich versuchte mir alles zu merken, was sie mir zeigten und erklärten. Es war so viel, dass ich daran zweifelte alles im Kopf zu behalten.

„Ach, das ist gar nicht so schlimm", beruhigte mich Ferdi. „In ein paar Tagen fühlst du dich hier wie zu Hause. Glaub mir. Die Mädels und ich sind alle paar Wochen an einem anderen Platz. Doch da die Wagen und Zelte fast immer in der gleichen Ordnung platziert werden, finden wir uns schnell zurecht. So wird es bei dir bald auch sein. Mach dir keine Sorgen."

Ich wollte ihm erst einmal glauben, obwohl mir bei dem Gedanken irgendwie mulmig zumute war. Als Bulldogge bin ich nicht so gerne an ständig wechselnden Orten. Ich liebe die Beständigkeit, besonders in meinem Tagesablauf. Doch beim Zirkus gibt es keine Beständigkeit. Nur die, dass man ständig an anderen Stellen seine Zelte aufschlägt.

Über all das dachte ich nun nach, während ich vergeblich versuchte einzuschlafen.

Mit den Pudeln zusammen teilte ich mir eine mit Stroh und Decken ausgelegte Box im Stallzelt. Es war gemütlicher als ich zuerst vermutet hatte. Meine Rudelgenossen schliefen schon tief und fest, eng aneinander gedrängt teilten sie sich eine Decke. Ich lag abseits davon in der Ecke und konnte trotz meiner Müdigkeit nicht schlafen. Die Geräusche der Pferde und

Lamas hielten mich wach. Lamas waren die Tiere, die mir bisher unbekannt gewesen waren. Ferdi hatte mir erklärt sie seien harmlos, würden aber spucken wenn man sie ärgerte. Spuckende Lamas hatte ich noch nie gesehen und ich nahm mir vor sie irgendwann zu ärgern, damit ich sie spucken sehen konnte.

Während ich mich unruhig mal auf die eine, mal auf die andere Seite drehte und einzuschlafen versuchte, da hörte ich plötzlich eine Stimme in meinem Kopf. Doch die Stimme kam weder von Ferdi, noch von seinen Mädels.

Die Stimme war weiblich und sie sprach mich mit einem Namen an. „Robin", meinte ich zu verstehen und der Name klang seltsam in mir nach. War das etwa mein Name?

Die Frauenstimme forderte mich immer wieder auf ihr zu antworten, doch ich wusste nicht wie ich das machen sollte. Dabei hätte ich es gerne getan, denn in mir kam etwas zum Schwingen, die mich an etwas erinnerte. Etwas Schönes, Vertrautes, doch es wollte mir nicht einfallen.

Schließlich schwieg die Stimme und ließ mich in großer Einsamkeit allein. Ich legte meinen Kopf ins Stroh und hätte gerne geweint, doch nicht einmal das konnte ich.

Die nächsten Tage wurden stressig für mich, denn unser Herr begann damit mich zu dressieren. Was heißt, er versuchte mir beizubringen, was ich als Koljas Nachfolger zu tun hatte. Der Einfachheit halber nannte er mich auch Kolja, was ich zwar nicht hörte, doch von Ferdi gesagt bekam. Ferdi blieb fast ständig in meiner Nähe, während die Hündinnen meist unter sich blieben.

Unter Ferdis Anleitung lernte ich sehr schnell meine Rolle als hündischer Zirkusclown zu spielen. Da er jahrelang mit Kolja zusammen aufgetreten war, kannte er dessen Part genau und erklärte mir jeden Befehl ganz genau, den unser Herr mir gab. Der war ganz begeistert von meiner Lernfähigkeit und meinte, dass ich schon bald auftreten könnte. Mir war es Recht, es gefiel mir als Clown herumzualbern und so gingen wenigstens die Tage schnell herum und ich hatte keine Zeit zum Grübeln.

Nur nachts konnte ich nicht gut schlafen, da mich öfter die Stimme weckte. Die Stimme, die mich Robin nannte, und mir immer vertrauter wurde. Die eine Sehnsucht in mir weckte und mich dann einsam in der Dunkelheit zurück ließ. Zu gerne hätte ich ihr geantwortet, doch ich wusste nicht wie.

Eines Nachts begann mein Ohr zu jucken und es wurde immer schlimmer. Ich kratzte mit der Hinterpfote daran und plötzlich kam ein Schwall Flüssigkeit aus dem Ohr gelaufen und versickerte im Stroh. Ich war erschrocken und schnupperte an der Flüssigkeit. Sie roch ein wenig nach Blut und Gewebewasser. Und mein Ohr fühlte sich auf einmal besser an, der Druck den ich die ganze Zeit verspürt hatte war weg.

Erst am nächsten Morgen bemerkte ich dass ich wieder hören konnte, wenn auch nur auf diesem Ohr. Doch ich war überglücklich, denn es machte mein Leben um vieles einfacher. Als nach einigen Tagen auch das andere Ohr auslief, konnte ich endlich wieder richtig hören. Ferdi half mir trotzdem weiter beim Erlernen der Kunststücke, wir wurden allmählich gute Kumpels.

Während ich meine Clownsrolle immer besser beherrschte, nähte unser Frauchen eifrig an einem neuen Kostüm für mich. Denn ein Clown braucht schließlich ein Clownskostüm, erklärte sie mir. Leider verstand ich sie und auch unseren Herrn trotz meiner wiedergewonnenen Hörfähigkeit nicht, denn sie redeten in einer Sprache die ich nicht verstand. So brauchte ich weiter Ferdi, der mir übersetzte. Doch wir waren inzwischen ein eingespieltes Team.

Als mein Kostüm fertig war stand mein erster Auftritt im Zirkus bevor. Da ich bisher fast alle Auftritte der Pudel, der zwei Ziegen und des Ponys vom Eingang her beobachtet hatte, war ich längst an die lachenden und johlenden Zuschauer gewöhnt und ich sah meinem ersten Auftritt gelassen entgegen.

Endlich war es soweit. Nachdem zuerst die Ziegen und das winzige dicke Pony ihre Dressurnummer absolviert hatten, wurde ich in meinem Clownskostüm in die Manege geschickt. Die Zuschauer lachten und schrien als sie mich sahen, doch ich ignorierte sie und lief zu dem Pony, das neben einem Schemel stand. Es hatte einen breiten Sattel auf dem Rücken. Ich sprang zuerst auf den Schemel und dann mit einem Satz auf den Sattel und setzte mich hin. Unser Herr, der ebenfalls ein Kostüm trug, schwang eine lange Peitsche und ließ sie knallen, das Zeichen für das Pony sich in Bewegung zu setzen. Es lief im Kreis herum, erst langsam, dann immer schneller. Ich saß sicher auf dem Sattel und genoss den Ritt. Das Publikum klatschte begeistert und ich war richtig stolz auf mich. Dann begannen die Pudel zu tanzen. Sie liefen auf den Hinterbeinen und drehten sich im Kreis. Auch sie hatten Kostüme an, die wie Röckchen aussahen und trugen bunte Puschel auf dem Kopf. Ich tat so als wolle ich ebenfalls tanzen, stellte mich auf die Hinterbeine und versuchte mich im Kreis zu drehen. Das löste bei den Zuschauern wahre Lachanfälle aus, was ich gar nicht verstand, denn unser Herr war immer sehr zufrieden mit meiner Darbietung. Was soll's, dachte ich, sollen sie doch lachen.

Danach zeigten die Pudel noch allerlei Kunststücke, die ich ebenfalls nachmachte, natürlich auf meine eigene Art und Weise. Und wieder lachte das Publikum über mich und applaudierte stürmisch.

Als wir unsere Nummer beendet hatten und nach draußen liefen meinte Ferdi zu mir, so einen Applaus hätten sie mit dem alten Kolja nie bekommen. Der hätte seine Rolle immer etwas widerwillig gespielt und sei manchmal auch schon vor dem Ende der Nummer aus dem Zelt gelaufen.

„Also mir macht es Spaß", erwiderte ich. „Und es ist doch schön wenn die Menschen uns Hunde mögen und über uns lachen.

Mir gefällt das viel besser als wenn sie uns schlecht behandeln. Ich kann dir sagen, dass ich diesbezüglich schon schlimme Dinge gesehen habe…"

Ich hielt inne weil mir bewusst wurde, dass ich tatsächlich schon viel Elend und Leid gesehen hatte, dass Hunden von Menschen angetan worden ist. Doch wo war das gewesen? Ich konnte mich nicht erinnern.

Zum Grübeln blieb mir jedoch keine Zeit, denn unser Herr rief uns zu sich und lobte uns mit strahlender Miene. Er klopfte mir voller Stolz den Rücken und redete auf mich ein, während er mir das Kostüm auszog. Dann rief er seiner Frau etwas zu und kurz darauf brachte sie eine Schüssel mit noch warmem gekochtem Fleisch an. Er griff in die Schüssel und verteilte das Fleisch unter uns. Und ich bekam eine besonders üppige Portion.

„Na Kolja, das Zirkusleben ist doch gar nicht so schlimm, oder?" fragte mich Ferdi später, als wir uns wieder selbst überlassen waren. Wir stromerten gemeinsam durch die Wagenburg, während die drei Mädels sich mit einem alten Ball beschäftigten, den sie sich gegenseitig immer wieder klauten.

„Ja, es gefällt mir recht gut bei euch", gab ich zu. „Langeweile kommt hier kaum einmal auf, es gibt ordentlich zu futtern und die Leute sind auch ganz nett. Wenn nur diese unbestimmte Ahnung nicht in mir wäre, dass ich irgendwo ein Zuhause habe…"

Ich erzählte ihm von der Stimme die ich nachts oft hörte, die mich Robin nannte und die mich an etwas erinnerte, dass ich tief in mir wusste.

„Manchmal meine ich jetzt fällt mir alles wieder ein, doch dann ist da wieder dieses schwarze Loch in meinem Kopf. Es ist zum Verzweifeln."

„Wenn es dir wieder einfiele, was würdest du tun?" wollte Ferdi wissen. „Versuchen, dein altes Zuhause zu finden?"

Ich dachte kurz nach, bevor ich antwortete.

„Vermutlich ja. Denn ich spüre, dass es etwas ganz Besonderes ist, was mich mit meinem alten Zuhause verbindet. Manchmal blitzen Gedanken in meinem Kopf auf, ich meine bekannte Gesichter zu sehen. Doch dann ist alles wieder weg und ich verspüre nur noch eine Leere in mir, die mich unheimlich traurig macht."

Er schaute mich ernst von der Seite an, dann sagte er tröstend: „Irgendwann fällt es dir bestimmt wieder ein. Und wenn es soweit ist, dann wirst du dich entscheiden müssen. Ich beneide dich nicht, Kolja, aber du wirst das Richtige tun."

„Robin, ich heiße Robin", sagte ich bestimmt. „So nennt mich die Stimme immer. Und ich bin mir sicher, dass das mein richtiger Name ist."

„Robin", meinte er sinnend. „Klingt gut und passt irgendwie zu dir. Warum fragst du diese Stimme nicht einfach woher sie kommt. Erzähl ihr doch wie es dir ergeht und dass du deine Erinnerung verloren hast."

Ich starrte Ferdi entgeistert an.

„Wenn ich wüsste wie ich es machen soll würde ich ihr ja antworten. Ich weiß aber nicht wie. Was mach ich wenn sie mich nicht hört?"

Jetzt war es an Ferdi entgeistert zu gucken. Er starrte mich eine Weile sprachlos an, dann prustete er los: „Du sprichst nicht mit der Stimme in deinem Kopf, weil du nicht weißt ob sie dich hören kann? Mann, Robin, schalt doch mal deinen Verstand ein. Das ist doch ganz einfach. Du hörst diese Stimme genauso wie du mich hörst, oder? Dann antworte ihr doch einfach so wie du mir auch antwortest. Es müsste schon mit dem Teufel zugehen wenn sie dich nicht ebenfalls hört. Ihr Bulldoggen seid manchmal ganz schön umständlich, das muss ich dir sagen. Probier's doch einfach aus, dann merkst du schon ob es klappt."

„Ähh, oh, ja, das könnte gehen. Warum ist mir das nicht selbst eingefallen? Du musst mich für ziemlich einfältig halten…"
Peinlich berührt schaute ich zu Boden. Ferdis Vorschlag war die

einfachste Idee der Welt, da hätte ich wirklich selbst drauf kommen können.

„Mach dir nichts draus, Kumpel. Schließlich hast du in der letzten Zeit viel durchgemacht, da kommt sowas mal vor. Wenn die Stimme das nächste Mal zu dir spricht, dann gibst du ihr einfach Antwort. Okay? Aber jetzt komm mit, du wolltest doch die Lamas zum Spucken bringen. Ich zeig dir wie man das anstellt."

Kapitel 21: Geistesblitze

In dieser Nacht konnte ich nicht einschlafen weil ich auf die Stimme wartete. Ich war aufgeregt und überlegte mir immer wieder aufs Neue was ich zu ihr sagen wollte. Irgendwann überfiel mich dann doch die Müdigkeit und ich döste ein. Hallo Robin, hörst du mich? Ich bin's, Lara. So antworte mir doch endlich."

Ich riss verschlafen die Augen auf und versuchte die Müdigkeit abzuschütteln. Die Stimme, die zu mir sprach, war eine andere wie all die Nächte zuvor. Sie gehörte zweifellos zu einem Hund. „Lara?", murmelte ich nachdenklich und vor meinem geistigen Auge erschien ganz kurz das schemenhafte Bild eines weißen Hundes.

„Ja - Lara! Oh Robin, ich bin ja so froh dass du endlich antwortest. Tanja versucht schon seit vielen Nächten dich zu erreichen. Sie sagte sie merkt genau dass sie Verbindung zu dir hat, aber du antwortest nicht. Sie macht sich große Sorgen um dich, wir alle machen uns Sorgen. Was ist denn bloß mit dir geschehen? Wo bist du und wie geht es dir?"

Ich war so aufgeregt dass ich hektisch zu hecheln anfing. Ich bekam kaum noch Luft und es kostete mich meine ganze Kraft mich zusammenzureißen, denn ich dachte ich würde gleich in Ohnmacht fallen. Doch das durfte nicht geschehen, ich musste herausfinden wo ich herkam, wo ich hingehörte. Mit letzter Kraft antwortete ich:

„Mir geht es ganz gut. Bis auf die Tatsache, dass ich leider irgendwie mein Gedächtnis verloren habe. Ich weiß nicht mehr wer ich bin und auch nicht mehr wo und mit wem ich gelebt habe. In meinem Kopf ist alles fort und so sehr ich mich auch anstrenge, es fällt mir nicht ein."

Ich war am Ende meiner Kraft und begann hemmungslos zu heulen. Ich reckte meinen Kopf in die Höhe und aus meiner

Kehle kam ein schaurig, trauriges Heulen. Ich meinte nie mehr damit aufhören zu können.

„Robin, was ist mit dir los? Du machst mir richtig Angst. Bitte beruhige dich doch…" Ich hörte Laras Stimme wie von weitem und plötzlich war sie fort. Dafür hörte ich jetzt Ferdis Stimme neben mir.

„Robin, Robin, was ist denn geschehen? Hör auf mit dem Geheule, du schreist ja das ganze Lager zusammen."

Weil ich nicht auf ihn hörte packte er mich grob mit den Zähnen am Nacken und schüttelte mich. Zumindest versuchte er es, doch mein Nacken ist zu breit für das Maul eines Pudels. Immerhin drangen seine Zähne in meine Haut und der Schmerz brachte mich zum Schweigen.

Ich drehte den Kopf erschrocken in Ferdis Richtung.

„Tut mir leid, ich wollte dich nicht beißen. Aber wenn du die Leute weckst dann bekommen wir Ärger. Was ist denn los, hast du Kontakt zu der Stimme bekommen?"

Ich atmete ein paarmal ein und aus, dann hatte ich mich wieder einigermaßen beruhigt und erzählte Ferdi und seinen Mädels, die jetzt auch um mich herumsaßen und mich neugierig anstarrten, von meinem Gespräch mit Lara.

„Und wer ist Lara, kannst du dich an sie erinnern?" wollte Ferdi wissen.

„Nicht wirklich", musste ich zugeben. „Ich hatte nur eine kurze Vision von einer großen weißen Hündin. Sie erzählte mir dass wir zusammengehören und von einer Familie, die mich vermisst. Das machte mich so traurig, dass ich einfach heulen musste."

Die Pudeldamen schauten mich mitfühlend an und wollten mehr wissen, doch Ferdi schickte sie wieder auf ihre Schlafplätze. Widerwillig trippelten sie davon.

„Neugierige Weiber", murmelte er und schaute ihnen streng hinterher. Er hatte seine Mädels bestens im Griff, das hatte ich schon öfter bemerkt. Ich überlegte mir ob es bei Lara und mir ebenso gewesen war, doch das konnte ich mir nicht vorstellen. Ihre Stimme hatte sehr selbstbewusst geklungen. Und ich selbst war nicht darauf aus jemanden herumzukommandieren. Leben und leben lassen, das war schon immer meine Devise gewesen. Ferdi unterbrach meine Gedanken.

„Schlaf jetzt auch Robin, morgen bauen die Menschen hier alles ab und wir machen uns auf den Weg zu unserem nächsten Standort. Da geht es immer ziemlich hektisch und laut zu, da ist an Schlafen nicht zu denken."

Am nächsten Morgen wurden wir schon früh von Lärm geweckt. Wie es Ferdi schon angekündigt hatte, durften wir Hunde unseren Verschlag im Stall nicht verlassen, damit wir nicht im Weg herum liefen und die Arbeiten behinderten. Der Tag verlief dementsprechend langweilig. Niemand kümmerte sich um uns. Zumindest bekamen wir Futter gebracht und auch die Lamas und Pferde wurden gefüttert, dann waren wir uns wieder selbst überlassen.

Normalerweise machte es mir nichts aus mal einen ganzen Tag zu verschlafen. Doch die lauten Geräusche, die von draußen zu uns drangen, ließen einen entspannten Schlaf nicht zu. Die Männer, die das Zirkuszelt abbauten, riefen sich ständig etwas zu, es wurde gehämmert und gepoltert. Die Lastwagen wurden beladen und Motoren dröhnten. Am Nachmittag ging es dann ans Verladen der Tiere. Die Pferde und Lamas wurden aus dem Stall geholt und auf die Viehwagen verteilt. Kurz darauf hörten wir, dass sie weggefahren wurden.

„Na endlich", seufzte Ferdi und streckte sich gähnend. „Das Abbauen nervt mich jedes Mal. Aber für diesmal ist es fast geschafft. Nur noch unser Stallzelt wird abgebaut und morgen fahren wir dann zu unserem neuen Platz."

Kurz darauf durften wir endlich unseren Verschlag verlassen. Die zurückgebliebenen Männer begannen mit dem abbauen, zuvor ließ uns ein Mann heraus. Die Pudel stürmten sofort aus dem Zelt, ich folgte ihnen etwas langsamer.

Der Platz, der gestern noch voller Zelte und Wagen stand, lag öde und verlassen vor uns. Nur noch drei Wagen waren zurückgeblieben. Ferdi und seine drei Mädels rannten über den leeren Platz. Der faule Tag im Stall hatte den bewegungsfreudigen Pudeln gar nicht gefallen, jetzt tobten sie sich erst einmal richtig aus. Ich hingegen hatte nicht das Bedürfnis mich auszutoben, mir genügte ein langsamer Spaziergang am Rand des Platzes entlang. Ich beschnüffelte ausgiebig die Büsche und Grashalme und wälzte mich dann auf einer sandigen Stelle an der ein paar alte Hasenköttel lagen. Danach schüttelte ich zufrieden meinen Pelz aus und trabte in Richtung unseres Wagens um zu sehen, ob es schon Abendbrot gab.

In dieser Nacht schliefen wir Hunde in dem hölzernen Wagen, in dem wir hergekommen waren. Und am nächsten Morgen fuhren wir darin zu unserem nächsten Standplatz. Ich war neugierig, wie es dort wohl aussehen mochte, doch Ferdi meinte auf meine Frage nur dass alle Standplätze irgendwie gleich aussehen würden.

Er hatte Recht stellte ich mit leiser Enttäuschung fest als wir dort aus dem Wagen sprangen. Das große Zirkuszelt und die kleineren Tierzelte standen in einer ähnlichen Formation wie zuvor, ebenso die Wagenburg.

Nun gut, die Gegend sah etwas anders aus. Hier war ein kleiner Fluss in der Nähe und in einiger Entfernung konnte man die Häuser einer Stadt erkennen. Ihr Anblick löste ein seltsames Gefühl in mir aus, doch ich konnte es nicht so recht einordnen.

Schon am nächsten Mittag gaben wir unsere erste Vorstellung. Es kamen sehr viele Leute, das Zelt war fast bis zum letzten Platz besetzt. Aber das störte mich nicht, ich zog meine Nummer als Clown so lässig durch als hätte ich nie etwas anderes gemacht. Am Ende unserer Darbietung lief ich mit den Pudeln, den Ziegen und dem Pony einmal um die ganze Manege, damit uns das Publikum gebührend applaudieren konnte. Dann blieben wir alle stehen und ließen uns vorne herunter sinken, so als bedankten wir uns für den Applaus. Das kam immer besonders gut beim Publikum an und brachte uns ein extra Leckerli von unserem Herrn ein.

Plötzlich hörte ich ein Kind juchzen und schaute auf. Genau vor mir saß eine junge Mutter mit einem kleinen Mädchen auf dem Schoß. Es streckte seine Ärmchen nach mir aus und rief strahlend ein Wort, dass sich fast wie „Robin" anhörte.

Wie erstarrt sah ich das Mädchen an, es hatte blaue Augen und helle Löckchen. Und dieses Kinderlachen…, wo hatte ich das bloß schon gehört?

Doch schon war unsere Vorstellung beendet und unser Herr schickte uns aus der Manege. Auf dem Weg nach draußen überlegte ich noch immer an wen mich das Kind erinnerte. Aber wie alle die Male zuvor wollte es mir einfach nicht einfallen.

Nach der Abendvorstellung und dem anschließenden Füttern wurden wir wieder in unseren Verschlag im Pferdezelt gebracht. Normalerweise schlafen wir dann bald. Ich hatte mich schon in meine Decke eingekuschelt, weil es manchmal nachts schon recht kühl war. Da kam Ferdi zu mir und stieß mich mit der Schnauze an.

„Hey Robin, was hältst du von einem nächtlichen Spaziergang?"

„Häh? Spazieren? Jetzt, mitten in der Nacht?"

Umständlich schälte ich mich aus meiner Decke und starrte ihn verwundert an.

„Auf was für Ideen du kommst. Es ist uns doch sicher verboten allein wegzulaufen, besonders in der Nacht. Und wie sollen wir überhaupt hier raus kommen?"

Unser Verschlag war durch einen hölzernen Zaun von den übrigen Stallplätzen abgegrenzt. Dieser Zaun war zwar nicht besonders hoch, die leichten und eleganten Pudel konnten ihn mit Leichtigkeit überspringen, was sie jedoch bisher nicht taten. Für mich und meine etwas fülligere Bulldoggen-Figur war er jedoch eindeutig zu hoch.

Ferdi zwinkerte mir verschwörerisch zu. „Hier irgendwo in der Nähe gibt es eine läufige Hündin, ich habe es vorhin gerochen als wir nach der Vorstellung aus dem Zelt kamen. Das ist doch die Chance auf ein kleines Abenteuer. Komm schon, sei kein Spielverderber. Wir laufen mal hin und schauen was sich ergibt…"

Auffordernd blickte er mich an und ich überlegte kurz. Eine läufige Hündin, hmm, das wäre wirklich mal eine nette Abwechslung. Mir war schon ewig keine läufige Hündin mehr begegnet. Der bloße Gedanke daran ließ mich hecheln.

Ferdi nickte, als er es sah. „Mir geht es ebenso. Also los, hauen wir ab."

„Wie soll ich denn hier rauskommen? Der Zaun ist zu hoch für mich. Und was ist mit den Mädels, werden die uns nicht nachlaufen? Oder bellen und uns verraten?"

Ferdi stand schon an der Zeltleinwand und schaute sich nach mir um. „Hier ist ein Spalt da kriechen wir drunter durch. Das müsstest auch du schaffen. Und die Mädels bleiben hier und sind still, keine Sorge."

Er legte sich auf den Bauch und kroch ohne Probleme unter der Plane durch. Ich lief eilig zu ihm hin und steckte erstmal meinen Kopf durch den Spalt. Naja, war schon ein bisschen eng. Aber einen Rüden, der eine läufige Hündin wittert, hält so schnell nichts auf. Entschlossen zwängte ich meinen Körper unter dem Spalt durch, meine Pfoten gruben sich in den Grasboden, zogen mich durch die Lücke. Mit einem letzten energischen Ruck war ich draußen.

„Na bitte, passt doch", kommentierte Ferdi wohlwollend meine Verrenkungen. „Jetzt komm, das Abenteuer Liebe wartet."

Während wir nebeneinander zügig auf die Stadt zuliefen, fragte ich: „Hast du eigentlich Erfahrung mit läufigen Hündinnen? Ich meine…, ähh, bist du schon mal zum Zug gekommen."

„Klar!" meinte er großspurig. „Mein Herr erwartet von mir und den Mädels jedes Jahr einen Wurf Welpen. Ich hätte sehr gute

Gene, meint er, die müsse ich unbedingt weitergeben. Er verkauft die Welpen dann immer für sehr viel Geld. Und wie ist es bei dir? Konntest du schon mal bei einer Hündin landen?"

Ich dachte angestrengt nach, was in meinem Kopf wieder einmal ein schnelles Bild aufblitzen ließ. Lara. Die weiße Hündin, deren Stimme ich gehört hatte, erschien schemenhaft in meinen Gedanken. Doch genauso schnell war das Bild wieder verschwunden.

„Ich glaube schon, aber genau erinnern kann ich mich nicht." Ich seufzte schwer auf, was mir einen mitleidigen Blick von Ferdi einbrachte.

„Dann war es bestimmt auch so", meinte er tröstend. „Ein solches Erlebnis vergisst man nicht, zumindest nicht auf Dauer. Die Erinnerung daran kommt bestimmt zurück. Wäre ja auch schade, wenn du deine Gene nicht weitergeben würdest, so ein Prachtbursche, wie du bist."

Ich grunzte geschmeichelt, denn er hatte es durchaus ernst gesagt.

Der verführerische Duft der Hündin wurde intensiver, so dass wir immer öfter die Nasen in die Luft hielten und ihn begierig einsogen. Er berauschte uns und ließ uns schneller laufen. Zielstrebig hielten wir auf ein Grundstück zu, das etwas abseits am Ende der ersten Häuserzeile lag.

Vor einem eisernen Tor kamen wir zum Stehen und witterten sehnsüchtig durch die Gitterstäbe. Kein Zweifel, da hinter dem Zaun war sie irgendwo, die Hündin deren Duft uns angelockt hatte. Zu sehen war sie allerdings nicht und so liefen wir suchend am Zaun entlang, ob wir vielleicht ein Schlupfloch fänden.

Zu unserer großen Enttäuschung gab es jedoch nicht das kleinste Loch im Zaun. Auch das darunter durchgraben kam nicht in Frage, da ein niedriges Mäuerchen das vereitelte. Trotzdem wollten wir nicht so einfach aufgeben und patrouillierten das Grundstück nochmals ab. Leider mit dem gleichen

Ergebnis: es war kein Rankommen an das Objekt unserer Begierde.

Irgendwann meinte Ferdi wir hätten uns die Nacht wohl umsonst um die Ohren geschlagen und schlug vor, uns auf den Heimweg zu machen. Wenn wir zu spät kamen und man uns vermisste, würde es Ärger geben.

Ich warf einen letzten Blick durchs Gittertor und plötzlich blitzte wieder ein Bild in meinem Kopf auf. Der mit Gras und Büschen bewachsene Garten, die Auffahrt, die leicht bergan zum Haus hinführte. All das kam mir so bekannt vor. Mir kam plötzlich in den Sinn dass so ähnlich mein früheres Zuhause ausgesehen hatte.

„Komm endlich, Robin", unterbrach Ferdi drängend meine Erkenntnis. „Das wird nix mehr mit der Hündin, glaube mir. Wir müssen uns beeilen, sonst setzt es Schläge…"

Schläge? Nein, die wollte ich nicht riskieren. Deshalb beeilte ich mich, Ferdi hinterher zu rennen.

Völlig außer Atem kam ich hinter ihm am Zelt an. Er war schon durchgeschlüpft und schaute mir hechelnd zu, wie ich versuchte nach drinnen zu kommen. Auch die drei Pudelhündinnen schauten neugierig meinen Bemühungen zu und eine schleckte mir mitfühlend das Gesicht ab.

Endlich war ich durch, trabte zu meiner Decke und ließ mich aufatmend draufplumpsen. Ich musste dringend nachdenken.

Kapitel 22: Feuerwerk mit Folgen

Nach ein paar Tagen packten die Zirkusleute erneut alles zusammen und zogen weiter zum nächsten Platz. Ferdi erklärte mir unterwegs, das wäre der letzte Standplatz in diesem Jahr. Danach würden wir ins Winterquartier des Zirkus umziehen, wo wir dann bis zum Frühjahr blieben.

Tatsächlich war das sommerliche Wetter längst herbstlich kühl geworden. Es war mir gar nicht aufgefallen, weil ich mit dem Erlernen meiner Zirkusnummer und vor allem dem Nachdenken über mein vergessenes früheres Leben so beschäftigt war, dass mich kaum etwas anderes interessierte.

Die plötzliche Erkenntnis die mir vor dem Grundstück der läufigen Hündin gekommen war ließ mich seither nicht mehr los. Dazu kam dass sowohl Lara, als auch mein früheres Frauchen, die, wie ich erfahren hatte Tanja hieß, fast jede Nacht mit mir sprachen und versuchten mir mein Gedächtnis zurück zu bringen. Doch leider war mein Kopf immer noch blockiert und langsam befürchtete ich, dass meine Erinnerung nie mehr zurückkehren würde.

Ferdi wollte mich trösten, dass ich dann eben für immer beim Zirkus bleiben sollte. Er meinte, mir würde meine Rolle als Clown doch gut gefallen, unser Herr wäre zufrieden mit mir und würde mich doch auch gut behandeln. Wieso also nicht die Vergangenheit ruhen lassen und ein neues Leben als Zirkushund beginnen?

Ich dachte lange darüber nach. Und eigentlich fand ich das Zirkusleben ja auch ganz spannend. Die Zuschauer waren begeistert von meiner Darbietung und jubelten mir zu. Ich bekam ordentliches Futter und hatte nachts ein warmes Bett. Mit meinen tierischen Kumpels kam ich gut aus und vor den Menschen hatte ich auch nichts zu befürchten. Ich wurde sogar manchmal gelobt und gestreichelt. Ich hätte durchaus zufrieden sein können.

Doch tief in mir drin wusste ich, dass das nicht mein wahres Leben war. Ich war anderes gewohnt, wenn ich auch nicht mehr wusste was das gewesen war. Doch ich vermisste es trotzdem schrecklich. In mir war ein Sehnen nach irgendwas oder jemanden, für das ich einfach keine Erklärung fand.

Der neue Standplatz lag ebenfalls wieder ganz in der Nähe einer Stadt. Und außerdem gab es in einiger Entfernung zu uns noch einen Rummelplatz.

„Die Stadt feiert jedes Jahr ganz groß ein Fest, das Kirchweih heißt", erklärte mir Ferdi. „Und wir kommen jedes Jahr zum Saisonabschluss hierher um unsere letzte Vorstellung vor dem Winter zu geben."

Ich starrte zu dem Rummelplatz hin, der jetzt am Mittag noch nicht geöffnet hatte. Ich erinnerte mich daran schon einmal so etwas gesehen zu haben, doch nicht wo und mit wem. Ärgerlich schüttelte ich mich, die Lücken in meinem Gedächtnis brachten mich noch zum Verzweifeln.

„Hast du Angst vor Feuerwerk?", durchbrach Ferdis Stimme mein Grübeln. Ich schaute zu ihm hin. „Was denn für ein Feuerwerk?

„Na Feuerwerk eben. Raketen die bunte Sterne an den Himmel zaubern oder Blumen. Das macht immer mächtig Krach und viele Zirkustiere haben Angst davor. Heute Abend veranstaltet die Stadt hier ein Feuerwerk, machen die jedes Jahr so. Deshalb ist der Laster mit den Pferden noch nicht hier, die werden erst morgen gebracht, weil sie der Lärm so aufregt."

Ich dachte nach, dann schüttelte ich den Kopf. „Nein, Angst hab ich eigentlich keine. Sollte ich denn Angst haben?"

„Nee", meinte er lässig, „ich hab auch keine. Auch die Mädels nicht, wir sind das gewohnt. Aber es soll Hunde geben die dann völlig durchdrehen wenn's knallt. Na gut, dann kannst du ja heute Abend mit uns auf die Wiese kommen. Von dort sieht man die Raketen recht gut. Die meisten von den Zirkusleuten sind auch da, die sind immer ganz begeistert von der Vorstellung."

Bis zum Feuerwerk war noch lange Zeit, die Ferdi und ich damit verbrachten, über den neuen Platz zu bummeln um uns alles genau anzusehen. Im Gegensatz zu uns Rüden durften die Hündinnen nicht frei herumlaufen, was vor allem daran lag dass Kathi läufig geworden war und es auch bei Sofie bald soweit war. Seither waren die Mädels von uns getrennt und mussten im Wagen bleiben. Ferdi war jedoch zuversichtlich dass er sich bald mit Kathi verpaaren konnte, da unser Herr jeden Winter einen oder zwei Würfe mit den Hündinnen machte. Im Frühjahr verkaufte er dann die Welpen bevor der Zirkus wieder auf Wanderschaft ging.

Mir und auch Ferdi war es ganz recht dass die Hündinnen weggesperrt waren, so wurden wir nicht ständig von dem Duft abgelenkt, der uns Rüden den Verstand raubt.

Natürlich interessierte uns besonders der Platz auf dem die Schausteller ihre Buden und Fahrgeschäfte aufgestellt hatten. Neugierig beschnüffelten wir alles ganz genau und hoben mal hier und mal da das Bein. Da der Rummel noch nicht geöffnet hatte waren nur wenige Menschen da, die noch irgendwelche Arbeiten erledigten. Niemand scherte sich um uns, so arbeiteten wir uns langsam zu den Wagen der Schausteller vor, die ähnlich aussahen wie die der Zirkusleute. Dort trafen wir auf ein paar Hunde, die ebenfalls ihre neue Umgebung inspizierten und zogen mit ihnen gemeinsam umher. Erst als es Zeit zur abendlichen Fütterung wurde, trabten Ferdi und ich zu unserem Wagen zurück.

Der Beginn des Feuerwerks ließ auf sich warten, es war schon längst dunkel als es endlich begann. Ferdi und ich hatten es uns unter einem niedrigen Bäumchen bequem gemacht, etwas abseits von den Menschen die in kleinen Gruppen herumstanden, redeten, rauchten und immer wieder mal zum Himmel starrten, ob es endlich losginge.

Es war kühl und ich war müde vom langen Herumlaufen, am liebsten hätte ich mich im Stall unter meine Decke gekuschelt und geschlafen. Da Ferdi aber unbedingt das Feuerwerk sehen wollte blieb ich bei ihm. Wir saßen dicht beieinander um uns gegenseitig ein bisschen zu wärmen. Ich fror zwar nicht so schnell, doch Ferdi war vor einiger Zeit geschoren worden und seine Löckchen noch nicht wieder nachgewachsen. Als Kumpels teilt man alles, auch wenn es nur ein wenig Körperwärme ist.

Mit einem lauten Wumm begann das Spektakel endlich und eine einsame Rakete stieg hoch in den Himmel und zerplatzte dort. Ein Sternenregen fiel langsam zur Erde zurück.

Ferdi war aufgesprungen und blickte hechelnd zum Himmel hoch. Er trippelte auf der Stelle, so als könne er es gar nicht erwarten dass es weiterging. Als die nächsten Raketen hochstiegen hüpfte er aufgeregt hin und her und begann schließlich zu jaulen und zu bellen. Ich schaute ihn verwundert an, was er gar nicht bemerkte. Mit glänzenden Augen verfolgte er jede Rakete und zappelte hektisch hin und her. Er schien richtig gebannt von dem Schauspiel zu sein. Immer mehr Feuerwerkskörper stiegen immer schneller in die Luft und tauchten alles in buntes Licht. Langsam bildete sich ein dicker Nebel, der sachte über die Wiese auf uns zu waberte. Er trug einen seltsamen Geruch mit sich der mir bekannt vorkam, bloß wusste ich wieder mal nicht woher. Ich war auch immer noch durch Ferdis Gebaren abgelenkt, der wild hin und her sprang und hysterisch kläffte. Langsam fragte ich mich ob es ihm wirklich guttat, dem Feuerwerk zuzusehen.

Endlich hörte das dröhnende Knallen der detonierenden Feuerwerkskörper auf und die plötzliche Stille fühlte sich beunruhigend an. Sofort hörte auch Ferdi zu bellen auf und setzte sich hechelnd auf seinen Hintern.

Ich wollte gerade etwas zu ihm sagen, da krachte es noch einmal. Es war ein gewaltiger Donnerschlag, der mir in den

Ohren wehtat. Plötzlich schien sich alles um mich zu drehen und mir wurde schwarz vor Augen.

„…so wach doch auf, Robin! Robin!" Wie aus weiter Ferne drang Ferdis Stimme in meine Ohren. Ich versuchte mühsam die Augen zu öffnen, was mir erst nach mehrmaligen Versuchen gelang. Ich sah Ferdis Schnauze direkt vor meiner, besorgt starrten mich seine dunklen Augen an.

Als er merkte dass ich wieder bei Bewusstsein war, setzte er sich dicht neben mich. „Mann, Robin, du hast mir vielleicht einen Schrecken eingejagt. Was war denn los? Geht es dir wieder gut? Kannst du aufstehen?"

Da ich nicht wusste welche Frage ich zuerst beantworten sollte setzte ich mich auf und schüttelte mich erst einmal kräftig.

„Mir geht es gut", antwortete ich ihm, was auch durchaus der Wahrheit entsprach. Ich fühlte mich so wohl wie schon lange nicht mehr und mein Kopf fühlte sich frei an. Frei von nagenden Fragen, so als lägen alle Antworten vor mir ausgebreitet.

Ich starrte Ferdi an, der mich noch immer besorgt musterte.

„Ich weiß es wieder - alles. Es ist plötzlich alles wieder da…"

„Häh", machte er und guckte mich dümmlich an. Dann schien er ebenfalls zu verstehen. „Sag bloß dieses Feuerwerk…"

„Ja, ganz genau, das Feuerwerk. Es hat mir endlich meine Erinnerung zurückgebracht. Oder besser gesagt dieser laute letzte Schlag. Ich meinte plötzlich ich würde wieder in die Luft gewirbelt, genau wie damals…"

Wir machten uns auf den Weg zum Stallzelt und unterwegs begann ich damit Ferdi die ganze Geschichte zu erzählen, die jetzt wieder glasklar vor mir lag.

Da die Pferde noch nicht da waren war auch das Stallzelt nicht verschlossen. Wir betraten unseren ebenfalls nicht verschlossenen Verschlag und machten es uns unter unseren Decken gemütlich. Doch müde waren wir beide nicht mehr und so erzählte ich Ferdi die ganze Geschichte, angefangen beim

Diebstahl des Wohnmobils bis zu dem Zeitpunkt, da ich von den Zirkusleuten aufgelesen wurde.

Er hörte mir ehrfürchtig zu und unterbrach mich kaum einmal. Erst als ich geendet hatte meinte er sichtlich beeindruckt:

„Du bist ja ein richtiger Teufelskerl, Robin. Ich dachte immer du bist eine ganz gewöhnliche Bulldogge, aber du bist ein richtiger Held. Die vielen Hunde die du gerettet hast… und einen Bären. Wir hatten mal einen Tanzbären im Zirkus, um den haben alle Hunde einen großen Bogen gemacht. Und du rettest einfach so ein Tier. Hattest du keine Angst? Er hätte dich fressen können…"

„Ach, so schlimm war er gar nicht", wehrte ich bescheiden ab. „Er war froh, dass ich ihm zu fressen gebracht habe. Sein Herr wollte ihn erst verhungern lassen und später in die Luft sprengen. Ich hoffe er ist inzwischen in einem Bärenpark in Sicherheit."

Wir redeten noch eine Weile, dann übermannte uns die Müdigkeit. Kurz darauf hörte ich Ferdis leises Schnarchen, doch ich konnte nicht einschlafen. Obwohl ich sehr müde war, wartete ich auf die vertrauten Stimmen, die fast jede Nacht mit mir sprachen. Ich wollte ihnen unbedingt erzählen, dass ich endlich wieder alles wusste. Doch in dieser Nacht meldeten sie sich nicht. Schließlich siegte meine Müdigkeit und ich fiel in tiefen Schlaf.

Kapitel 23: Fluchtpläne

Dass ich so plötzlich wieder wusste wer ich war machte mein Leben noch komplizierter als es bisher schon war. Ich konnte mich am nächsten Tag nur schwer auf meinen Auftritt konzentrieren und wäre am liebsten gleich wieder aus der Manege gerannt. Zum Glück bemerkte Ferdi rechtzeitig meine Verwirrung und ermahnte mich leise aber eindringlich:

„Konzentriere dich Robin. Unser Herr hat dich ständig im Blick, er merkt dass du nicht bei der Sache bist. Riskier es nicht ihn zu verärgern. Er kann ziemlich ungemütlich werden wenn er wütend ist. Du willst doch sicher nicht dass er dich verprügelt."

Ich erschrak. Nein, Prügel wollte ich wirklich nicht bekommen. Deshalb verbannte ich meine Grübeleien in die hinterste Ecke meines Gehirns und spielte meine Clownsrolle so gut, dass das Publikum aus dem Lachen gar nicht mehr herauskam. Das schien unseren Herrn wieder so weit zu besänftigen dass er mir nach der Vorstellung nur einen, wenn auch kräftigen Klaps, auf den Po gab.

Später sprach mich Ferdi nochmal ungewohnt ernst auf die Sache an: „Ich weiß ja dass du dir viele Gedanken über deine zurückgekehrte Erinnerung an dein früheres Leben machst. Aber bitte nicht während der Vorstellungen. Du kennst unseren Herrn nicht so gut wie ich, deshalb muss ich dich warnen. Er ist nur solange nett zu uns wie wir parieren. Du hattest unglaubliches Glück dass du deinen Part als Clown so schnell begriffen hast. Da hatte es Kolja viel schwerer. Der wollte nicht in einem Clownskostüm die Leute zum Lachen bringen. Doch seine ganze Bulldoggen Sturheit nützte ihm nichts. Unser Herr hat ihn mit der Peitsche dazu gebracht ihm zu gehorchen. Kolja hatte kein schönes Leben hier und als er dann auch noch Kathi Junge gemacht hat, da musste er sterben. Ebenso wie seine neugeborenen Welpen wurde er erschlagen."

166

Ich schaute Ferdi mit großen Augen ungläubig an. Konnte es wirklich sein dass der Mann, der mich von der Straße aufgelesen hatte, so ein brutaler Mensch war? Ich konnte es mir eigentlich nicht vorstellen, doch wie Ferdi schon sagte, ich kannte ihn nicht so gut wie er.

„Hat er dich auch schon geprügelt?", wollte ich wissen. Ferdis düsterer Blick bestätigte es mir, bevor er antwortete.

„Anfangs ja, als ich noch ein junger Hund war. Ich habe jedoch schnell gelernt, wir Pudel sind ja bekannt für unsere Klugheit. Seither mache ich die albernen Spielchen in der Manege mit und habe dafür den Rest des Tages meine Ruhe. Die Mädels denken ebenso, deshalb geht es uns eigentlich ganz gut. Was allerdings aus uns wird, wenn wir alt oder krank werden…" Er vollendete den Satz nicht, obwohl er sicher wusste was dann geschehen würde.

Ich war schockiert, eigentlich hatte ich gedacht, dass es den Tieren in diesem Zirkus gut ginge, einmal davon abgesehen dass sie ständig an anderen Orten waren und für ihr Futter arbeiten mussten.

„Warum haut ihr nicht einfach ab? Ihr lauft doch oft frei herum, da wäre es ein leichtes, wegzulaufen."

Doch Ferdi schaute mich nur stirnrunzelnd an. „Nein, das ist keine Lösung. Wir gehören nun mal hierher, zu unserem Herrn und seiner Frau. Die übrigens viel netter ist als er. Doch leider hat sie nicht viel zu sagen, was uns betrifft. Sie sorgt fürs Futter, näht unsere albernen Kostüme und schert unser Fell, wenn es zu lang wird. Die Zirkusnummer ist sein Ding, da mischt sie sich nicht ein."

An diesem Abend verzog ich mich früh in mein Bett im Stall und kuschelte mich tief in meine Decke. Die Dinge, die ich zu überdenken hatte, wurden immer mehr. Und immer komplizierter. Ferdis Offenbarungen über das wahre Wesen unseres Herrn machten mir zu schaffen.

Ich kam jedoch nicht dazu intensiv darüber nachzudenken. Denn in meinem Kopf erklang endlich wieder die Stimme, auf die ich schon sehnsüchtig wartete. Ich konnte es kaum abwarten meinem geliebten Frauchen zu erzählen, dass ich endlich wieder wusste wer ich war – und wer sie war. Ich ließ sie kaum zu Wort kommen und sprudelte alles heraus. Sie freute sich natürlich riesig über meine zurückgekehrte Erinnerung und ich glaube, sie weinte sogar vor Freude.

Schließlich meinte sie, sie müsse die freudige Nachricht sofort an Felix weitergeben um mit ihm zu beraten, wie ich so schnell als möglich nach Hause geholt werden könne.

Als ihre Stimme aus meinem Kopf verschwunden war ließ sie eine Leere und Traurigkeit in mir zurück, die ich lange nicht mehr verspürt hatte. Die Sehnsucht nach meiner Familie, nach Felix, Tanja, Lara und der kleinen Lotta überfiel mich so vehement, dass ich am liebsten sofort aufgebrochen wäre um nach Hause zu laufen. Aber wie sollte ich das anfangen? Ganz allein auf mich gestellt, unendlich weit von zu Hause entfernt, ohne meine kluge Lara an meiner Seite. Und zu allem Übel begann auch bald der Winter. Ich würde in der Nacht ein Dach über dem Kopf brauchen, damit ich nicht erfror. Und wo bekam ich ausreichend Nahrung her? Diese und noch viel mehr Fragen schwirrten durch meinen Kopf und machten mich ganz konfus.

„Ach, hier bist du, ich habe dich schon überall gesucht. Was machst du denn um diese Zeit im Stall, schläfst du etwa schon?", durchbrach Ferdis vorwurfsvolle Stimme meine grüblerischen Gedanken.

Froh mit jemand reden zu können, streckte ich meinen Kopf aus der Decke. Er brauchte nur einen Blick auf mich zu werfen, um Bescheid zu wissen. „Oh je, da grübelt wieder jemand über sein weiteres Leben nach."

Er ging zu seiner Decke, nahm eine Ecke zwischen die Zähne und drehte sich dann einige Male im Kreis. Schließlich legte er sich nieder, die Decke wie ein Schneckenhaus um seinen Körper gewunden. Nur seine Nase und die dunklen Augen schauten darunter hervor. Sie musterten mich nachdenklich.

„Nun erzähl schon was du auf dem Herzen hast. Obwohl ich es mir schon denken kann."

„Ich muss hier weg", platzte ich heraus. „Ich muss versuchen, wieder nach Hause zu kommen. Jetzt, wo ich endlich wieder weiß wohin ich gehöre, hält mich hier nichts mehr…"

Ich schaute ihn fast ängstlich an was er dazu sagen würde. Denn natürlich würde er mich umstimmen wollen, damit ich hier blieb.

Doch zu meiner grenzenlosen Verwunderung nickte er nur sinnend. „Das hab ich mir schon gedacht", sagte er. „Um ehrlich zu sein hatte ich halb und halb befürchtet du wärst bereits abgehauen. Deswegen hab ich ja nach dir gesucht."

„Du willst es mir nicht ausreden? Ich dachte eigentlich…"

„Würdest du es dir denn ausreden lassen?" wollte er wissen und beantwortete seine Frage gleich selbst. „Ganz sicher nicht, dazu kenne ich dich zu gut."

Einen Moment starrten wir uns stumm an, dann redete er weiter. „Nein, ich will es dir nicht ausreden, im Gegenteil ich möchte dich darin bestärken es zu tun."

„Ääh…, das freut mich natürlich. Wenn ich auch nicht…" erneut kam ich ins Stocken.

„Nun, das ist ganz einfach mein lieber Robin. Weil ich dich beneide."

„Beneiden – du mich? Aber wieso?" Ich hoffte Ferdi hielt mich nicht für so dumm wie ich mir im Moment selbst vorkam. Aber ich verstand ihn wirklich nicht. Ich war im Begriff die vielleicht dümmste Entscheidung meines Lebens zu treffen, die mich sogar das Leben kosten könnte, und er beneidete mich deswegen?

„Nun, nicht um das was du vorhast, denn das ist sehr gefährlich. Aber das weißt du ja selbst. Nein, ich beneide dich um deine

Familie. Für deinen Stand, den du in dieser Familie hast. Du bist dort nicht nur ein Hund, der zwar ganz gut lebt aber eben nur ein Hund ist. Deine Familie setzt Himmel und Hölle in Bewegung damit du wieder bei ihnen sein kannst. Sie haben sogar gelernt über die Entfernung zu dir zu sprechen um dir zu sagen, dass sie dich vermissen. Und du setzt ebenfalls Himmel und Hölle in Bewegung um zu ihnen zurückzukehren. Und ja, ich beneide dich um diese Liebe, die sie dir entgegenbringen. So geliebt zu werden das ist das Größte für jeden Hund. Ich würde mein Leben dafür geben so etwas zu erfahren."

Ich starrte ihn stumm an weil ich nicht wusste was ich darauf antworten solle. Aber Ferdi hatte Recht, ich würde ohne zu zögern mein Leben riskieren nur um nach Hause zurückzukehren. Wenn ich es nicht schaffte so war mein Leben wertlos. Denn ohne meine Familie wollte ich nicht weiterleben.

„Trotzdem muss ich dich warnen", durchbrach Ferdis Stimme meine Erkenntnisse. Er schaute mich sehr ernst an, bevor er weiter sprach.

„Überstürze bitte nichts was deine Fluchtpläne betrifft. Natürlich kann ich verstehen dass du am liebsten sofort von hier aufbrechen würdest. Aber das wäre verdammt unklug. Es wird bald Winter und du bist ein Haushund. Du wirst nachts ein warmes Lager und jeden Tag mindestens eine ausreichende Mahlzeit brauchen. Wo willst du das herbekommen?"

„Was würdest du mir denn raten?" fragte ich ihn kleinlaut, denn er hatte ja Recht, obwohl ich seine Antwort schon ahnte. Sie kam prompt. „Bleib vorerst noch hier beim Zirkus. Hier bist du mit allem versorgt und kannst ganz in Ruhe überlegen wie du am sichersten nach Hause kommst. Im Winterlager ist nur wenig los, da hast du Zeit zum Nachdenken. Das Training für die nächste Saison beginnt für uns erst kurz vor dem Frühjahr wieder. Die Mädels werden damit beschäftigt sein ihre Würfe großzuziehen, da sind Rüden eh nicht dabei erwünscht. Wir beide könnten ganz in Ruhe einen Plan ausarbeiten."

„Würdest du denn mit mir kommen?" Daran hatte ich noch gar nicht gedacht. Aber mit dem schlauen Ferdi an meiner Seite wäre mein Plan sicher leichter durchzuführen.

Doch zu meiner Enttäuschung schüttelte er den Kopf. „Nein, das kann ich nicht tun. So wie du zu deiner Familie, so gehöre ich hierher. Auch wenn mein Herr mir nicht das bieten kann was dir deine Familie bietet. Dennoch fühle ich mich ihm verbunden und noch mehr meinen Mädels. Ich kann sie nicht verlassen. Und zudem, was würde aus mir wenn du wieder zu Hause bist?" Nun, ähh, vielleicht könntest du ja ebenfalls bei uns wohnen. Meine Leute sind sehr tierlieb…"

„Nein, das ist nett gemeint von dir aber mein Platz ist hier beim Zirkus und meinen Mädels. Aber wenn es an der Zeit ist helfe ich dir gern von hier wegzukommen. Was hältst du von meinem Vorschlag?"

Ich brauchte nicht nachzudenken, Ferdis Hilfe konnte ich dringend gebrauchen. Auch wenn sein Vorschlag mich noch eine Weile beim Zirkus halten würde, so ging ich doch schweren Herzens darauf ein.

Ein paar Tage später waren wir unterwegs ins Winterlager des Zirkus. Ich saß mit Ferdi, abgetrennt von den drei Hündinnen, in einer hölzernen Kiste die unser Herr extra für mich zusammengezimmert hatte. Er wollte dadurch verhindern, dass ich mich während der Fahrt mit der läufigen Hündin einließ. Ferdi war freiwillig zu mir herein geschlüpft, damit ich nicht allein saß.

Er hatte sich bereits mit der läufigen Hündin gepaart, natürlich unter der Aufsicht unseres Herrn, deshalb war er um einiges entspannter als ich. Der betörende Duft der in meine Nase drang machte mich unruhig und brachte mich zum Hecheln. Was Ferdi jedoch geflissentlich ignorierte. Wir waren zwar beste Kumpels, was aber nicht hieß dass er mir seine Hündin überlassen würde.

Die Fahrt dauerte sehr lange, es war schon dunkel als wir endlich das Winterlager erreichten. Unterwegs hatten wir nur einmal kurz haltgemacht, damit die Männer und auch wir Hunde mal pinkeln konnten. Etwas zu Fressen hatte es den ganzen Tag nicht gegeben und mir war schon schlecht vor Hunger. Ein Gespräch war zwischen Ferdi und mir während der Fahrt nicht so recht in Gang gekommen, wir hatten meist dösend nebeneinander gelegen.

Jetzt, nachdem wir angekommen waren, wurde Ferdi munter. Er wollte schnell raus und erst einmal eine Runde rennen. Bewegung kam bei ihm noch lange vorm Fressen. Nicht so bei mir, die rüttelnden Stöße in der Kiste hatten mir als Bewegung gereicht. Jetzt wollte ich nur eine üppige Mahlzeit und dann mein gemütliches Bett unter meinem durchgeschüttelten Körper.

Endlich konnten wir unsere Kiste verlassen und ich hatte wieder festen Boden unter den Füßen. Während ich mich in der Dunkelheit zu orientieren versuchte, sprang Ferdi mit einem Satz aus dem Wagen und rannte davon. Ich hörte sein Bellen, das schnell immer entfernter klang. Niemand kümmerte sich um uns, die Männer waren schon wieder beschäftigt mit Abladen.

Nachdem ich eine Weile rumgestanden war, bummelte ich ein wenig umher, immer darauf bedacht mich nicht allzu weit vom Lager zu entfernen. Ich hielt nach Ferdi Ausschau, der erst nach einer gefühlten Ewigkeit zurückkam. Zufrieden hechelnd warf er sich neben mir auf den kalten Boden.

„Puh, das war nötig, jetzt fühle ich mich gleich viel wohler. Was ist mit dir? Hast du dir schon genug die Beine vertreten?"

„Ich komme um vor Hunger", murrte ich missmutig. „Meinst du wir bekommen heute überhaupt noch was?"

„Ein bisschen Hunger habe ich jetzt auch", gab Ferdi zu und erhob sich wieder. Nachdem er sich kräftig geschüttelt hatte trabte er in Richtung der Ansammlung von Häusern und Wagen zurück. Über die Schulter rief er mir zu: „Kommst du?"

Natürlich kam ich mit ihm, was für eine Frage. Wenn einer wusste wo es was zu essen für uns gab, dann Ferdi. Er steuerte zielstrebig eines der wenigen Häuser an, die aus Stein gebaut waren. Daneben gab es zwei Stallungen aus Holz, von der eine vermutlich unsere Unterkunft sein würde.

Jetzt, wo es nachts empfindlich kalt wurde, sehnte ich mich nach meinen gemütlichen Körbchen in der Küche oder im gut beheizten Wohnzimmer in meinem richtigen Zuhause. Hier würde ich mit den anderen Hunden im Stall schlafen müssen, der nur durch die Körperwärme der Pferde angewärmt wurde. Aber die gemütliche Wärme einer Heizung würden die vermutlich nicht erbringen. Und meine Decke war auch nicht so schön warm und kuschelig wie die zu Hause.

Ferdi führte mich zum Haus und bellte vor der Tür. Ich stellte mich dicht neben ihn, damit ich auch ja nicht übersehen wurde sobald geöffnet wurde.

Unser Frauchen öffnete die Tür und ließ uns herein. Hinter Ferdi trottete ich in eine kleine Küche aus der es verführerisch nach Essen roch. Meine Laune besserte sich sofort. Das Futter war zwar ebenfalls ganz anders als ich es von daheim gewohnt war, doch es schmeckte mir und machte mich satt. Und mit gut gefülltem Bauch kam mir die Zirkuswelt gleich nicht mehr gar so trist vor.

Nicht mehr jede Nacht, doch hin und wieder, hörte ich Tanja zu mir sprechen. Sie fragte mich jedes Mal wie es mir ging und ob ich irgendeinen Hinweis auf den Ort hätte, an dem ich mich befand. Und jedes Mal konnte ich ihr nur antworten dass ich es nicht wusste.

Natürlich hatte ich längst Ferdi danach gefragt, doch der kannte den Namen des Camps nicht und meinte, es hätte vermutlich gar keinen.

Auch den Namen der nächsten Ortschaft wusste er nicht. Obwohl er schon einige Male dort gewesen war, wie er mir erzählte. Er durfte seinen Herrn manchmal begleiten, wenn der zum Einkaufen hinfuhr. Sogar beim Tierarzt des Ortes war er schon einmal gewesen, wegen eins üblen Schnitts am Fußballen, nachdem er in eine Glasscherbe getreten war. Doch das brachte mich auch nicht weiter.

Kapitel 24: Ein riskantes Vorhaben

Im Stall war es wärmer als ich es mir vorgestellt hatte. Er war klein, im Gegensatz zu dem Stallzelt, in dem wir bisher geschlafen hatten. Unser Verschlag lag den Pferdeboxen gegenüber, so dass die Wärme der mächtigen Leiber zu uns herüber strahlte. Zudem lagen wir auf einer richtig dicken Strohschicht, die keine Bodenkälte durchließ. Und auch die Wand war mit Strohballen gegen die Kälte gepolstert.

Die Gefahr zu erfrieren war somit vermutlich geringer als ich befürchtet hatte. Selbst wenn der Winter so hart werden würde, wie Ferdi mir prophezeit hatte.

„Es schneit oft tagelang und das ganze Dörfchen liegt unter einer weißen Schneedecke begraben", erzählte er mir. „Nur weil die Schornsteine qualmen erkennt man, dass hier Leute wohnen. Die Männer schaufeln dann kleine Wege zwischen den Häusern frei, damit sie von einem zum anderen kommen."

„Und die Tiere? Wie kommen die heraus?" wollte ich wissen.

„Gar nicht, die bleiben in den Ställen bis der Schnee geschmolzen ist. Nur ab und zu wird ein Pferd vor den Schlitten gespannt. Dann fahren ein paar Männer in den nächsten Ort um einzukaufen. Manchmal geht es auch in den Wald um Holz zu holen. Oder sie kaufen Heu und Stroh bei einem Bauern."

„Aber das muss doch ein furchtbar langweiliges Leben sein", bemerkte ich schaudernd.

„Bei uns gibt es im Winter nur manchmal Schnee. Der liegt dann höchstens mal so hoch, dass er mir bis zum Bauch geht. Das ist immer ein Riesenspaß für Lara und mich. Wir gehen dann mit unserer Familie in den Wald oder in die Felder. Die kleine Lotta sitzt in ihrem Schlitten und ist dick eingepackt, damit sie nicht friert. Lara hat einen Schal um, den ihr die Oma gestrickt hat, damit sie keine Halsschmerzen bekommt. Sie hat nicht so ein dickes Fell wie ich, ich brauche keinen Schal. Lara und ich toben dann durch den Schnee bis wir müde sind. Dann gehen wir nach Hause und schlafen auf dem Teppich vor der Heizung..."

Ich starrte zu Boden weil ich plötzlich so ein Heimweh bekam, dass ich am liebsten zu heulen angefangen hätte. Der Winter zu Hause war so schön, selbst wenn es nicht schneite. Es gab dann diese Zeit, von den Menschen Advent genannt, in der sie Kerzen anzündeten und selbst gebackene Plätzchen und Lebkuchen aßen und duftenden Glühwein tranken.

Und dann später Weihnachten - ich liebte Weihnachten. Da trafen sich alle Verwandten bei uns und wir feierten gemeinsam ein großes Fest. Es gab viel zu essen und für jeden Geschenke, die verteilt wurden.

Ich blickte zu Ferdi hin der mich irritiert anstarrte, weil er merkte dass ich plötzlich traurig war.

„Ich kann nicht hierbleiben, bis der Winter vorbei ist", platzte ich heraus. „Ich muss heim zu meiner Familie. Ich will Weihnachten mit ihnen feiern. Nicht hier in einem dunklen Pferdestall und mit Schnee, der bis ans Fenster reicht. Das ist nicht meine Welt."

Ferdi schaute mich lange stumm an, dann nickte er nachdenklich. „Ich weiß zwar nicht was Weihnachten ist aber ich kann dich verstehen. Du bist halt mal ein richtiger Haushund und gehörst nicht hierher. So gerne ich dich halten möchte, denn du bist ein wahrer Kumpel. Doch du würdest den Winter hier im Camp nicht überstehen. So stark und robust wie dein Äußeres ist, deine Seele ist so treu und unverbrüchlich deiner Familie verschrieben."

In dieser Nacht war es nicht Tanja, sondern Lara, die zu mir sprach. Mit ihr zu reden fiel mir viel leichter als mit Tanja. Was wohl daran lag, dass ich der Kommunikation mit Menschen nie so viel Bedeutung zugestanden hatte, wie ich es mir jetzt gewünscht hätte.

Lara hingegen hatte schon als Welpe von Tanja gelernt über ihre Gedanken miteinander zu reden und beherrschte die

Tierkommunikation sozusagen im Schlaf. Deshalb meldete sie sich jetzt öfter bei mir, um mir alles zu erklären, was ich nicht verstanden hatte. Und um mich zu trösten wenn ich mutlos war und Angst hatte, nie mehr nach Hause zu kommen. So wie auch in dieser Nacht.

„Du kommst wieder zurück zu uns", erklärte sie mir mit einer Überzeugung, die ich ebenfalls gerne besessen hätte.

„Ich weiß es und fühle es ganz deutlich. Du musst dich nur endlich trauen dich auf den Weg zu machen. Lauf zu diesem Ort in deiner Nähe und suche dort diesen Tierarzt auf, von dem du mir erzählt hast. Geh einfach in seine Praxis und bleibe dort so lange bis er auf die Idee kommt, deinen Chip auszulesen. Dann kann er dein Zuhause bei Tasso erfragen. Felix würde auf der Stelle zu ihm fahren um dich dort abzuholen. Er vermisst dich ganz schrecklich und guckt ständig in seinen Computer ob er irgendetwas über den Zirkus erfährt, bei dem du bist."

Felix, bei dem Gedanken an ihn hätte ich erneut zu heulen anfangen können vor Schmerz. Würde ich ihn jemals wiedersehen? Ihn und Tanja, die kleine Lotta und meine Lara? Nie, nie mehr, so schwor ich mir, würde ich auch nur noch einen Schritt von ihrer Seite weichen, sollte ich jemals wieder heim kommen. Nachdem sich Lara aus meinem Kopf verabschiedet hatte, ließ sie mich im tiefen Elend zurück. Ich wollte endlich nach Hause, zu meiner Familie, dorthin, wo ich hin gehörte. Keinen Tag länger konnte ich hierbleiben.

Gleich morgen früh, sobald es hell wurde, würde ich mich davonschleichen. Sobald Ferdi seinen allmorgendlichen Abstecher zu seinen Mädels machte, um dort nach dem Rechten zu sehen. Denn er würde mich vermutlich überreden wollen doch noch eine Weile zu bleiben.

Doch ich wollte und konnte einfach nicht mehr bleiben.

Ich tat als würde ich noch schlafen, als Ferdi aufstand und sich gähnend dehnte und reckte. Ich spürte wie mich sein prüfender

Blick traf, doch ich rührte mich nicht. Mein Herz pochte jedoch so schnell dass ich meinte er könne es hören. Wie gern wollte ich mich von ihm verabschieden, aber ich hatte Angst davor.

„Lebe wohl mein Freund und viel Glück", hörte ich ihn murmeln. Erstaunt hob ich den Kopf und blickte ihm nach. Er schlüpfte durch den engen Türspalt und war verschwunden, eh ich noch ein Wort erwidern konnte. Vermutlich ging es ihm wie mir, er wollte nicht dass ich meinen Entschluss doch noch änderte.

Ich wartete noch eine Weile bis ich sicher war, dass er bei seinen Mädels angekommen war, dann stand ich ebenfalls auf. Mit einem letzten Blick in die Runde verabschiedete ich mich innerlich vom Zirkus. Das kleine Pferdchen, mit dem ich in der Manege aufgetreten war, wieherte mir zu. So als wüsste es ebenfalls, dass wir uns nicht mehr wiedersehen würden. Einen Moment blickten wir uns gegenseitig in die Augen, dann nickte es mit dem Kopf. Ich drehte mich um und lief zur Tür, stieß sie mit der Schnauze auf und schlüpfte durch den Spalt. Dann lief ich in mäßigem Tempo in Richtung des Weges, der aus dem Camp führte. Hin und wieder hob ich das Bein an einem Strauch oder roch am Boden, so dass es für einen zufälligen Beobachter aussah, als würde ich nur meine morgendliche Runde machen. Erst als ich um die Wegbiegung herum und außer Sicht war lief ich zügiger los in Richtung der Ortschaft. Mit der Hoffnung im Herzen dort auf einen Menschen zu treffen, der mich nach Hause bringen würde.

Kein einziges Mal blickte ich zurück zum Zirkus, der mein neues Zuhause hätte werden können. Ich dachte an Ferdis Worte: „Blicke nicht zurück, wenn du uns verlässt, das bringt dir Unglück."

Je weiter ich lief desto befreiter fühlte ich mich. Plötzlich war ich mir sicher, dass ich endlich den richtigen Weg ging, den, der mich nach Hause brachte. Wie ich das bewerkstelligen wollte, darüber dachte ich nicht mehr nach.

Der Weg zu der Ortschaft zog sich länger als ich vermutet hatte dahin. Mein Magen knurrte und ich überlegte ob es nicht besser gewesen wäre erst das Frühstück abzuwarten.

Doch jetzt war es zu spät darüber nachzudenken. Ich blieb stehen und reckte den Hals. Wo war nur diese Ortschaft? Ich war schon so lange unterwegs, die musste doch endlich auftauchen. Aber ich sah nur Bäume auf beiden Seiten der Straße. Kein Haus weit und breit.

Es war ziemlich kühl und die Luft roch nach Schnee. Der würde mir gerade noch fehlen, dachte ich besorgt. Was sollte ich machen, wenn es anfing zu schneien und ich noch immer die Ortschaft nicht erreicht hatte?

Ich hatte zwar keine Angst gleich zu erfrieren, mein Fell war recht dicht geworden und im Gegensatz zu den meisten anderen Bulldoggen wuchs mir im Winter eine dicke wärmende Unterwolle. Die ließ mich zwar molliger aussehen als ich war, hielt mich aber schön warm und hielt sogar Nässe ab. Lara zog mich jeden Herbst damit auf dass ich dick würde, in Wahrheit beneidete sie mich jedoch um mein dichtes Fell. Denn weil ihr Fell so dünn war bekam sie an kaltem Wetter von Tanja ein Mäntelchen angezogen, damit sie nicht krank wurde.

Ich trabte weiter unermüdlich neben der Straße dahin, immer wenn ein Auto kam schlug ich mich in die Büsche. Ich wollte nicht dass mich jemand sah, der vom Zirkus kam. Vermutlich suchte man dort schon nach mir und es konnte gut sein dass jemand die Straße abfuhr.

Fast hätte ich den schmalen Fußweg übersehen, der von der Straße weg und in den Wald führte. Ich blieb unschlüssig stehen und überlegte, ob er mich vielleicht in den Ort führen würde. Wohl eher nicht, sagte mir mein Verstand, ich sollte besser auf der Straße bleiben.

Dennoch, dieser Weg zog mich fast magisch an, nur wusste ich nicht warum. Es war ein ganz gewöhnlicher kleiner Waldweg, so wie ich schon viele gegangen war.

Ich setzte mich auf meinen Hintern weil ich dann besser überlegen kann und schaute mich um. Ich konnte jedoch nichts
Besonderes an diesem Weg entdecken. Warum also zog er mich
so an?

Das einzig Ungewöhnliche war ein großes Schild, das auf
irgendetwas hinwies. Da ich aber weder Schilder lesen noch
deuten konnte, würde es mir vermutlich kaum als Wegweiser
dienen. Trotzdem dachte ich bei mir, genauer anschauen konnte
ich es mir ja mal.

Als ich davorstand, erkannte ich, dass es gar kein Straßenschild
war. Denn neben den für mich unleserlichen Buchstaben war
ein buntes Bild auf das Schild gemalt und ein Pfeil zeigte in den
Weg hinein. Vielleicht führte es ja zu einer Gaststätte, überlegte
ich, und sofort begann mein Magen zu grummeln. An Wander-
wegen, das wusste ich von Ausflügen mit meiner Familie, sah
man öfter solche Schilder die auf Gasthäuser hinwiesen. Das
musste ich mir unbedingt genauer ansehen.

Um mir das Bild auf dem Schild genauer betrachten zu können
musste ich mich an einem der hölzernen Pfosten aufrichten, an
dem es befestigt war.

Es dauerte eine Weile bis ich meine Augen auf das Bild
zwischen den vielen Buchstaben eingestimmt hatte, dann
starrte ich angestrengt darauf. Es ist nicht einfach für einen
Hund zu erkennen, was da aufgemalt war. Aber für mich, der
ich mir zu Hause gerne mal mit der kleinen Lotta im Fernsehen
den Kindersender angucke, ist das kein unüberwindliches
Problem. Ich erkannte einen Hügel, auf dem ein sehr großer
Mann mit riesigen weißen Flügeln stand. Er stach mit einem
Schwert auf ein Untier ein, das einer Eidechse ähnlich war, aber
viel größer und gefährlicher aussah.

Hmm, das gefiel mir gar nicht. Am Ende gab es dort tatsächlich
solch ein Riesentier, das womöglich sogar Hunde fraß. Vielleicht war es doch besser wenn ich auf der Straße weiterlief?
Doch irgendwas an dem Bild kam mir vertraut vor, so als hätte

ich ein ähnliches schon einmal gesehen. Dann fiel es mir ein: Tanja hatte zu Hause eine Statue im Regal in ihrem Behandlungszimmer stehen, die dem geflügelten Mann auf dem Bild sehr ähnlich sah.

Und Lara hatte mir irgendwann einmal erklärt was es damit auf sich hatte.

„Das ist der Erzengel Michael", erzählte sie mir damals, als wir noch nicht lange zusammen waren.

„Was ist ein Erzengel?" hatte ich sie gefragt, weil ich das Wort noch nie zuvor gehört hatte. Und Lara erklärte mir: Erzengel sehen aus wie Menschen, haben aber große weiße Flügel wie Schwäne. Sie sind in den Wolken daheim, weit oben über der Regenbogenbrücke, über die wir alle einmal gehen wenn wir sterben."

„Und was machen sie da oben?" hatte ich wissen wollen. „Und vor allem, was hat Tanja mit ihnen zu tun?"

Lara wusste auch das und erklärte mir weiter:

„Nur einige Menschen wissen um die Erzengel und ihre Aufgaben. Tanja gehört dazu, weil sie sehr spirituell veranlagt ist. Sie kann nicht nur mit uns Tieren, sondern auch mit den Engeln sprechen und sie ruft sie manchmal an, wenn sie ihren Beistand braucht. Den Erzengel Raphael bittet sie um Hilfe wenn sie ein schwerkrankes Tier behandelt, er ist ein großer Heiler. Und Erzengel Azrael steht den Tieren und Menschen bei, die bald sterben werden. Dieser hier, der Erzengel Michael, hilft in allen möglichen gefährlichen Situationen. Wenn man in Not ist muss man ihn nur anrufen und um seine Hilfe bitten…"

Ich starrte den Engel auf dem Bild lange an. Würde er auch mir helfen, wenn ich ihn um Hilfe bäte? Oder war er nur für Menschen zuständig? Aber wenn der Erzengel Raphael kranken Hunden half gesund zu werden, dann würde Michael vielleicht auch einem Hund helfen, sein Zuhause wiederzufinden.

Entschlossen ließ ich mich auf meine Vorderpfoten fallen und schlug den Weg ein, der mich zu Erzengel Michael führen würde. Wenn Tanja an ihn glaubte, so wollte ich das auch tun. Ich würde ihn aufsuchen und um Hilfe bitten. Wer, außer er, könnte mir sonst helfen?

Kapitel 25: Ein seltsamer Traum

Der Weg zum Erzengel Michael war schwieriger als ich es mir vorgestellt hatte. Der Waldweg dorthin wurde steiler und schmäler. Irgendwann war es nur noch ein kleiner Pfad, der sich den Berg hinauf schlängelte. Meine Pfoten taten mir weh, ich war es nicht mehr gewohnt weit zu laufen seit ich beim Zirkus gestrandet war. Dort war niemand mit mir spazieren gegangen außer Ferdi. Und der lief nach seinem morgendlichen Frühspurt auch nur noch in der Nähe des Camps herum.

Doch aufgeben würde ich nicht. Dieser Erzengel Michael war die einzige Chance die ich noch hatte wieder nach Hause zu kommen. Davon war ich inzwischen überzeugt. Ich musste ihn nur noch finden.

Und dann war ich endlich am Ende des Berges angelangt. Doch hier gab es nichts außer dürren Büschen, vielen Steinen und sandigen Stellen dazwischen. Wo sollte ich hier auf Erzengel Michael treffen? Ratlos schaute ich mich um.

In einiger Entfernung entdeckte ich ein paar Felsen die steil in den Himmel aufragten und etwas sagte mir, ich sollte darauf zulaufen. Vielleicht lag ja dazwischen das Haus in dem der Engel wohnte.

Was ich fand war jedoch nur eine kleine Kapelle, die in die Felsen hineingebaut war. Ich war enttäuscht, aber wenn ich nun schon hier war konnte ich das kleine Stück zu der Kapelle auch noch laufen. Eine Holztür versperrte mir jedoch den Zugang, frustriert ließ ich mich davor nieder und legte den Kopf auf meine Pfoten. Jetzt war ich soweit gelaufen und dann das. Ich war müde, durstig und hungrig und meine Pfoten taten mir weh. Und was das Allerschlimmste war, ich hatte keine Ahnung was ich nun tun sollte. Mit einem Seufzer schloss ich die Augen und muss wohl eingeschlafen sein.

Irgendetwas kitzelte mich an der Nase und ich öffnete die Augen. Weiße Flocken tanzten um mich herum und blieben auf meinem Fell liegen. Schnee, auch das noch, mir blieb auch wirklich gar nichts erspart.

Was sollte ich bloß tun? Es schneite immer heftiger und würde bestimmt so schnell nicht aufhören. In die Kapelle kam ich nicht hinein und außerdem war es fraglich, ob Erzengel Michael überhaupt darin wohnte. Wie konnte ich nur so dumm sein zu denken, dass er hier zuhause war. Hatte mir Lara nicht gesagt er wohne in den Wolken über der Regenbogenbrücke? Warum fiel mir das erst jetzt wieder ein?

Ich überlegte ernsthaft zum Zirkus zurückzukehren. Dort bekam ich kräftige Mahlzeiten und hatte einen warmen Platz. Und Ferdi war da, damit ich mich nicht allzu einsam fühlte.

Aber genauso schnell verwarf ich den Gedanken wieder. Nein, ich wollte nach Hause zu meiner Familie. Niemals konnte der Zirkus mir auch nur annähernd die Liebe und Geborgenheit meiner Familie geben. Und wenn es mir verwehrt war dorthin zurückzukehren, dann wollte ich eben hier sterben. Erneut schloss ich die Augen.

Die Berührung war so sanft, dass ich erst gar nicht darauf reagierte. Eine Hand legte sich auf meinen Kopf und strich den Schnee herunter. Ich schaute schlaftrunken hoch und in das Gesicht eines Mannes. Obwohl er sich zu mir herunter beugte erkannte ich, dass er sehr groß und schlank war. Seine Haare waren hell, ich glaube das heißt blond, und für einen Mann ziemlich lang. In leichten Locken fielen sie ihm bis auf die Schultern. Seine Augen waren von einem hellen Himmelblau und sein Blick ruhte äußerst intensiv auf mir.

„Was machst du denn hier, so ganz allein?" fragte er mich. „Der Schnee hat dich schon fast gänzlich zugedeckt. Das ist nicht der richtige Ort für einen Hund. Du wirst hier erfrieren."

Mir doch egal, dachte ich trotzig. Wenn ich nicht mehr heim komme zu meiner Familie, dann kann ich auch gleich hier sterben.

„Wer sagt denn, dass du nicht mehr nach Hause kommst? Noch hast du nicht alle Möglichkeiten ausgeschöpft. Komm erst einmal mit mir in mein Zuhause. Dort überlegen wir gemeinsam wie wir deine Familie finden können."

Endlich ein Mensch der mich verstand, dankbar wedelte ich mit meinem Stummelschwanz, zumindest wackelte ich damit. Ich wollte mich erheben, doch war ich von der Kälte ziemlich steif und meine Beine versagten mir erst einmal den Dienst. Mühsam stemmte ich mich hoch und schüttelte den Schnee von meinem Rücken, dann wollte ich dem Mann folgen, der langsam vor mir herlief.

Warum taten mir nur meine Pfoten so weh? Bei jedem Schritt meinte ich, ich liefe über spitze Steine. Jetzt rächte sich mein müßiges Leben beim Zirkus. Dort war ich meist auf Stroh oder Sägespänen gelaufen.

Meine Pfoten, das lange Laufen nicht mehr gewohnt, waren wund gelaufen. Doch schmerzende Füße oder nicht, ich musste diesem Mann hinterher laufen, wollte ich nicht hier erfrieren. Also humpelte ich los.

Schon nach ein paar Schritten merkte er, dass ich nicht nachkam und blieb stehen um sich nach mir umzusehen.

„Was ist denn los? Kannst du nicht richtig laufen?" wollte er wissen und schaute mich mitleidig an. „Na komm, dann trag ich dich ein Stück, ist ja nicht allzu weit zu meinem Haus."

Er packte mich und hob mich mit einer Leichtigkeit hoch, als wäre ich ein kleiner Welpe. Da ich es nicht gewohnt war getragen zu werden, verkrampfte ich mich und fing zu hecheln an. Hoffentlich lässt er mich nicht fallen, dachte ich, und schaute ängstlich zu Boden.

„Keine Angst ich lass dich nicht fallen", beruhigte er mich mit sanfter Stimme. „Entspann dich einfach und schlaf noch ein bisschen, ich wecke dich wenn wir angekommen sind."

Seltsamerweise schwand meine Angst auf der Stelle und ich wurde so müde, dass ich vergeblich versuchte meine Augen aufzuhalten. Obwohl ich nicht richtig einschlief döste ich so entspannt auf seinen Armen, als läge ich zu Hause in meinem Körbchen.

Ich schaute erst auf als ich auf einem weichen Untergrund abgesetzt wurde. Verwundert blickte ich mich um. Ich befand mich plötzlich in einem kleinen Zimmer und behagliche Wärme umfing mich. Unter mir lag eine dicke flauschige Decke und der Mann kam aus einem anderen Zimmer auf mich zu und stellte mir eine Schüssel, gefüllt mit einer warmen dicken Fleischsuppe, hin. Sie roch so köstlich, dass ich nicht lange überlegte und mich sofort darüber hermachte.

Nachdem ich auch noch den letzten Krümel aus der Schüssel geleckt hatte setzte ich mich hin und machte ein kräftiges Bäuerchen. Dankbar schaute ich zu meinem Retter auf und schleckte mir betont über die Lefzen, damit er sah wie gut es mir geschmeckt hatte. Der Mann lachte leise und klopfte mir den Rücken.

„Na, da habe ich dich ja gerade noch vor dem Tod gerettet, wie? Ein Glück, dass ich zufällig an der Kapelle vorbeikam und dich fand. Es soll heute Nacht sehr kalt werden, wer weiß ob du das überlebt hättest. Aber jetzt schlaf dich erst einmal richtig aus. Morgen versuchen wir dann gemeinsam herauszufinden wo du hingehörst. Du willst doch bestimmt wieder nach Hause."

Und ob ich das wollte, es gab nichts was ich lieber wollte. Morgen war schon ok, so lange konnte ich jetzt auch noch warten. Ich war sowieso zu müde heute noch irgendetwas anderes zu tun als zu schlafen. Schon fielen mir wieder die Augen zu.

Ich träumte den seltsamsten Traum meines Lebens, doch es fühlte sich nicht wie ein Traum an. Ich meinte, aus meinem Körper zu schlüpfen und über ihm zu schweben. Ich konnte mich sehen wie ich da auf meiner Decke lag und schlief. Hin und wieder zuckte eines meiner Beine und manchmal wackelte ich mit den Ohren. Und ich fiepte im Schlaf wie ein kleiner Welpe.

Es war faszinierend mich selbst schlafen zu sehen und ich betrachtete mich eine ganze Weile dabei. Erst als ich eine Bewegung neben mir wahrnahm, riss ich mich von dem Anblick los. Neben mir stand, oder vielmehr schwebte ein weißer Hund.

„Lara?" fragte ich erstaunt, „Was machst du denn hier? Wo kommst du so plötzlich her?"

„Ich bin nicht Lara, mein Name ist Buffy", bekam ich zur Antwort und nun, da ich genauer hinsah, bemerkte ich es auch. Nein, das war nicht meine Lara, obwohl sie ihr sehr ähnlich sah. Zumindest auf den ersten Blick. Sie hatte sogar ein weißes und ein braunes Ohr, so wie Lara. Doch sie war zierlicher von Kopf und Gestalt, ihre Augen waren heller und ihre Augen und die Schnauze hatten nicht die schwarzen Umrandungen wie bei Lara.

Buffy hatte nur einen schwarzen Fleck an Ober- und Unterlippe, der ihr den Eindruck verlieh, sie würde die Lippen zu einem Kuss spitzen. Außerdem trug sie auf dem Rücken zwischen den Schulterblättern einen großen braunen und kreisrunden Fleck.

Sie betrachtete mich neugierig. „Du bist neu hier, oder? Zumindest habe ich dich noch nie gesehen."

„Ähh, jaa…" dehnte ich verwirrt. Was sollte ich ihr sagen, da ich ja gar nicht wusste wo ich war.

„Das sieht man dir an. Die Neuen sind erst einmal ein wenig verwirrt. Das gibt sich aber schnell. Wie lange ist es her?" Ihr Blick lag mitleidig auf mir.

„Was meinst du?" Ich wusste nicht, was sie von mir wollte.

„Na, wie lange bist du schon tot?"

„Aber ich bin doch nicht tot", rief ich entsetzt aus. „Wie kommst du bloß auf diese Idee?" Schnell warf ich einen Blick nach unten, dort wo mein Körper lag. Doch, oh Schreck, er war verschwunden.

Buffy nickte mir wissend zu. „Ja, der Tod kann ganz schön überraschend kommen, ist mir ebenso passiert. Aber hab keine Angst, du gewöhnst dich schnell an den Gedanken tot zu sein."

„Aber ich bin nicht tot, ich muss doch zu meiner Familie zurück. Die warten auf mich. Und der Mann hat gesagt morgen kümmert er sich darum, dass ich bald wieder nach Hause kann."
„Der Mann? Welcher Mann?"
Buffy sah sich nach allen Seiten um und ich folgte ihrem Blick. Was ich sah schockierte mich zutiefst. Denn um uns herum war… nichts, einfach nichts, es schien, als würden wir irgendwo in der Luft schweben. Ich war erschüttert. Was ging hier vor?
Auf ihre Fragen begann ich Buffy schließlich zu erzählen, was mir in letzter Zeit passiert war. Es sprudelte gerade so aus mir heraus. Sie hörte mir stumm zu, so lange bis ich fertig war.
„Dieser Mann hat mich gefunden und mitgenommen in sein Haus. Er gab mir zu essen und sagte, ich solle schlafen. Und das habe ich gemacht…" endete ich schließlich. „Warum soll ich plötzlich tot sein?"
„Ach dann bist du Robin, stimmt's? Ja, Michael hat etwas davon gesagt, dass du ihn um Hilfe gebeten hast…"
„Michael? Meinst du etwa der Erzengel Michael?"
Ich starrte Buffy an als sei sie ein Geist – was sie vermutlich sogar war. Sie antwortete ziemlich schnippisch. „Na, wenn du nicht weißt wen du um Hilfe gebeten hast. Natürlich meine ich den Erzengel Michael. Wen denn sonst?" Sie dachte einen Moment nach, dann erklärte sie mir:
„Wenn er versprochen hat dir zu helfen, dann wird er es auch tun. Er hält immer sein Wort. Und dann bist du selbstverständlich auch nicht tot. Es ist bloß so, dass du hier im Himmel bist. Und die Meisten, die hierher kommen, sind nun mal tot. So wie ich auch. Aber hab keine Angst, morgen früh wirst du so lebendig sein, wie du es warst bevor du eingeschlafen bist. Dann meinst du alles wäre nur ein Traum gewesen."
Ich atmete befreit auf, damit konnte ich leben. Dann schaute ich Buffy betroffen an. „Und du bist wirklich tot? Bei dir ist es kein Traum?"

Trauer huschte einen Moment über ihr Gesicht, doch sie fasste sich schnell wieder. „Ich bin wirklich tot, ja. Aber nicht mehr lange. Denn ich kehre bald als Welpe zu meiner Familie zurück."

Sie sah meinen irritierten Gesichtsausdruck und verzog ihre Lefzen zu einem Grinsen.

„Du glaubst mir nicht? Ist aber so. Mir erging es ähnlich wie dir, ich wurde plötzlich aus meiner Familie gerissen. Allerding nicht durch Entführung, wie du, sondern durch den Tod. Ist eine längere Geschichte, willst du sie hören? Zeit hast du ja…"

Natürlich wollte ich ihre Geschichte hören, wie konnte ich mir die entgehen lassen. Wir machten es uns auf einer Wolke bequem, zumindest denke ich es war eine Wolke, und Buffy begann zu erzählen:

„Ich war noch nicht alt, erst fünf Jahre, als ich plötzlich zu Hause umfiel. Mitten unterm Fressen, stell dir das vor. Tot war ich jedoch noch nicht, doch viel fehlte nicht. Meine Leute fuhren sofort mit mir in die nächste Tierklinik und dort stellte man fest, dass ich Blut im Herzbeutel hatte. Eine Krankheit die bei uns Boxern öfter mal auftritt und meistens tödlich verläuft. Da meine Familie mich nicht verlieren wollte ließen sie mich in der Klinik. Ich sollte einige Tage später operiert werden. Jeden Abend meldete sich mein Frauchen bei mir. Sie hatte erst kurz zuvor Tierkommunikation gelernt und so konnte sie sich mit mir unterhalten. Doch sie weinte auch sehr viel, weil sie mich so liebte, was mich ebenfalls traurig machte.

Der Tag der Operation kam und alles verlief gut. Doch am nächsten Tag ging es mir nicht mehr gut und ich starb ziemlich plötzlich an inneren Blutungen.

Ich, oder besser gesagt meine Seele, ging über die Regenbogenbrücke und kam hierher, so wie die Seelen aller gestorbenen Hunde. Hier ist so eine Art Anmeldung für die verstorbenen Tiere, Wir werden von Engeln begrüßt und getröstet, denn viele von uns sind traurig weil sie nicht mehr bei ihren

Familien sein können. Hier legen wir fest wie unser himmlisches Leben verlaufen soll. Denn es ist keineswegs langweilig hier oben, so wie viele fürchten, denn schließlich sind wir ja im Himmel. Wir können die Seelen vor uns verstorbener Menschen oder Tiere treffen, die wir einmal gekannt haben und eine Weile oder für immer mit ihnen zusammen sein.

Für diejenigen unter uns, die ihre Zeit lieber sinnvoll gestalten wollen, gibt es einige Möglichkeiten. Zum Beispiel die Verbesserung der Lebensbedingungen für die Hunde der Welt. Ich entschloss mich schnell dafür den armen Hunden in Ländern, deren Menschen Tiere aus den verschiedensten Gründen missachten und quälen, zu helfen. Meine erste Aufgabe war es zum Beispiel, fünf hilflose ausgesetzte Welpen zu beschützen, bis sie von Tierschützern gefunden und gerettet wurden.

Diese Aufgaben erfüllten mich durchaus und Hilfe ist auch dringend notwendig, da das Unrecht, das den Hunden in vielen Ländern angetan wird bis herauf zum Himmel schreit. Doch andererseits hatte ich solche Sehnsucht nach meiner Familie, der ich so plötzlich entrissen wurde. Mein Frauchen sprach sehr oft mit mir und ebenso oft hörte ich sie weinen. So entschloss ich mich schon bald wieder zu ihr zurückzukehren. Ich bin zwar erst ein paar Wochen tot, doch ich halte es vor Heimweh nicht mehr aus."

Ich schaute sie verwirrt an:

„Wie meinst du das? Ich dachte, wenn man über die Regenbogenbrücke geht, dann kann man nicht mehr zurück…"

Buffy grinste mich wissend an.

„Ja, so denken alle die neu hier sind. Aber es ist nicht so. Denn jede Seele hier im Himmel hat die Möglichkeit zur Reinkarnation. Ob und wann wir das tun bleibt jedem selbst überlassen. Manche von uns bleiben Jahre hier, entweder weil sie die Zeit benötigen sich von einem schweren irdischen Leben zu erholen. Oder aber sie warten bis ihre Menschen bereit sind zur Wiedergeburt, um erneut mit ihnen eine Weile auf der Erde zu leben.

Ich wollte nicht länger warten, ich wollte so schnell als möglich wieder bei meinen Menschen sein. Also suchte ich mir eine Hundemutter aus, die bald Welpen bekommen wird und besetzte einen der Welpenkörper mit einem Teil meiner Seele. Ich unterrichtete mein Frauchen davon, dass ich bald zurückkehren würde und wie sie mich finden konnte. Zuerst war sie ja recht nervös und hatte Angst, sie würde mich nicht rechtzeitig ausfindig machen. Aber natürlich ging alles gut und sie hat bereits Kontakt zu meinem Ziehfrauchen aufgenommen, bei der ich geboren werde. Allerdings nicht mehr als Boxer, diesmal werde ich eine süße kleine französische Bulldogge werden.

Nun ist es endlich so weit, ich und meine vier Geschwister werden geboren werden. Deshalb bin ich jetzt hier, um mich aus dem Himmel wieder abzumelden."

Sie schaute mich neugierig an, wie ich wohl auf ihre Geschichte reagieren würde.

Ich hatte Buffy sprachlos zugehört und in meinem Kopf entstanden Fragen über Fragen. Welche davon sollte ich ihr zuerst stellen? Doch ich kam nicht dazu sie auszufragen. Denn ein Wesen erschien, das ich für einen Engel hielt. Es sah einem Menschen ziemlich ähnlich, doch ich konnte nicht erkennen, ob es männlich oder weiblich war. Sein Gewand und ebenso seine ganze Erscheinung war…, mir fiel kein Wort dafür ein.

Das Engelwesen schien etwas zu Buffy zu sagen, was ich jedoch nicht hören konnte. Sie war aber höchst erfreut und folgte ihm nach. Dann besann sie sich auf mich und drehte sich nochmals zu mir um.

„Es geht los, ich werde gleich geboren werden. Mach's gut, Robin und viel Glück bei deiner Heimkehr." Schon war sie verschwunden.

Ich starrte ihnen nach, bis sie in dem nebligen Wolkenmeer verschwanden, das sich plötzlich um mich herum auftat. War das Wirklichkeit oder träumte ich den sonderbarsten Traum meines Lebens? Ich wusste es nicht.

Kapitel 26: Heimkehr

Als ich erwachte war es bereits hell. Ich schaute mich um und erkannte die kleine Stube wieder. Vor dem Fenster fiel der Schnee in dichten Flocken nieder und verbarg jegliche Sicht. Ich erhob mich von der weichen Decke und reckte meine Glieder. Meine Füße taten mir nicht mehr weh, merkte ich erleichtert als ich ein paar Schritte auf die Tür zu machte. Wo war der Mensch der mich hierher gebracht hatte? Ich hatte Hunger und hoffte auf einen weiteren Napf von der köstlichen Suppe.

Als wenn er meine Gedanken lesen könnte, kam der Mann ins Zimmer und in der Hand hielt er tatsächlich den Napf.

„Na, hast du ausgeschlafen?" fragte er freundlich und stellte die Schüssel vor mir ab. Der Duft von Fleischsuppe stieg mir in die Nase und brachte mich zum Sabbern. Eilig tauchte ich meine Schnauze in die einfach himmlisch schmeckende dicke Brühe und hob den Kopf erst wieder als auch der letzte Tropfen ausgeschleckt war. Dankbar sah ich zu meinem Gönner hoch.

„Na, ich brauch dich wohl nicht zu fragen, ob es dir geschmeckt hat", meinte er lachend und strich mir über den Schädel, ehe er den Napf aufhob. Er ging durch die Tür zurück und ich folgte ihm in eine kleine Küche, wo er den Napf in die Spüle stellte. Ich hob die Nase um zu erkunden ob er noch mehr Suppe hatte. Zwar war ich pappsatt, doch ein kleiner Nachschlag hätte sicher noch in meinen Magen gepasst. Leider war nichts zu riechen und auch nicht zu sehen vom Suppentopf.

Schade dachte ich, aber vielleicht stand er ja im Kühlschrank. Der Mann war schon zu einer weiteren Tür gegangen, die er nun öffnete. Kalte Luft drang herein.

„Komm, wir machen einen kleinen Spaziergang, du musst doch bestimmt mal raus. Es hat aufgehört zu schneien."

Tatsächlich fiel keine einzige Schneeflocke mehr vom Himmel, der im reinsten Blau über uns erstrahlte. Ich konnte es gar nicht fassen, gerade eben war die Welt noch im Schneegestöber verschwunden gewesen und jetzt strahlte eine herrliche Wintersonne auf uns herab.

Vor uns lag die prächtigste Schneelandschaft, die ich je gesehen hatte. Wir liefen zwischen verschneiten Wiesen und Bäumen und ich pflügte durch die glitzernde weiße Pracht, die mir bis zum Rücken ging. Der Schnee war jedoch so locker und leicht, dass ich keinerlei Anstrengung verspürte. Ab und zu schaute ich mich nach dem Mann um, damit ich ihn nicht aus den Augen verlor. Erst jetzt bemerkte ich dass er weder Mantel noch Jacke trug, obwohl es knackig kalt war. Aber er schien nicht zufrieren. Wie er so da in der weißen Winterlandschaft stand, unter dem blauen Himmel und bestrahlt von den hellen Sonnenstrahlen, kam er mir unwirklich vor. Er strahlte etwas aus was ich nicht zu benennen wusste.

Er drehte sich jetzt um und schaute zu mir her. Sein langes Haar wehte leicht im Wind und plötzlich sah es aus, als ob er riesige weiße Flügel hätte. Jetzt wusste ich wer er war, es konnte gar nicht anders sein: Das war der Erzengel Michael, warum hatte ich das nicht gleich gemerkt.

„Komm, wir drehen um", rief er mir zu und wandte sich ab um zum Haus zurückzugehen. Und augenblicklich verwandelte er sich wieder in den netten Mann zurück, der mich aufgelesen hatte. Nichts mehr an ihm erinnerte mich noch an einen Engel. Etwas enttäuscht folgte ich ihm hinterher, vielleicht war ich doch nur einer Täuschung meiner Sinne aufgesessen. Andererseits hatte aber doch das Schild darauf hingewiesen, dass der Weg zu Erzengel Michael führte. Mein seltsamer Traum fiel mir wieder ein, er hatte auch von Engeln gehandelt. Und die Geschichte, die mir Buffy erzählt hatte, war das Wirklichkeit oder doch nur ein Traum gewesen?

Ich beeilte mich dem Mann hinterherzukommen, ob er nun der Erzengel war oder nicht, er war meine letzte Rettung wollte ich jemals wieder nach Hause kommen.

Vor dem kleinen Häuschen stand ein Auto, das mir vorher gar

nicht aufgefallen war. Der Mann lief darauf zu und öffnete die hintere Tür, damit ich einsteigen konnte. Ich hüpfte hinein und setzte mich artig auf die Decke, die genauso kuschelig warm war, wie die, auf der ich geschlafen hatte. Sie lud förmlich zu einem Nickerchen ein und ich rollte mich zusammen und schlief schon fast, als wir losfuhren.

Erst als wir anhielten wurde ich wieder wach. Wo waren wir und wie lange waren wir gefahren? Ich hatte keine Ahnung. Jedenfalls befanden wir uns vor einem Haus, das zwischen anderen Häusern stand. Was mir sagte, dass wir in irgendeinem Ort waren.

Der Mann ließ mich raus und wir gingen auf den Hauseingang zu. Ein Schild war davor angebracht, auf dem neben Buchstaben ein Hund und eine Katze abgebildet waren.

Der Geruch der uns schon im Gang entgegen strömte bestätigte meine Vermutung, dass wir bei einem Tierarzt waren. Mir wurde ein wenig mulmig zumute, ich war doch gar nicht krank. Leider verstand ich nichts von dem was der Mann und der Tierarzt besprachen, da ich ja die Sprache nicht kannte, in der sie sich unterhielten. Als ich jedoch auf den Tisch gesetzt wurde war es mir schnell klar. Der Tierarzt nahm ein Gerät zur Hand, dass ich von meiner Arbeit beim Tierschutz recht gut kannte. Es diente zum Auslesen der Chipnummer, durch die man den Halter des gechipten Tiers feststellen kann. Ich besaß so einen Chip, er war mir schon im Welpen Alter unter die Haut im Nacken gestochen worden.

Das Auslesen war endlich der richtige Ansatz, darauf hatte mich ja Tanja bereits hingewiesen. Es machte mich ganz hibbelig als ich daran dachte, dass ich vielleicht schon bald wieder zu Hause sein würde. Jetzt musste der Tierarzt nur noch bei Tasso anrufen und fragen, zu wem die Nummer gehörte. Vor Aufregung konnte ich nicht mehr still sitzen und trippelte unruhig auf der Stelle. Der Mann legte mir seine Hand auf den Kopf und meine Nervosität schwand, ich konnte wieder still sitzen.

Während der Tierarzt telefonierte und dabei etwas notierte, kraulte die Hand sanft mein Fell.

Endlich war das Telefonat zu Ende und der Tierarzt legte einen beschriebenen Zettel auf den Behandlungstisch. Ich schnüffelte neugierig daran, doch es war nur ein Zettel.

Der Mann nahm ihn in die Hand und las die Worte vor, die ich schon lange nicht mehr gehört hatte: „Robin, englische Bulldogge, Besitzer Felix Huth…" Er las auch noch die Stadt und die Straße vor, in der ich lebte.

Für mich waren nur die Worte Robin und Felix Huth wichtig. Endlich hatte man mein geliebtes Herrchen und mein Zuhause ausfindig gemacht. Jetzt musste mich bloß noch jemand dorthin zurückbringen. Hoffnungsvoll glitt mein Blick zu dem Mann der mich gefunden hatte. Würde er mich nach Hause bringen?

Endlich hob er mich vom Tisch und wir verließen kurz darauf die Praxis. Während der Mann mit dem Tierarzt gesprochen hatte konnte ich ihn nicht verstehen, doch nun verstand ich wieder jedes Wort das er zu mir sagte. Was schon äußerst seltsam war, denn eigentlich verstand ich nicht einmal alles was Felix mir erzählte. War dieser Fremde vielleicht doch der Erzengel Michael?

„Nun, mein lieber Robin, dann werde ich dich jetzt heim zu deiner Familie bringen", waren seine nächsten Worte. Und während er das zu mir sagte, sandte er so viel Liebe aus, dass ich es plötzlich ganz genau wusste: Ja, nur er konnte es sein.

Wieder saß ich im Auto auf der wunderbar weichen Decke. Michael hatte sich schon auf den Fahrersitz gesetzt und drehte sich zu mir um. Er lächelte mich an.

„Es wird eine lange Fahrt werden, Robin. Leg dich hin und schlafe ein wenig, damit dir die Zeit nicht lang wird. Ich wecke dich rechtzeitig wenn wir dein Zuhause erreicht haben."

Mir war nicht nach Schlafen zumute, dazu war ich viel zu aufgeregt. Doch als mich Michaels blaue Augen voller Liebe ansahen, wurde ich schnell ruhig und auch müde. Ich rollte mich auf der Decke zusammen und war kurz darauf eingeschlafen.

„Wach auf, Robin, wir sind da." Verschlafen hob ich den Kopf und schaute mich verwundert um. Ich hatte so tief geschlafen, dass ich zuerst einen Moment nachdenken musste, was die Worte bedeuteten. Als es mir klar wurde, war ich sofort hellwach und sprang auf um aus dem Fenster zu sehen. Der Anblick überwältigte mich fast und ich stieß einen jaulenden Schrei aus. Wir standen vor unserem Gartentor und ich konnte das Haus sehen. Mein Haus, in dem meine Familie wohnte. Für einen Augenblick starrte ich darauf und fragte mich, ob ich schon wieder träumte. Michael war schon ausgestiegen und öffnete mir die Tür, damit ich ebenfalls raus konnte. Mit einem riesigen Satz sprang ich aus dem Auto und rannte aufs Tor zu. Dabei begann ich hysterisch zu bellen. Ich konnte nicht anders.
Der Mann lachte und drückte den Klingelknopf während ich immer noch bellte. Da er so groß war musste er sich ein wenig bücken, damit er etwas in die Sprechanlage sagen konnte.
Auf der anderen Seite war ein ungläubiger Schrei zu hören, dann ertönte der Summer und fast gleichzeitig wurde die Haustür geöffnet. Das Torschloss summte ebenfalls und der Mann drückte es auf. Ohne auf ihn zu achten zwängte ich mich an seinen Beinen vorbei durchs Tor und rannte den Weg hinauf aufs Haus zu. Felix stand unter der Tür und starrte ungläubig zu mir her, dann kam er ebenfalls auf mich zu gerannt. Hinter ihm kam etwas weißes angeflogen, Lara, die so schnell rannte, dass ihre Beine kaum den Boden berührten. Wir drei trafen gleichzeitig aufeinander und Felix kniete sich auf den Boden und streckte die Arme aus. Ich warf mich förmlich in seine Umarmung, er drückte mich an sich und stammelte wirre Worte, während seine Tränen in mein Fell liefen und Lara jaulend um uns herum hüpfte. Sie stieß mich immer wieder mit ihrer Schnauze und ihren Pfoten an.

Kurze Zeit später kam auch Tanja mit der kleinen Lotta auf dem Arm zu uns. Auch Tanja flossen Tränen aus den Augen, einzig Lotta lachte und rief: „Robiii, Robiii", weil sie meinen Namen nicht richtig aussprechen konnte.

Wie lange unsere Begrüßung dauerte weiß ich nicht mehr, wir waren irgendwann alle erschöpft und überwältigt vor Glück.

Felix stand plötzlich auf und blickte zum Tor. Auch ich drehte mich dahin um in der Erwartung, dass der Mann, Erzengel Michael, dort wartete bis wir mit der Begrüßung fertig waren. Doch da war niemand, weder der Engel noch das Auto, mit dem er mich hergebracht hatte. Warum hatte er nicht gewartet? Ich hätte ihn gar zu gern meine Familie vorgestellt.

Tanja und Felix starrten sich verwundert an und fragten sich gegenseitig, ob da nicht jemand war. Dann liefen wir alle gemeinsam zum Tor.

Es hatte auch hier geschneit, doch nur ein wenig, der Gartenweg war mit einer dünnen Schneeschicht bedeckt und man sah darin meine Pfotenabdrücke, die ich hinterlassen hatte, als ich aufs Haus zu gerannt war.

Felix und Tanja blieben am Gartentor stehen und blickten verwundert auf den Weg dahinter. Lara und ich starrten ebenfalls durch die Torstäbe auf den Weg und da fiel es mir auf: Der Schnee auf dem Weg vorm Tor war völlig unberührt. Dabei hätten doch die Reifenspuren vom Auto und die Fußspuren von meinem Retter und mir dort sein müssen. Aber nur meine Stapfen begannen kurz vorm Tor.

Nach einer Weile gaben Tanja und Felix ihre verwirrten Mutmaßungen auf und wir gingen endlich zum Haus. Während sie noch rätselten wer mich hergebracht hatte, erzählte ich Lara meine Erlebnisse und meine Vermutung, dass es der Erzengel Michael gewesen war, der mich gerettet hat. Sie meinte dazu das könne gut sein, sie wollte darüber mit Tanja reden, aber erst später wenn sich die ganze Aufregung über meine glückliche Heimkehr etwas gelegt hatte.

Mir war es Recht wenn sie das übernahm. Ich konnte es kaum noch erwarten mein geliebtes Heim wieder zu sehen und drängte durch die Tür, kaum dass sie einen Spalt geöffnet war. Drinnen war alles so wie ich es in Erinnerung hatte, der Gang, die gemütliche Küche und das Wohnzimmer. Nein, etwas war anders, mir stieg ein Geruch in die Nase, den ich hier noch nicht wahrgenommen hatte.

Noch bevor mir einfiel was, oder besser gesagt wer, zu dem Geruch gehörte, da hörte ich schon trappelnde Schritte aus der Küche. Und im nächsten Moment stand er auch schon vor mir. „Basko, was machst du denn hier?" fragte ich verblüfft und starrte den alten Rüden an als wäre er ein Geist. Er schaute mindestens ebenso verblüfft zurück, dann schien er mich zu erkennen.

„Robin – bist du es wirklich oder bist du sein Geist? Ich kann es gar nicht glauben, dass du heimgefunden hast. Ich habe so gehofft dich noch mal zu sehen bevor ich sterbe. Und jetzt bist du tatsächlich da…"

Basko war so außer sich vor Freude, dass ich um sein Leben fürchtete. Tanja erging es vermutlich ebenso, sie beugte sich zu dem alten Hund herunter um ihn zu beruhigen. Wie immer hatte sie ein Fläschchen mit Notfall-Tropfen in der Tasche und träufelte Basko ein paar ins Maul, während sie beruhigend auf ihn einsprach. Zum Glück wirkte beides prima und Basko erholte sich schnell von seinem Schwächeanfall.

Wie er so glücklich hechelnd vor mir stand erkannte ich, dass er sich prächtig erholt hatte. Was aber kein Wunder war, wenn er von Tanja gepflegt wurde. Ich musterte ihn freudig, denn er war jetzt ein richtig gut aussehender Hund. Als ich ihn das letzte Mal gesehen hatte war er mager, mit verschmutztem und verfilztem Fell gewesen. Seine trüben Augen konnten kaum noch sehen und er war mir alt und müde vorgekommen.

Heute war er kaum wiederzuerkennen. Er war gebadet und sein Fell getrimmt worden, es spielte nun in leichten Wellen um seinen nicht mehr ganz so mageren Körper. Seine Augen glänzten und ich meinte, sie wären nicht mehr so milchig weiß. Der ganze Hund sah jünger und agiler aus, was sicher auch auf Tanjas gute Pflege und die geheimnisvollen Zuckerkügelchen, die sie gegen alle erdenklichen Krankheiten und Gebrechen verabreichte, zurückzuführen war.

Es dauerte noch eine ganze Weile, bis wir Hunde und unsere Menschen zu einer gewissen Normalität zurück fanden. Immer wieder ertappte ich Tanja oder Felix dabei, wie sie mich kopfschüttelnd anschauten und sich manchmal sogar verstohlen eine Freudenträne abwischten. Das Telefon stand nicht mehr still, nachdem es Felix in unserem Verein und Tanja ihren Eltern und Freundinnen verkündet hatten, dass ich wieder da war.
Zwischen uns drei Hunden verlief es ruhiger, doch wir hatten uns viel zu erzählen. Lara wollte so viel als möglich von meinen Abenteuern erfahren. Und sie und Basko klärten mich ausführlich darüber auf wie es kam, dass er nun bei uns wohnte.
Basko war zuerst mit den anderen Hunden in die Auffangstation unseres Vereins MfTN gekommen. Doch er wollte nicht fressen, weil er wegen mir so traurig war. Lara, die es sich nicht nehmen ließ weiter ihre Hündinnen mit den Welpen zu besuchen erkannte schnell, dass er sterben würde wenn er nicht bald fraß. Sie wandte sich an Tanja und erklärte ihr von der Freundschaft zwischen mir und Basko und das er aus Trauer um mich sterben wollte. Das konnte Tanja natürlich nicht zulassen, so holte sie den alten Rüden zu uns und nach und nach gelang es ihr mit Laras Hilfe, ihn zum Fressen zu bewegen. Besonders nachdem Lara ihm erzählt hatte dass sie sich sicher war, ich würde noch leben und würde bestimmt bald wieder nach Hause zurückkommen. Ihre Zuversicht hatte Wunder gewirkt und Baskos Lebenswillen neu entfacht. Und Tanja und Felix hatten den alten Hund schnell ins Herz geschlossen und beschlossen ihn zu behalten.

In den nächsten Tagen stellte sich bei uns allen allmählich der Alltag wieder ein. Ich ging mit Felix wie gewohnt zur Arbeit, wo ich natürlich mit großem Hallo begrüßt wurde. Doch da wie immer viele Tierschutzfälle auf uns warteten die keinen Aufschub duldeten, war ich gleich wieder mit dem Team unterwegs.

Dann stand endlich mein liebstes Fest, Weihnachten, vor der Tür und wie jedes Jahr feierten wir es mit der ganzen Familie. Tanjas Eltern kamen zu Besuch und mit ihnen Danny, Laras und mein dreibeiniger Sohn. Er freundete sich schnell mit Basko an und wir machten zu viert mit unseren Menschen tolle Spaziergänge durch den Wald. Alles war fast wie früher, nur dass ich nicht mehr ganz so unbesorgt durch die Gegend lief, sondern immer darauf achtete, dass ich meine Familie im Blick behielt.

An Heiligabend ging die ganze Familie einschließlich Lotta in die Abendmesse um Weihnachten zu feiern.

Wir Hunde blieben im Wohnzimmer zurück, wo sich jeder von uns faul und zufrieden in sein Körbchen legte. Wir hatten unser Weihnachtsessen schon bekommen, waren satt und müde. Bald waren nur noch die leisen Schnarchtöne von Lara, Basko und Danny zu hören. Ich konnte jedoch nicht schlafen und stand nach einer Weile auf und verließ leise das Wohnzimmer.

Mein Weg führte mich zu Tanjas Behandlungszimmer. Mit der Pfote drückte ich die Tür auf, die nur angelehnt war. Im Zimmer war es nicht ganz dunkel, da Tanja ein paar Weihnachtskerzen aufgestellt hatte. Natürlich brannten sie nicht richtig, denn es waren keine echten Kerzen. Doch sie sahen aus als wären sie echt und flackerten sogar.

Ich ging darauf zu, denn ich wollte zu dem, für den die Kerzen brannten. Auf dem Bücherregal stand die Figur des Erzengels Michael und es sah aus, als würde er auf mich herunter schauen. Stumm blickte ich zu ihm hoch. Er sah etwas anders aus als ich ihn in Erinnerung hatte, trug statt einer Hose und Pullover ein wallendes blaues Gewand und hatte ein Schwert in der Hand, mit dem er auf einen Drachen zielte, der sich unter seinem Fuß wand.

Doch seine Augen sahen genauso liebevoll auf mich herab wie damals, als er mich im Schnee gefunden und mit sich genommen hatte.

Gerne hätte ich etwas zu ihm gesagt, ihn gefragt, wieso er ausgerechnet mich, einen Hund gerettet hatte. Auch hätte ich ihm gern gedankt für meine Rettung. Und vor allem dafür, dass er mich wieder hierher in mein Zuhause gebracht hatte. Aber wie dankte man einem Erzengel? Besonders wenn man ein Hund war und nicht sprechen konnte.

„Du brauchst mir nicht zu danken, Robin, das habe ich sehr gern getan." Erschrocken schaute ich mich um, wo kam die Stimme her? Doch schnell erkannte ich, sie war in meinem Kopf.

„Du möchtest wissen wieso ich ausgerechnet dich, einen Hund, gerettet habe? Weißt du nicht, dass für mich ein Hund ebenso viel wert ist wie ein Mensch? Ihr seid alle Geschöpfe Gottes und in den Augen der himmlischen Wesen seid ihr alle gleich wertvoll. Bloß wollen das viele Menschen nicht wahrhaben."

Er verstummte kurz ehe er fortfuhr: „Zudem hast du mich um Hilfe gebeten. Weißt du das nicht mehr? Du, dein Herrchen und dein Frauchen und auch deine Freundin Lara haben mich gebeten dir beizustehen und dich sicher nach Hause zu bringen. Das habe ich getan. Ich helfe immer gern, wenn man mich um Hilfe bittet."

Ich starrte noch eine Weile zu ihm hoch, doch er sagte nichts mehr. Also drehte ich mich um und ging zur Tür zurück. Mir war plötzlich ganz leicht zumute. Bevor ich den Raum verließ wandte ich mich nochmals um.

„Danke", sagte ich mit all der Inbrunst, die ich in mir spürte. Dann verließ ich den Raum und lief zurück ins Wohnzimmer um gemeinsam mit Lara, Basko und Danny die Rückkehr unserer Menschen zu erwarten.

Kapitel 27: Zum guten Schluss…

„Robin, ich habe eine Überraschung für dich. Oh, entschuldige, ich wollte dich nicht wecken."

Felix' Stimme riss mich aus einem Traum, in dem ich mit Ferdi die Lamas ärgerte und von ihnen bespuckt wurde. Ich rappelte mich träge auf und drehte mich langsam vom Rücken auf den Bauch.

Felix hockte vor mir und wedelte mit einem Stück Papier vor meiner Nase herum. Sofort war ich hellwach und setzte mich auf. Er hielt mir das Papier unter die Nase und ich beschnüffelte es interessiert. Aber es roch nach nichts besonderem, deshalb schaute ich Felix fragend in die Augen. Er lachte mich an.

„Das ist eine Einladung, an dich gerichtet. Ich habe mir aber erlaubt, sie für dich zu lesen.

Ich brummte zustimmend und schaute ihn weiterhin fragend an. Nun mach schon, dachte ich neugierig. Und Felix erklärte mir prompt: „Das ist eine Einladung an dich, von einem neu eröffneten Bärenpark. Dorthin wurde die Bärin gebracht, die du gerettet hast. Und die Leute dort wollen dich eingeladen, damit du Luna in ihrem neuen Zuhause besuchen kannst."

Luna? Einen Moment schaute ich Felix verwirrt an. Wer ist Luna? Dann dämmerte es mir. Luna musste der Bär sein, bei dessen Rettung ich beinahe in die Luft geflogen wäre. Ich schüttelte mich bei dem Gedanken.

„Heißt das, du möchtest sie nicht besuchen?" wollte Felix wissen. „Schade, ich hätte dich gerne begleitet."

Ich jaulte kurz auf und legte Felix meine Pfote aufs Knie, um ihm klarzumachen, dass ich natürlich zu diesem Bärenpark wollte. Ich hatte schon oft an den Bären gedacht und mich gefragt, wie es ihm wohl nach seiner Befreiung ergangen war.

Felix legte seine Hand auf mein Ohr und knubbelte es sachte. Hmmm, wie ich das mochte, andächtig hielt ich still, bis er aufhörte. Er grinste mich an.

„Ich habe mir erlaubt, schon einmal in deinem Namen zuzusagen und einen Termin ausgemacht. Und auch gleich zwei Übernachtungen mit Frühstück im Hotel gebucht, denn für einen Tag ist die Fahrt nach Polen zu weit."

Nach Polen? Aber da wollte ich doch nie, nie mehr im Leben hin. Was, wenn ich dort wieder von Felix getrennt wurde? Noch einmal würde ich solch eine Odyssee nicht überstehen.

Felix schien an meinem Gesichtsausdruck zu sehen, was in meinem Kopf vorging. Er nahm mich in die Arme und drückte mich an sich.

„Keine Angst, Robin, ich passe diesmal sehr gut auf dich auf", murmelte er mir ins Ohr. Dann schaute er mir in die Augen. „Meinst du vielleicht, ich möchte das noch einmal durchmachen? Ich war fast verrückt vor Angst um dich. Nein, keine Sorge, ich hüte dich wie meinen Augapfel, versprochen. Uns trennt während der paar Tage nichts und niemand."

Unsere Gesichter waren sich ganz nah und jeder blickte dem anderen fest in die Augen. Dann konnte ich nicht anders, ich schleckte meinem Felix einmal quer übers Gesicht.

„Bäh", machte er und fuhr sich mit der Hand über den Mund. Aber er grinste mich dabei an. „Du, ich hab mich heute schon gewaschen."

Am Wochenende war es soweit, wir standen schon in aller Frühe auf und fuhren nach einem kleinen Frühstück los. Wir fuhren allein, Felix und ich, ein Männerausflug, wie er zu mir sagte. Ich durfte auf dem Beifahrersitz sitzen, natürlich angeschnallt und mit Brustgeschirr, damit ich gesichert war.

Lara hatte nur kurz gezögert und sich dann entschlossen, bei Tanja und Lotta zu bleiben. Denn seit kurzem wussten wir, dass Tanja wieder schwanger war und Lara ließ sie seither nicht mehr aus den Augen.

Basko blieb ebenfalls zu Hause, er meinte, er müsse dieses Land nicht nochmal sehen und außerdem musste ja jemand da sein, der auf die Mädels aufpasste.

Er hatte sich über den Winter prächtig erholt und selbst der Tierarzt war erstaunt, wie gut er sich gemacht hatte. Wäre der milchige Schimmer in seinen Augen nicht gewesen, so hätte man meinen können, Basko wäre ein Hund in mittleren Jahren. Ihn selbst störte es kaum, dass er nicht mehr so gut sah, er verließ sich ganz auf seine Ohren und seinen Geruchsinn.

Meine Gedanken schweiften ab zu den anderen Hunden, die wir aus der Vermehrung gerettet hatten. Da inzwischen schon fast ein halbes Jahr vergangen war, hatten alle Welpen und ein großer Teil der Hündinnen ihre Familien gefunden. Auch Goldie war adoptiert worden und zwar von einem Mann aus unserer Truppe. Er hatte ihr in kürzester Zeit beigebracht, dass man zu Menschen Vertrauen haben konnte und sie lernte im Nu, ein perfekter Haushund zu sein. Goldie bereicherte seit ein paar Wochen sogar unser Tierschutz-Team. Und Lara und sie waren beste Freundinnen geworden.

Für fast alle Tiere, die in unserem Abenteuer mitgewirkt hatten, war es gut ausgegangen. Und die drei Hündinnen, die noch keine Familie gefunden hatten, würden sicher auch bald adoptiert werden. Blieb also nur noch der Bär, der eigentlich eine Bärin war und nun Luna hieß. Ich war sehr gespannt, ob sie sich an mich erinnern würde.

Die letzten Stunden unserer Fahrt hatte ich verschlafen. Das monotone Brummen des Motors und die leise Radiomusik wirkte auf mich wie das beste Schlafmittel und schließlich kann eine Bulldogge ja nie genug Schlaf bekommen. Ich erwachte erst, als Felix mir die Beifahrertür aufmachte.

Gähnend streckte ich mich um dann vorsichtig aus dem Auto zu klettern. Witternd hielt ich die Nase in die Luft, waren wir schon in Polen? „Komm schon, du Schlafmütze", meinte Felix gutgelaunt. „Bevor wir einchecken machen wir erst einen kleinen Spaziergang. Ich bin vom vielen Sitzen ganz steif und dir geht es doch bestimmt nicht anders."

Am nächsten Morgen nach dem Frühstück war es dann endlich

soweit. Wir fuhren zu dem Bärenpark und mir wurde plötzlich mulmig zumute. Ob die Bären in dem Park tatsächlich frei herumliefen? Schließlich sollte es doch für die Bären, die alle aus schlechter Haltung oder Zirkussen kamen ein Ort sein, an dem sie fast frei leben konnten.

Vor uns erstreckte sich jedenfalls erst einmal ein hoher, stabiler Zaun, der ein riesiges Gelände umschloss. Dann gab es ein großes, offenes Tor und dahinter ein Häuschen. Wie im Zoo, kam es mir in den Sinn.

Es war tatsächlich ein Zoo, halt nur für Bären. Nachdem Felix uns in dem Häuschen angemeldet hatte, kam ein Mann auf uns zu und begrüßte uns. Er sprach Felix' Sprache, obwohl er die Worte seltsam betonte. Aber Felix schien ihn zu verstehen und das war ja die Hauptsache.

Der Mann begrüßte auch mich überschwänglich und sprach auf mich ein. Ich verstand kein Wort, ließ die Begrüßung aber gnädig über mich ergehen. Danach folgten wir dem Mann in den waldähnlichen Park. Ich konnte nirgends einen Bären entdecken, doch der Geruch nach Bär hing schwer in der Luft. Schließlich kamen wir an ein weiteres eingezäuntes Gelände, also liefen die Bären nicht ganz frei herum. Ich entspannte mich sichtlich, nachdem ich das bemerkte.

Das Gelände war allerdings sehr groß, man konnte den Zaun nur an manchen Stellen entdecken. Wenn Luna jetzt hier lebte, so hatte sie wirklich genug Platz um sich frei zu fühlen. Wo war sie bloß? Neugierig streckte ich die Nase durch die Zaunteile.

Direkt hinter dem Zaun lagen umgestürzte Baumstämme zwischen groben Felsbrocken. Es roch sehr intensiv nach Bär, doch zu sehen war nichts. Bis unser Begleiter Luna rief und dabei mit dem Blecheimer schepperte, den er mitgebracht hatte. Darin waren Äpfel und Möhren, das hatte ich bereits gerochen. Plötzlich bewegten sich die Äste und Baumstämme und ein riesiger fast schwarzer Bär erhob sich auf die Hinterbeine und starrte uns an.

Ich stieß einen Schreckensschrei aus und machte einen großen Satz nach hinten. Himmel, wer war dieses Ungetüm, das konnte doch unmöglich Luna sein. Als ich sie zuletzt gesehen hatte, war sie mager und ihr zerrupftes und schmutziges Fell wies große kahle Stellen auf. Sie konnte nur geduckt stehen, weil die Ketten um ihren Hals und durch ihre Nüstern nicht zuließen, dass sie sich völlig aufrichtete. Und ihre Krallen waren kurz gewesen.

Dieses Tier war ein Prachtbär, so wie man sich den König der Wälder vorstellte. Luna hatte sich tüchtig Speck angefressen, was ihr gut stand. Ihr Fell war lang und dicht und glänzte in der Sonne. Die von der Kette kahl gescheuerten Stellen am Hals waren verschwunden und ebenso das blutverkrustete Loch in ihrer Nase.

Ich konnte gar nicht aufhören, sie anzustarren, so sehr hatte Luna sich verändert. Ob sie sich überhaupt noch an mich erinnerte? Die Bärin hatte nur Augen für den Mann mit dem Eimer und witterte in seine Richtung, wobei sie laut schmatzte.

„Na, Luna, willst du deinen Besuch gar nicht begrüßen?" fragte der Mann in seiner seltsam klingenden Sprache. Er griff in den Eimer und warf ihr ein paar Äpfel und Möhren ins Gehege, die sie aufsammelte und fraß.

Ein Apfel war davongerollt und lag in der Nähe des Zauns, genau auf meiner Höhe. Luna kam deshalb ganz nahe an mich heran und ich hörte ihr Schnauben, als sie tief die Luft einzog. Ihre Nase berührte schon fast den Apfel, als sie innehielt und den Kopf hob. Die kleinen Augen starrten mich einen Moment ohne Regung an.

„Hallo, Luna. Kennst du mich nicht mehr?" Ich fragte es zaghaft und ging dabei einen Schritt zurück, weil ich befürchtete, dass sie zu brüllen anfing. Zu gut hatte ich es noch in Erinnerung und fürchtete mich davor. Doch sie brüllte nicht.

„Robin? Bist du es wirklich? Ich dachte, du bist tot." Sie kam mit gesenkten Kopf noch ein Stück näher an den Zaun, blieb aber in gebührendem Abstand zu den dünnen Seilen, durch die Strom lief. Der hielt die Bären davon ab, einfach über den Zaun zu klettern.

„Wie du siehst lebe ich noch", gab ich ihr zur Antwort. „Wenn es auch ganz schön knapp war. Aber lass uns von dir sprechen, schließlich bin ich nur wegen dir nochmal hierhergekommen. Du siehst prächtig aus, ich hätte dich fast nicht mehr erkannt. Wie geht es dir hier in dem Bärenpark? Ich hoffe, ich hab dir nicht zu viel versprochen."

Sie grunzte, was sicher ein Lachen sein sollte. „Zuviel? Nein, das hast du ganz gewiss nicht. Es geht mir so gut, wie noch nie in meinem Leben. Ich habe hier ein riesiges Gehege, mit allem, was ein Bärenherz erfreut. Bäume, Wiese, eine große Sandstelle und einen See, in dem ich nach Herzenslust planschen kann. In den Nachbargehegen gibt es weitere Bären, denen es ähnlich erging wie mir. Wir können uns sehen und uns unterhalten, vielleicht dürfen wir irgendwann sogar zusammenkommen. Und das alles habe ich nur dir zu verdanken."

„Na, das hab ich doch gern für dich getan", antwortete ich etwas verlegen. „Schließlich habe ich es dir versprochen."

Luna schaute mich ernst an. „Du hast nicht nur mein Leben gerettet, denn mein Herr wollte mich ebenso in die Luft sprengen, wie das alte Gemäuer in dem ich hauste. Nein, du warst das erste Lebewesen, das überhaupt an meinem Schicksal Anteil genommen hat. Für meinen Menschen war ich ein Etwas, mit dem man Geld verdienen konnte. Als das nicht mehr klappte, wollte er sich meiner entledigen."

Ich wollte etwas entgegnen, doch sie ließ mich nicht zu Wort kommen. „Und du warst es, der mir den Glauben an die Menschen zurückgebracht hat. Seit meiner Rettung sorgt sich jeder um mich. Ich wurde gesund gepflegt und bekam das Futter, das für mich gut war. Und jetzt bin ich hier, bei meinen Artgenossen. Zwar nicht frei, aber ich fühle mich frei. All das habe ich nur dir zu verdanken."

Als wir am nächsten Tag nach Hause fuhren, hatte ich über vieles nachzudenken. Felix erging es anscheinend ähnlich, denn er sprach kaum ein Wort. Als er plötzlich an den Straßenrand fuhr und anhielt, setzte ich mich neugierig auf. Felix deutete auf ein altes Plakat, das an einer Scheune hing. Ich starrte durch die Scheibe darauf, konnte aber nichts besonders daran ausmachen. Trotzdem bestand er darauf, dass wir ausstiegen um uns das Plakat näher anzusehen.

Na gut, dachte ich, dann kann ich auch gleich mein Bein am nächsten Baum heben.

„Schau mal, Robin, ein altes Zirkusplakat. Die Attraktion scheint eine Hundenummer gewesen zu sein."

Er deutete aufgeregt auf einen Hund im Clownskostüm, der auf einem kleinen, dicken Pony saß. „Ich könnte schwören, dass bist du. Tanja hatte mir erzählt, du seist vermutlich bei einem Zirkus untergekommen."

Ich starrte ebenfalls auf das Plakat, jedoch nicht auf mich, sondern auf Ferdi und seine Mädels, die in ihren bunten Röckchen auf den Hinterbeinen tanzten. Ach Ferdi, dachte ich in einem Anflug von Sentimentalität. Wie es ihm und seinem Harem wohl ging? Und ob sein Besitzer bereits einen neuen Kolja als Ersatz für mich angeschafft hatte? Ich würde es vermutlich nie erfahren. Felix ließ es sich nicht nehmen, das alte, ausgebleichte Plakat vorsichtig von der Scheunenwand zu lösen. Nur weil es in einer Nische hing, wo es einigermaßen gegen Regen geschützt war, hing es überhaupt noch dort.

„Das müssen wir unbedingt mitnehmen, da wird Tanja staunen", murmelte er und rollte das Plakat so vorsichtig zusammen, als handele es sich um einen Schatz. Nachdem er es auf dem Rücksitz verstaut hatte, stiegen wir wieder ein um jetzt endgültig nach Hause zu fahren.

ENDE

Nachwort

Liebe Leser/innen,

es würde mich sehr freuen wenn euch Robins neue Abenteuer gefallen haben. Diesmal hat es ein bisschen Hilfe von oben gebraucht, damit die Geschichte gut ausgeht. Als Tierschutzhund mit Leib und Seele riskiert er immer wieder sein Leben um Pferden, Katzen, Nutztieren oder auch mal einem gefährlichen Bären zu Hilfe zu kommen. Aber meist verhilft er misshandelten Hunden zu einem besseren Leben.

Das haben Robin und ich gemeinsam. Auch ich würde sehr gerne möglichst vielen armen Hunden zu einem Leben als geliebte und geschätzte Familienhunde verhelfen. Egal ob es sich um Straßenhunde aus Süd- oder Osteuropa, um ausgesetzte oder abgegebene Tierheimhunde, oder um ausgemusterte und oft traumatisierte Zuchthündinnen aus dubiosen Hinterhofzuchten handelt.

Natürlich ist es wunderbar wenn man solch einen Hund adoptieren und ihm dadurch ein schönes neues Leben schenken kann. Aber es bleiben immer noch viel zu viele Hunde übrig, die so schnell kein Zuhause finden und deshalb von Tierschutzorganisationen mit Unterkunft und Futter versorgt werden müssen. Doch diese Organisationen benötigen Geld um helfen zu können.

Ich habe schon den ersten Band „Mein Name ist Huth, Robin Huth" - Geschichten aus dem Leben einer Bulldogge - geschrieben, um mit dem Erlös des Romans Organisationen zu unterstützen die Hunden helfen. Das gilt auch für diesen zweiten Roman, den ihr gerade in Händen haltet. Doch um möglichst viel Geld zusammenzubringen muss ich euch um Hilfe bitten.

Wie ihr vielleicht wisst schreibe ich alle meine Romane ohne Verlag in Eigenregie. Das hat für mich Vorteile, doch leider auch viele Nachteile. Der gravierendste ist dass ich keinerlei professionelle Unterstützung bei der Werbung für meine Romane habe.

Bei meinen Fantasy-Romanen ist das nicht so schlimm. Doch für diese beiden „Robin Huth-Romane" muss ich unbedingt einen wirksamen Weg für Werbung finden. Denn nur wenn viele Leute das Buch oder E-Book kaufen, kann ich wirkungsvoll spenden.

Deshalb meine Bitte: Wenn ihr mein Spendenprojekt „Robin Huth hilft Hunden in Not" unterstützen möchtet, so erzählt Freunden und Bekannten davon. Schreibt eine Rezension zu den Romanen bei Amazon, Weltbild, Hugendubel usw.

Falls sich jemand von euch mit Werbung auskennt oder jemanden kennt, der sich mit diesem Metier beschäftigt, ich bin für Tipps und Hilfe dankbar. Allerdings darf es nichts kosten, denn der Erlös der Romane soll den Hunden zu Gute kommen und nicht für Werbung ausgegeben werden.

Robin und ich bedanken sich, besonders auch im Namen der Hunde in Not, für eure Hilfe.

Mein Name ist Huth, Robin Huth / Band 1
Geschichten aus dem Leben einer Bulldogge

Hallo Leute, mein Name ist Huth, Robin Huth. Ich bin eine englische Bulldogge und ein wichtiger Mitarbeiter der Tierschutzorganisation MfTN.

Mit meinem Herrchen und besten Freund Felix Huth rette ich vernachlässigte und misshandelte Tiere. Ein wichtiger und anstrengender Job, der uns Beide ausfüllt. Bis unversehens die Liebe in unser Leben tritt. Und zwar in Gestalt von Tanja Sommer, einer Tierkommunikatorin, die traumatisierten Hunden helfen will und Lara, der tollsten Boxerhündin der Welt.

Lara bringt mein gemütliches Bulldoggenleben gehörig durcheinander und auch Felix kann Tanja nicht lange widerstehen. Unser gemeinsames Leben könnte perfekt sein.

Gäbe es da nicht jemand, der mir nach dem Leben trachtet.

Mein Name ist Huth, Robin Huth / Band 3
Die unglaublichen Reiseerlebnisse einer Bulldogge

Robin ist mit Herrchen Felix, weiteren Mitarbeitern und Hunden des MfTN in Sachen Tierschutz unterwegs. Ihre Ziele sind Ungarn, Spanien und Rumänien.

Dort wollen sie in Zusammenarbeit mit örtlichen Tierschützern das schlimme Los von ausgemusterten Vermehrerhunden sowie misshandelten Galgos und eingefangenen Straßenhunden beenden. Auch Aufklärungsarbeit an den Schulen steht auf ihrem Programm.

Doch Robin und seine Freunde nutzen die Reisen außerdem um schnell mal in Eigenregie bedrohte Tiere zu retten.

Was nicht ungefährlich für die tapfere Bulldogge ist...

Vielleicht interessieren Sie sich auch
für Fantasy-Literatur.

Für Vampire, Hexer oder Geister.

Auf meiner Homepage www.gerdi-m-buettner.de
finden Sie alle Romane von mir.